Geraubte Träume

KAY

HOOPER

Geraubte Träume

Deutsch von Heinz Tophinke

Weltbild

Originaltitel: *Always a Thief*
Originalverlag: Bantam Books, New York

This translation is published by arrangement with
The Bantam Dell Publishing Group, a division of Random House, Inc.

Besuchen Sie uns im Internet:
www.weltbild.de

Die Autorin

Kay Hooper lebt in North Carolina. Sie ist die preisgekrönte Autorin zahlloser Bestseller, ihre Bücher wurden weltweit über sechs Millionen Mal verkauft. *Geraubte Träume* ist der zweite Band einer Reihe über den charmanten Meisterdieb Quinn. Im Weltbild Buchverlag wurden folgende Titel von Kay Hooper veröffentlicht: *Die Augen des Bösen, Die Stimmen des Bösen, Das Böse im Blut, Jagdfieber, Kalte Angst, Wenn das Grauen kommt, Eisige Schatten* und *Gestohlene Herzen.*

Weltbild Taschenbuch

Vorbemerkung der Autorin

Vor etwa zehn Jahren schrieb ich eine Reihe von Liebesromanen, die in der Gegenwart spielten. Sie haben richtig gelesen – Liebesromane.

Doch bei der Entstehung dieser Bücher geschah etwas Eigenartiges. Obwohl ich mit allen Charakteren zufrieden war, gab es einen, der buchstäblich nur schwer aus der jeweiligen Geschichte herauszuhalten war, wenn er gerade nicht aktiv sein sollte. Quinn, mein Einbrecher und Fassadenkletterer, entstieg sozusagen den Seiten, und schon damals meinte meine Agentin, »eines Tages« müsse ich mit ihm noch mehr machen.

Und »eines Tages« war es dann so weit.

Manchmal hat ein Schriftsteller das Glück, ein älteres Werk wieder aufgreifen zu können, um es umzugestalten und so zu schreiben, wie er oder sie es schon damals hätte machen wollen. Ich schrieb damals eine Serie von Liebesromanen, und es gab einfach Dinge, die ich eben deshalb und zu jener Zeit in diesen Büchern nicht unterbringen konnte. Ich bin sehr stolz auf diese Romane, aber es waren definitiv Geschichten, die sich an ein bestimmtes Publikum richteten und in eine bestimmte Zeit gehören.

Damals war ich sowohl wegen des Umfangs dieser Bücher als auch wegen des Genres nicht in der Lage, die Charaktere so komplex zu gestalten, wie ich es wollte, ihnen in ihren Motiven und Persönlichkeiten Schattierungen und Doppeldeutigkeiten zuzugestehen. Und da ich auch schon damals den Drang verspürte, meine Flügel auszubreiten und umfangreichere und komplexere Werke zu verfassen, war mir sehr bewusst, dass ich

Quinn und einigen anderen Figuren notgedrungen nicht die größere Bandbreite zur Verfügung stellte, die sie verdienten.

Was mich zum zweiten Grund bringt, aus dem ich diese Vorbemerkung aufnehmen möchte: *Gestohlene Herzen* (Originaltitel: *Once a Thief)* und *Geraubte Träume* (Originaltitel: *Always a Thief)* haben mit ihren ursprünglichen Originalversionen nicht mehr viel gemein. Sie wurden gewissermaßen neu erfunden. Ich habe nicht nur hier und da ein paar tausend Wörter hinzugefügt, sondern beide Geschichten in mehrfacher Hinsicht neu konzipiert. Einige Szenen der Originale sind geblieben, aber auch sie wurden verändert, um den Charakteren andere Perspektiven oder mehr Spielraum zu ermöglichen. Einige Figuren sind entweder aus dem Rampenlicht in den Hintergrund getreten oder sogar ganz verschwunden und neue hinzugekommen. Dasselbe gilt für einige Handlungsstränge.

Dies ist Quinns Geschichte – oder zumindest ihr Anfang. Und da er in meiner Vorstellungswelt auch lange nach dieser Geschichte weiterhin sehr lebhaft und präsent war, gehe ich davon aus, dass er noch mehr Abenteuer vor sich hat. Wir werden sehen.

Wenn Ihnen meine letzten Thriller gefallen haben, dann hoffe ich, Sie geben auch diesem eine Chance. Er ist nicht so düster und rau wie die Bishop-Bücher, und ob es irgendwelche paranormalen Elemente gibt, bleibt abzuwarten, aber auf jeden Fall macht Quinn eine Menge Spaß, und er erlaubt es mir, eine leichtere, verspieltere Seite meines Schreibens zu präsentieren.

Meine Agentin nennt diese Art von Geschichte eine »Kapriole, ein herrliches, spaßiges, geistreiches Abenteuer voller Humor, auch wenn darin womöglich tödliche Gefahren lauern«.

Könnte gut sein … und ist auch so. Denn es geht um eine Ausstellung spektakulärer Schmuck- und Kunstobjekte, die vorbereitet wird, und nicht nur eine Person setzt alles daran, sie zu besitzen – bis hin zu Mord.

Lernen Sie also Quinn kennen, und lassen Sie mich wissen, was Sie von ihm halten. Ich mag ihn sehr gern. Und ich hoffe, Sie ebenfalls.

Prolog

Der Nebel hätte es Quinn erleichtern können, seine Zielperson unbemerkt zu beschatten, doch er hatte inzwischen gelernt, dass der wabernde graue Dunst so unberechenbar sein konnte wie eine lebendige Kreatur, dick wie Erbsensuppe in einem Moment und hauchdünn im nächsten. Deshalb blieb er so weit zurück, wie es ihm möglich war, ohne sein Zielobjekt aus dem Auge zu verlieren.

Das machte die Sache schwieriger.

Auf einem nassen Dachziegel rutschte er aus und nahm sich vor, sich für solche nächtlichen Exkursionen ein Paar neue, noch weicher besohlte Schuhe zu besorgen. Während ihm das durch den Kopf ging, griffen seine in Handschuhen steckenden Hände gerade behutsam nach einem weiteren der schlüpfrigen Ziegel.

Quinn erstarrte, als sich der Ziegel löste.

Er sah nachts ausgezeichnet, doch durch den sich bewegenden Nebel konnte er nicht sicher sein, ob der Mann einige Meter vor ihm auf demselben Dach das schwache Geräusch gehört hatte oder nicht. Er kniff die Augen zusammen, konzentrierte alle seine Sinne und befand schließlich, dass der Mann nach wie vor langsam und vorsichtig seinen Weg fortsetzte.

Kaum atmend und jeden Fuß mit größter Vorsicht aufsetzend, verfolgte Quinn ihn weiter.

Doch etwas nagte an ihm, während er so über die ausgedehnten Dachflächen mehrerer riesiger Bürogebäude hinwegpirschte. Was war es? Was beunruhigte ihn?

Er war diesem Mann nun schon die dritte Nacht auf den Fersen, und bislang hatte sich nichts verändert. Es war nur ein Marsch über Dächer hinweg, leise und vorsichtig, in der Dunkelheit. Heute Nacht war es neblig, aber ansonsten war alles gleich.

Alles gleich.

Genau gleich.

Quinn erstarrte erneut, dieses Mal, weil sich in seinem Kopf eine Erkenntnis zu formen begann. Alles gleich. Die gleiche gottverdammte Route. Die gleiche Nachtzeit, exakt auf die Stunde. Die gleichen Dächer, unter denen sich nichts verbarg, was für einen an Schmuck und Kunst interessierten Dieb von Interesse war. Der gleiche schwierige, körperlich anstrengende Weg, der sowohl seine Nerven wie auch sein Geschick auf die Probe stellte.

Und er spielte mit – Anführer und Verfolger.

Aber er war nicht der Anführer.

Er wurde auf die Probe gestellt.

Zorn überkam Quinn, aber stärker noch als dieses Gefühl war der instinktive Drang, das Ganze sofort abzubrechen. Jemand hatte ihn zu einem gefährlichen Spiel verleitet, doch er wollte sich darauf nicht einlassen, solange er die Regeln nicht kannte.

Er verlangsamte seinen Schritt und hielt unwillkürlich nach der besten Rückzugsmöglichkeit Ausschau.

Und er hätte es fast geschafft.

Quinn vermied die Feuerleiter – das tat er nach Möglichkeit immer, denn diese Dinger waren einfach zu laut –, befestigte stattdessen einen Greifhaken und seilte sich dann an der Seite des Gebäudes in den Schatten eines Durchgangsweges ab.

Er war nur mehr gut drei Meter vom Boden entfernt, als alle seine Sinne ihn plötzlich ungestüm warnten. Jemand war in der Nähe, zu nahe – und er zappelte hilflos in der Luft wie ein Wurm an einem Haken.

Er fand kaum die Zeit, den Kopf zu drehen, hatte nur einen Augenblick, um die schemenhafte Gestalt eines Mannes auf der nicht weit entfernten Feuerleiter zu erkennen, den schwachen Feuerschein auf dunklem Stahl zu sehen, und dann erreichte ein leises Geräusch sein Ohr – im selben Moment, in dem Quinn sich instinktiv von der Mauer abdrückte und fallen ließ.

Er spürte, wie ihn die Kugel traf, und durch den Schock gaben seine Knie nach, als er auf den Boden schlug. Ein brennender Schmerz jagte durch seinen Körper. Er versuchte, ihn zu ignorieren, und schaute auf. Sein Blick suchte nach dem Mann auf der Feuerleiter, dessen Schuss ihn getroffen hatte.

Die Feuerleiter war leer.

Quinn presste eine Hand auf die Brust, und als er sie wieder wegnahm, sah er sogar in der Dunkelheit der Gasse ein nasses Glänzen.

»Scheißkerl«, murmelte er.

1

Morgan West machte die ganze Situation mehr und mehr zu schaffen. In den nächsten Tagen würde die unschätzbar teure Schmuck- und Kunstsammlung Bannister ins Museum kommen, und damit würde sich der Köder in der Falle befinden. Weder Max Bannister noch sonst irgendjemand hatte sich dazu bequemt, ihr mitzuteilen, dass es tatsächlich eine Falle gab; sie verfügte über diese Information lediglich deshalb, weil sie ein Gespräch mitgehört hatte. Und von Quinn hatte sie seit Wochen nichts gesehen – und gespürt.

Es war zum Verrücktwerden.

Sie machte sich, was Quinn anging, nichts vor. In ihren Gedanken rangierte er an erster Stelle. Sobald sie ihren Ärger darüber, mit einem Ring für eine Konkubine beschenkt worden zu sein, überwunden hatte (wenngleich sie sich vorgenommen hatte, diesen Punkt bei ihrem nächsten Treffen deutlich zur Sprache zu bringen), war sie wieder dazu übergegangen, jeden Abend ein bis zwei Stunden im Wagen vor einem seiner möglichen Ziele, etwa einem Museum oder Schmuckgeschäft, zu warten, in der Hoffnung, ihn sehen oder erspüren zu können – was auch immer. Aber er hatte recht gehabt, als er sagte, wenn er nicht gefunden werden wolle, dann werde nicht einmal sie in der Lage sein, ihn zu finden.

Der am schwersten zu fassende Dieb der Welt schien kein Problem damit zu haben, sich auch ihr zu entziehen.

Mist.

Sie hatte die Zeitungen von vorne bis hinten durchgelesen und tagsüber im Museum die Ohren offengehalten, doch falls Quinn jemanden beraubt hatte, war darüber offenbar nichts bekannt. Es hatte über den weltberühmten Einbrecher weder große Schlagzeilen noch atemberaubende Berichte im Fernsehen gegeben.

Tatsächlich war nichts von einem Juwelen- oder Kunstraub bekannt geworden, seit Max Bannister, sein Halbbruder Wolfe Nickerson und Interpolagent Jared Chavalier eine psychotische Diebin festgesetzt hatten, die darauf aus gewesen war, die Computerexpertin der Ausstellung, Storm Tremaine, zu ermorden.

Nachdem diese Anführerin einer bestens organisierten Diebesbande aus dem Verkehr gezogen und die Aktivität der Gang zum Erliegen gekommen war, hatte praktisch jeder in der Stadt, der Wertsachen zu schützen hatte, vor Erleichterung fast hörbar aufgeatmet.

In Morgans Museum waren die Räume für die Ausstellung *Geheimnisse der Vergangenheit* so gut wie fertig, während die unschätzbar wertvolle Kollektion von Schmuck und Kunstobjekten gerade noch gereinigt und bewertet wurde. Und von einer bestimmten unterschwelligen Spannung zwischen Wolfe und Jared abgesehen, war alles richtiggehend *friedlich* gewesen.

Morgan sagte sich, sie sollte über diese Lage der Dinge froh sein. So war es für alle Beteiligten das Beste. Quinn war wahrscheinlich wieder nach Europa zurückgegangen, nachdem sie ihn vor der Falle gewarnt hatte.

Was sie Max gegenüber nicht erwähnt hatte.

Trotzdem aber hatte sie ihrem gesunden Menschenverstand und jeglicher Logik zuwider das bohrende Gefühl, dass Quinn San Francisco doch nicht verlassen hatte. Er war noch hier, irgendwo, und wenn er keinen Raub verübt hatte, dann wahrscheinlich deshalb, weil er auf eine Chance wartete, an Max' Sammlung heranzukommen – Falle hin oder her.

Deshalb hielt sie weiter nach ihm Ausschau, sagte sie sich. Denn falls die erste Warnung ihr Ziel verfehlt hatte, sollte sie vielleicht mit einer zweiten aufwarten, die er ernst nehmen würde. Schließlich oblag der Schutz der bevorstehenden Ausstellung ihrer Verantwortung, und Quinn stellte ohne Zweifel eine Bedrohung dar, gegen die sie etwas unternehmen musste.

Ja, genau!, spöttelte sie über sich selbst.

Sie war eine Idiotin, zweifellos. Sie sollte alles in ihrer Macht Stehende tun, um diesen Kerl hinter Gitter zu bringen, und sich gar nicht erst damit aufhalten, ihn warnen zu wollen.

Sie hätte der Polizei eine sehr gute Beschreibung von ihm liefern können. Ob er das wusste? Natürlich wusste er es. Sorgte er sich deswegen? Natürlich nicht, denn ihm war nur zu klar, dass sie der Polizei mit keinem Wort verraten würde, dass sie in der Lage war, ihn zu beschreiben.

Mist.

Sie weigerte sich, den Konkubinenring zu tragen – auch wenn er noch so schön war –, aber sie hatte ihn auch nicht in den Müll geworfen. Tatsächlich hatte sie es sich zur Gewohnheit gemacht, ihn jede Nacht vor dem Zubettgehen aus ihrer Schmuckschatulle zu nehmen und minutenlang anzustarren.

Freud hätte seine wahre Freude gehabt.

An diesem Donnerstag aber hatte sich Morgan, wenn auch nicht ohne Schwierigkeiten, ihre abendliche Suche nach Quinn ausgeredet. Sie beschäftigte sich mit Schreibarbeit, sah sich einen Spätfilm an, ging schließlich unter die Dusche und zog dann ein bequemes Nachthemd an. Sie warf noch einen Blick in ihre Schmuckschatulle und studierte den leuchtenden, quadratischen Stein des Konkubinenrings, sprach laut ein paar von Herzen kommende Flüche über Quinn, um noch etwas Dampf abzulassen, und ging zu Bett.

Als sie aus dem Schlaf aufschreckte, zeigte das Leuchtzifferblatt ihres Weckers zwanzig nach drei Uhr morgens an. Es war sehr still, doch sie lag steif und hellwach unter der Decke und lauschte angestrengt. Etwas hatte sie aufgeweckt, das wusste sie. Etwas …

Da. Ein leises Geräusch im vorderen Teil der Wohnung, im Wohnzimmer. Ein Kratzen, dann ein sehr leises Knarren, wie wenn jemand auf eine Holzdiele trat.

Was Waffen anbelangte, hatte Morgan eine klare Meinung. Ihrer Ansicht nach sollten die allermeisten Leute, die Schusswaffen besaßen, noch nicht einmal eine Steinschleuder besitzen dürfen, und sie war der festen Überzeugung, dass jeder, der eine Schusswaffe und ein Kind, gleich welchen Alters, im selben Haus hatte, sträflicher Dummheit zu bezichtigen war.

Aber sie war auch schon zu lange auf sich allein gestellt, um törichte Risiken einzugehen. Deshalb hatte sie sich den Umgang mit Waffen beibringen lassen und sich eine Automatikpistole zugelegt, die sie in ihrer Wohnung aufbewahrte. Zweimal im Monat machte sie Schießübungen, sie war eine passable Schützin.

Und so war es fast ein Reflex, dass sie lautlos die Schublade ihres Nachtkästchens öffnete und die Pistole herausnahm, als sie aus dem Bett glitt. Und ein weiterer, die Waffe mit dem Daumen zu entsichern und sie mit dem geübten beidhändigen Griff vor sich zu halten.

Natürlich wäre es wahrscheinlich klüger gewesen, sich mit der Waffe und dem Handy, das auf dem Nachtkästchen lag, im Badezimmer einzuschließen und die Polizei zu rufen. Doch dieser Gedanke kam ihr erst wesentlich später. Stattdessen schlich sie auf die Tür ihres Schlafzimmers zu, lauschte angestrengt und versuchte, möglichst lautlos zu sein.

Der Flur war kurz; vor dem Eingang zum Wohnzimmer blieb sie stehen und suchte den Raum nach etwas ab, das sich bewegte. Dort – am Fenster. Es war nicht mehr als ein Schatten, undeutlich, aber was es auch war, es gehörte dort nicht hin.

Morgan blieb dicht an der Wand in Deckung, fixierte den Schatten und schaffte es, über ihre feste Stimme nicht selbst zu erschrecken. »Ich habe eine Waffe«, warnte sie grimmig. »Und ich werde sie auch benutzen, das können Sie mir glauben.«

»Ich glaube dir.« Die Stimme war tief, männlich und etwas spröde. »Aber … nachdem die amerikanischen Behörden …

noch keinen Preis auf meinen Kopf ... ausgesetzt haben ... wäre es mir lieber ... du benutzt sie nicht. Mich aus Habgier erschießen zu wollen ... das halte ich zwar für ... absolut akzeptabel ... aber für ... aktive Sterbehilfe ... bin ich noch nicht bereit.«

Sie sackte in sich zusammen. »Quinn.«

»Kling nicht ... so verdammt erleichtert, Morgana«, tadelte er sie, und seine Stimme war dabei noch spröder. »Ich bin vielleicht ... kein mordender Unhold, aber zumindest für gefährlich ... solltest du mich ... schon halten. Schließlich bin ich ... ein bekannter Verbrecher.«

»Du bist ein Verrückter.« Sie sicherte die Pistole wieder, legte sie auf ein Wandtischchen im Wohnzimmer und schaltete die Lampe, die darauf stand, an.

Er stand am Fenster, die Hände auf die hohe Lehne ihres Lesesessels gelegt. Enttäuschter, als sie sich selbst eingestehen wollte, bemerkte sie, dass er neben seinem üblichen schwarzen Einbrecheroutfit auch die Skimaske trug. Wieso verbarg er sein Gesicht vor ihr, das sie doch längst gesehen hatte?

»Was treibst du denn überhaupt hier?«, fragte sie.

»War gerade zufällig ... in der Gegend«, murmelte er.

Stirnrunzelnd ging Morgan einen Schritt auf ihn zu. Er stand zu still, dachte sie, zu steif. Und wie er sprach, das stimmte irgendwie nicht. »Ach, wirklich? Und du bist auch ganz zufällig meine Feuerleiter hochgeklettert und hast mein Fenster aufgebrochen?«

»Lausiger Riegel«, bemerkte er, wobei seine Stimme leiser wurde und er fast lallte. »Du solltest dir ... einen anderen zulegen.«

Später war Morgan nicht mehr klar, von welchem Moment an sie wusste, was geschehen war. Aber sie bewegte sich plötzlich mit hastigen Schritten schneller auf ihn zu. Vielleicht war es reiner Instinkt, der ihr sagte, dass etwas nicht stimmte – ein Gespür für seine Schwäche, der Geruch von Blut –, doch plötzlich wusste sie ganz gewiss, dass er schwer verletzt war.

»Keine Polizei, Morgana«, murmelte er leise, mit belegter Stimme. »Ärzte müssen einen Bericht … Bericht …« Er schwankte, und sie schaffte es gerade noch, ihn zu fassen zu bekommen und zu verhindern, dass sein Kopf auf den Boden aufschlug.

Eine leichte Brise vertrieb den Nebel, aber diese wie mit Watte gedämpfte, typische Stille einer nebligen Nacht blieb dennoch erhalten, und so achtete sie darauf, kein Geräusch zu machen, während sie sich von Morgan Wests Apartmentgebäude entfernte.

Interessant. Sehr interessant sogar.

Und überraschend. Der anscheinend unfehlbare Quinn hatte also doch einen Schwachpunkt? Eine unerwartete, verwundbare Stelle im Panzer seines Herzens – und seines brillanten Verstandes?

Sie ging zu ihrem ein paar Blocks entfernt geparkten Wagen und stieg ein, und erst jetzt entglitt ihr ein leises Lachen. Sie war mit einem Ziel nach San Francisco gekommen.

Jetzt hatte sie zwei.

»Quinn? *Quinn?*« Sein schwarzer Pullover hatte einen dunklen, nass glänzenden Fleck an der Brust, unterhalb der linken Schulter. Ein Fleck, der größer wurde. Und als sie ihm die Skimaske abnahm, war sein schmales, schönes Gesicht gespenstisch bleich, schweißbedeckt und kalt, die Augen waren geschlossen.

Morgan hatte sich noch nie so eisig und von Furcht erstarrt gefühlt, doch irgendwie erinnerte sie sich an einen Erste-Hilfe-Kurs und fühlte seine Halsschlagader. Sein Herz schlug, allerdings nur schwach, und der Rhythmus war sehr unstet. Quinn war im Begriff, einen Schock zu bekommen.

Er war viel zu schwer, als dass sie ihn hätte tragen können. *Halte ihn warm und leg seine Beine hoch,* sagte sie sich mit einer ruhigen inneren Stimme, die sie selbst überraschte. Sie holte eine Decke und legte sie über ihn, dann hob sie seine Beine hoch und schob ein dickes Kissen darunter.

Sie wollte sich die Wunde nicht ansehen, wusste jedoch, dass sie es tun musste, und seine letzten, gemurmelten Worte verfolgten sie. Einen Arzt konnte sie also nicht verständigen, denn er hätte eine von einem Gewaltverbrechen herrührende Wunde melden müssen, und die Polizei hätte ihn sofort festgenommen.

Trotz allem war Morgan völlig klar, dass ihr Quinn hinter Gittern in jedem Fall lieber sein würde als tot. Wenn es diesbezüglich also eine Entscheidung zu treffen gab, dann war sie bereits gefallen.

Mit einer Schere schnitt sie den Pullover vorsichtig so weit auf, dass sich die Verletzung freilegen ließ. Sie wusste nicht viel über derlei Dinge, aber sie war sich sicher, dass sie es mit einem Einschuss zu tun hatte; dazu genügte ein Blick. Sie machte aus mehreren sauberen Tüchern einen dicken Verband und legte ihn vorsichtig auf die träge blutende Wunde. Sie musste kämpfen, damit ihr nicht übel wurde. Doch diese gelassene innere Stimme half ihr, die Fassung zu bewahren.

Gar nicht so schlimm. Die Blutung hat schon fast aufgehört. Wenn es nicht eine Austrittswunde gibt … Sie schob eine Hand unter seine Schulter und wusste dann nicht, ob sie erleichtert sein sollte, dass sich die Kugel noch in seinem Körper befand. *Sie ist nicht in der Nähe des Herzens oder der Lunge. Glaube ich zumindest.*

»Mistkerl«, murmelte sie, ohne wirklich zu merken, dass sie es aussprach. »Stirb mir bloß nicht unter den Händen weg, Quinn. Verdammt, du darfst dich nicht einfach davonmachen.«

Seine unglaublich langen Wimpern hoben sich, und sogar jetzt lauerte in den dunklen grünen Augen noch eine Spur Belustigung. »Wenn du mich schon … mit Schimpfnamen bedenkst«, sagte er mit einer Stimme, die kaum mehr als ein Flüstern war, »dann … benutze wenigstens meinen Vornamen.«

»Ich kenne deinen Vornamen gar nicht!«, fuhr sie ihn an, immer noch zornig, und sie vermutete, dass ihr Ärger das Einzige war, was ihr half, zu funktionieren.

»Alex«, murmelte er mit dem Anflug eines Lachens.

Morgan verspürte keinerlei Triumphgefühl, obwohl sie sicher war, dass er sie nicht belogen hatte. Alex war sein Name, sein wirklicher Name, und dieses Wissen hatte sie nun jedem voraus, der es auf Quinn abgesehen hatte. Und doch war sie nicht stolz darauf, dass er ihr dies anvertraut hatte. Vielmehr spürte sie eine große Angst, es könne so etwas wie ein Bekenntnis auf dem Sterbebett sein. Doch ihr Tonfall blieb grimmig und bestimmt.

»Wenn du mir stirbst, *Alex,* dann werde ich deinen Geist bis ans Ende der Welt verfolgen.«

Seine Augen schlossen sich, doch er gluckste leise. »Ich kann dir ... die Suche ersparen. Du wirst mich ... wahrscheinlich ... ganz in der Nähe der Flammen ... der ewigen Verderbnis ... finden, Morgana.«

Sie schmeckte Blut und bemerkte, dass sie sich in die Lippe gebissen hatte. »Ich muss dir einen Arzt besorgen ...«

»Nein. Die Polizei. Ich kann nicht zulassen ... dass sie mich jetzt wegsperren ... nicht jetzt ... ich bin zu nah dran.«

Sie wollte gar nicht wissen, was er eigentlich meinte. »Hör mir mal gut zu. Du hast einen Schock. Du hast eine Menge Blut verloren. In deiner Schulter steckt eine Kugel, und die muss raus.«

Als sich seine Augen langsam wieder öffneten, löste ihr fieberhafter Glanz noch größere Panik bei ihr aus. »Max«, sagte sie rasch, »Max. Ich werde Max anrufen. Er schafft es sicher, unauffällig einen Arzt zu besorgen, ohne dass die Polizei Wind davon bekommt.«

Erst viel später kam ihr in den Sinn, welch herrliche Ironie ihre Lösung beinhaltete: In ihrem Wohnzimmer lag ein verwundeter Einbrecher, und der einzige Mensch, der ihm vielleicht helfen konnte, war der Besitzer einer unschätzbar wertvollen Kunstsammlung, die als Falle dienen sollte, um eben diesen Einbrecher dingfest zu machen.

Ironie? Es war Wahnsinn.

Quinn blickte sie lange an, dann seufzte er unwillkürlich. Erleichterung, Einverständnis, Bedauern – was auch immer, Morgan war sich nicht sicher, was es war. Doch ein Lächeln spielte kurz um seine Lippen, ein seltsames Lächeln, das von etwas anderem entstellt wurde als von Schmerz.

»Also gut. Ruf ihn an.«

Obwohl es mitten in der Nacht war, klang Max' Stimme klar und ruhig, als Morgan seine Privatnummer anrief, und er hörte sich ihre hastige Erklärung an, ohne zu unterbrechen. Sobald sie geendet hatte, sagte er lediglich »Bin schon unterwegs«, und im nächsten Moment hörte sie nur mehr das Freizeichen.

Quinn schien ohnmächtig zu sein, aber er atmete noch. Sie wickelte ihn fester in die Decke ein, ging dann ins Schlafzimmer, um Jeans und Pullover anzuziehen, und kniete anschließend wieder neben ihm nieder. Mit zitternden Fingern strich sie über sein dickes, goldblondes Haar und seinen feuchtkalten Hals.

»Wenn du stirbst, werde ich dir das nie verzeihen«, flüsterte sie. Sie wusste nicht, ob er es gehört hatte oder ob seine Bewusstlosigkeit zu tief war, um irgendetwas zu hören, aber sein Kopf bewegte sich leicht, als wollte er sich an ihre Hand schmiegen.

Erst zehn unendliche Minuten später hörte sie ein schnelles, leises Klopfen an der Tür und stand auf, um Max hereinzulassen. Sie hatte noch einige Lampen eingeschaltet, sodass er Quinn deutlich sehen konnte, als er die Wohnung betrat.

»Der Arzt wird jeden Moment hier sein«, erklärte er, warf seine Jacke auf die Couch und trat zu Quinn. »Wie geht es ihm?«

»Unverändert.« Morgan kniete neben dem Verletzten nieder, und Max folgte ihrem Beispiel. Mit seinen langen, kräftigen

Fingern fühlte er Quinns Puls, dann schlug er die Decke zurück und warf einen Blick unter die Tücher, mit denen Morgan die Wunde abgedeckt hatte. Was immer in ihm vorgehen mochte, seine harten Gesichtszüge verrieten kein Gefühl, und auch seine Stimme blieb sachlich.

»Ernst. Aber nicht tödlich, denke ich.«

Hätte ein Arzt das gesagt, Morgan hätte vielleicht daran gezweifelt, doch sie kannte Max lange genug, um auf sein Urteil zu vertrauen. Die kalte, angespannte Furcht in ihrem Inneren löste sich; sie merkte, wie sie ein wenig in sich zusammensank. »Er – er ist so blass.«

»Blutverlust.« Max legte die Tücher wieder auf die Wunde und zog die Decke bis an Quinns Kehle hoch. »Und Schock. Der menschliche Körper tut sich schwer mit einer Kugel.«

»Sie steckt noch in ihm drin.«

»Ich weiß. Zum Glück für ihn. Wenn sie wieder ausgetreten wäre, wäre er inzwischen wahrscheinlich verblutet.« Max blickte sie an und meinte dann: »Ich denke, weg vom Boden hätte er es bequemer.«

»Wenn wir es schaffen, ihn in mein Bett zu bringen ...«

»Geh schon mal vor und richte es her. Ich trage ihn.«

Quinn war alles andere als ein kleiner Mann, und bewusstlos war er noch schwerer aufzuheben, aber auch Max war überdurchschnittlich groß und kräftig; es schien ihn nicht übermäßig viel Anstrengung zu kosten, Quinn in Morgans Bett zu bringen. Sie half ihm, dem Verletzten die Schuhe auszuziehen, dann warf sie einen zögerlichen Blick auf den ganz in Schwarz gekleideten Körper.

»Vielleicht mache ich den Rest besser alleine«, meinte Max.

Sie nickte und zog sich zur Tür hin zurück. »Ja, das ist vielleicht besser. Ich – koche uns mal einen Kaffee.«

Sie hatte gerade damit angefangen, als der Arzt eintraf. Er war ein Mann mittleren Alters, mit ruhigem Blick und einer leisen Stimme, und er schien es ganz sachlich zu nehmen, dass er aus dem Bett geholt worden war, um heimlich eine Schusswunde zu versorgen. Wenn Max sage, das sei in Ordnung, erklärte er sich gegenüber Morgan, dann sei das alles, was er wissen müsse.

Noch jemand, der unbedingtes Vertrauen in Max' Urteil hatte, wie es schien.

Morgan führte den Mann ins Schlafzimmer und ging dann wieder in die Küche.

Sie wusste nicht, wie viel sie noch aushalten konnte, war sich jedoch ziemlich sicher, dass ihre Fassung ins Wanken geraten würde, wenn sie zuschauen musste, wie aus Quinns Schulter eine Kugel entfernt wurde.

Sie hörte die leisen Stimmen der beiden Männer, und einmal musste sie sich fest in die Faust beißen, als sie ein heftiges Stöhnen hörte. Daraufhin schaltete sie den Fernseher ein, blieb jedoch in der Küche. Als sie bei der zweiten Tasse Kaffee war, kam Max zu ihr.

»Die Kugel ist draußen«, berichtete er gefasst. »Sie war offenbar schräg eingetreten, das hat das Herausholen erschwert, aber wenn sie gerade eingedrungen wäre, hätte sie ihn wahrscheinlich getötet.«

Morgan schenkte ihm eine Tasse ein und deutete auf Zucker und Milch. »Ich habe gehört, wie er …«, sagte sie mit bebender Stimme. »Hat er …«

»Er ist mitten in der Operation zu sich gekommen«, erklärte Max. »Das war nicht sehr angenehm für ihn, fürchte ich. Aber er will kein Schmerzmittel, und er ist noch immer bei Bewusstsein.«

»Wird er es überstehen?«

»Sieht so aus.« Max nippte an seinem Kaffee und fügte dann etwas nüchtern hinzu: »Jetzt wirst du also ein paar Tage lang einen verwundeten Einbrecher in deinem Bett haben.«

Morgan kam plötzlich der Gedanke, dass Max über all diese Dinge erstaunlicherweise nichts wissen wollte, und sie spürte, wie sie errötete. Sie räusperte sich und murmelte dann: »Ich … äh … bin ihm sozusagen schon ein paarmal begegnet, und …

mehr oder weniger … hat er mir sogar das Leben gerettet. Zweimal, wahrscheinlich.«

»Tatsächlich?«

Sie nickte. »Also stehe ich in seiner Schuld. Und mein Bett für ein paar Tage aufzugeben, das ist nun wirklich kein zu hoher Preis dafür.«

Max blickte sie unverwandt an. »Nein, wenn er dir das Leben gerettet hat, dann würde ich sagen, machst du ein gutes Geschäft.«

»Du wirst nicht …« Sie räusperte sich noch einmal und sagte dann bemüht: »Max, ich habe im Museum zufällig etwas gehört, das ich wahrscheinlich nicht hätte hören sollen. In der Nacht, als du von den Flitterwochen zurückgekommen warst.«

»Das dachte ich mir schon.« Er lächelte. »Ich habe im Dienstbuch des Museums deinen Namen gesehen, als ich mich austrug, Morgan. Schon da hatte ich den Verdacht, dass du mein Gespräch mit Jared gehört und mitbekommen hast, was wir planen.«

»Ja, also … nachdem Quinn mir das Leben gerettet hat, … warnte ich ihn. Dass die Ausstellung *Geheimnisse der Vergangenheit* der Köder für eine Falle ist.«

»Ich verstehe.«

»Es tut mir leid, Max, aber …«

»Schon gut«, tröstete er sie, doch bevor er noch mehr sagen konnte, kam der Arzt mit positiven Nachrichten aus dem Schlafzimmer zu ihnen.

»Die Konstitution eines Ochsen«, sagte er und nahm von Morgan dankbar eine Tasse Kaffee entgegen. »Und eine ungewöhnlich hohe Schmerztoleranz. Ich gehe davon aus, dass er bald wieder genesen ist. Wahrscheinlich wird er in ein, zwei Tagen schon wieder auf den Beinen sein.« Mit einem Blick auf Max fügte er hinzu: »Er will Sie sehen, und ich bezweifle, dass er einschläft, wenn Sie nicht zu ihm gehen.«

Max stellte seine Tasse ab, lächelte Morgan aufmunternd zu und verließ die Küche, während der Arzt ihr Anweisungen gab, wie sie sich in den nächsten Tagen um den Patienten kümmern solle.

Als Max in das hell erleuchtete Schlafzimmer kam, blieb er erst einmal still stehen und studierte Quinn einen Moment lang. Sein Oberkörper war durch zwei Kissen leicht aufrecht und die Decke nur bis über die Hüften hochgezogen, sodass die bandagierte Schulter gut zu sehen war. Seine Augen waren geschlossen, doch als Max ihn ansah, öffneten sie sich. Quinn schien klar und bei vollem Bewusstsein, trotz der Schmerzen, die er unzweifelhaft hatte.

Seltsamerweise wirkte er in Morgans Bett gar nicht deplatziert. Sie hatte ihr Schlafzimmer nicht überbordend ausstaffiert – das entsprach nicht ihrem Charakter –, wiewohl es eindeutig das Schlafzimmer einer Frau war. Doch trotz der mit Blumenmustern bedruckten Bettwäsche und der mit Rüschen versehenen Kissendecken schien Quinn in dieses Ambiente zu passen, ohne dass seine Männlichkeit dadurch eine Einbuße erlitt. Das war wirklich interessant, dachte Max.

Nach einer Weile schloss er die Tür hinter sich. Quinn beobachtete stumm, wie der große, dunkle Mann würdevoll ans Fenster trat und auf die schwach beleuchtete Straße hinuntersah.

»Ich nehme an, Morgan weiß es nicht«, sagte er ruhig.

»Nein«, antwortete Quinn. Sein Tonfall war etwas anders als jener unbekümmerte, den Morgan sonst immer von ihm zu hören bekam.

»Was für ein Spiel treibst du mit ihr?«, fragte Max, den Blick noch immer nach draußen gewandt.

Seiner tiefen Stimme war nichts Besonderes anzumerken, aber Quinn bewegte sich dennoch ruhelos auf dem Bett, das Gesicht etwas verzerrt, weil seine Wunde ihn schmerzte. »Du musst wissen, dass es kein Spiel ist.« Nun klang er durchaus verändert: sich verteidigend, vielleicht sogar trotzig. »Für Spiele habe ich nicht die Zeit und auch nicht die emotionale Energie.«

»Dann halte sie aus der Sache heraus.« Dieses Mal sprach Max Bannister, der Vorstandsvorsitzende, eine Autorität, die es nicht gewöhnt war, herausgefordert zu werden, und noch weniger, eine Niederlage einzustecken. Doch vom Bett her kam eine leise, aber bestimmte Kampfansage.

»Das kann ich nicht«, sagte Quinn.

Max versteifte sich fast unmerklich. »In mancher Hinsicht ist Morgan durchaus fragil. Und sie unterstützt immer den Schwächeren. Du könntest ihr das Herz brechen.« Seine Stimme war ausdruckslos.

»Ich glaube eher, sie könnte meines brechen«, entgegnete Quinn noch leiser.

»Hör auf. Jetzt, sofort … bevor einer von euch beiden einen zu hohen Preis bezahlen muss.«

»Glaubst du, das hätte ich nicht längst versucht?« Quinn lachte, es klang leise und rau. »Das habe ich.« Er räusperte sich und fuhr mit eiserner Beherrschung fort, was jedoch die Bedeutung seiner Worte um nichts schmälern konnte. »Ich habe versucht, mich von ihr fernzuhalten. Du hast keine Ahnung, wie sehr ich es versucht habe. Ich weiß nicht einmal, dass ich bewusst entschieden hätte, heute Nacht hierher zu kommen. Ich … kam einfach. Zu ihr. Wenn es sein sollte, dass ich sterbe, dann musste ich – bei ihr sein.«

Jetzt drehte sich Max um und lehnte sich an den Fensterrahmen, und als er sprach, war ihm die Niederlage anzuhören. »Das ist ein irrsinniger Schlamassel, Alex.«

Quinns lange Finger umklammerten den Rand der Decke, die bis zu seinen Hüften hochgezogen war, und sein Mund verzog sich, als er diesem festen, eigenartig mitfühlenden Blick begegnete. »Ich weiß«, sagte er.

Als Max nach über einer halben Stunde noch immer nicht wieder aus dem Schlafzimmer gekommen war, begann Morgan, sich Sorgen zu machen. Der Arzt hatte ihr vor seinem Aufbruch Anweisungen gegeben sowie Antibiotika und

Schmerztabletten dagelassen und eine Liste von Dingen aufgeschrieben, die sie brauchte, um ihren Patienten zu pflegen. Jetzt konnte sie nichts anderes tun als im Wohnzimmer auf- und abzugehen. Und jedes Mal, wenn sie an der Tür vorbeikam, starrte sie durch den Flur nervös auf die geschlossene Schlafzimmertür. Sie hörte nicht einen Laut; was ging dort drinnen vor sich?

Es war schon fast Morgengrauen, nach fünf Uhr früh, als Max endlich herauskam.

Wie gewöhnlich zeigte er keine Regung, aber Morgan fand, dass er müde aussah.

»Wie geht es ihm?«, fragte sie etwas argwöhnisch.

»Ich glaube, er schläft jetzt.«

Morgan kam fast um vor Neugier, aber noch ehe sie fragen konnte, weshalb Quinn ihn hatte sehen wollen, klopfte es heftig an der Wohnungstür. »Wer könnte das sein? Kommt der Doktor zurück?«

»Nein, das glaube ich nicht.« Max öffnete, und Jared Chavalier trat ein.

Fast instinktiv postierte sich Morgan zwischen Jared und der Tür zum Schlafzimmer, doch ihr Blick wanderte zu Max, und ihre leise Frage war an ihn gerichtet.

»Wie konntest du ...«

»Ist schon gut, Morgan«, unterbrach er sie ruhig und mit einem beschwichtigenden Lächeln. »Vertraue mir.«

Sie wollte etwas erwidern, doch Jareds leise, ärgerliche Stimme zog ihre Aufmerksamkeit auf sich. Er sah etwas bleich aus – wahrscheinlich weil er so wütend ist, dachte sie, denn seine Augen funkelten geradezu.

»Hat sich an dem, was du mir am Telefon gesagt hast, irgendetwas geändert?«, fragte er Max.

»Nein«, entgegnete dieser. »Es ist ernst, aber nicht tödlich. In ein paar Tagen wird er wieder auf dem Damm sein.«

Jared lachte kurz. »Ich hätte es wissen sollen – er hat mehr Leben als zehn Katzen.«

Unverändert gefasst sagte Max: »Du wirst mit ihm reden wollen. Dieses Mal kam er nah dran. Zu nah. Er glaubt, deshalb wurde auf ihn geschossen.«

Als Morgan merkte, dass von dem Interpolagenten keine Gefahr für Quinn ausging, trat sie vom Flur ins Wohnzimmer, doch ihre Verwirrung wuchs. »Ich verstehe nicht«, wandte sie sich an Max. »Was geht hier eigentlich vor?«

»Die Ausstellung *ist* ein Köder für einen Einbrecher«, erklärte Max, »aber es ist nicht Quinn. Er arbeitet für Interpol und hilft mit, einen anderen Dieb zu fassen.«

2

Langsam machte sich ein Lächeln auf ihren Zügen breit. »Na, jetzt schlägt's aber dreizehn.«

Jared musterte sie scharf und meinte dann: »Jegliche romantische Vorstellungen von Edelmut und so weiter kannst du dir ruhig aus dem Kopf schlagen, Morgan. Quinn hilft uns nur, damit er nicht selbst im Knast sitzen muss – das ist alles. Wenn wir ihn nicht gefasst hätten, würde er nach wie vor in Europa sein Unwesen treiben.«

Morgan hielt diesem zornigen Blick lange stand, und ihr Lächeln verblasste. Dann wandte sie sich ostentativ an Max. »Ich mache uns noch einen Kaffee.«

»Danke«, erwiderte Max. Als sie das Zimmer verlassen hatte, wandte er sich an Jared. »War das nun nötig?«

Jared Chavalier zuckte die Achseln und blickte finster vor sich hin. Sein Zorn blieb unverändert, als er leise antwortete. »Sag du mir nicht, dir gefällt es, wenn sie sich in einen Einbrecher verknallt. Außer, dass er absolut unzuverlässig ist und so gut wie sicher im Gefängnis landen wird, und ganz zu schweigen davon, dass er von einem, der besser trifft, erschossen werden kann, ist er ja geradezu perfekt für sie. Verdammt, du weißt doch so gut wie ich, Max, dass er aus ihrem Leben verschwinden wird, sobald diese Sache beendet ist – wenn nicht noch früher.«

»Vielleicht auch nicht«, hielt Max gelassen dagegen. »Er wurde letzte Nacht schwer verwundet. Hat viel Blut verloren, einen Schock erlitten. Er kam nicht zu mir, um sich Hilfe zu holen, und auch nicht zu dir. Sondern er kam hierher. Zu Morgan. Und er kann sich nicht daran erinnern, diese Entscheidung bewusst getroffen zu haben.«

»Dann«, meinte Jared sarkastisch, »hat er sein Hirn in der Hose.«

»Ich hoffe, du weißt, dass das nicht stimmt.«

Nach einer kurzen Bedenkpause senkte Jared den Blick. »Na gut, vielleicht weiß ich das«, sagte er. »Aber ich dachte auch vor zehn Jahren, dass ich ihn kenne, und da habe ich mich ja wohl so sehr geirrt, wie man sich nur irren kann.«

Max setzte sich auf die Lehne des Sessels neben Jared und fixierte ihn. »Was macht dich zorniger – dass er ein Dieb wurde oder dass er dir das nicht anvertraut hat?«

»Spielt das eine Rolle?«

»Aber natürlich. Wenn du darüber zornig bist, was er mit seinem Leben anzufangen entschieden hat, dann heißt das, es liegt dir etwas an ihm. Wenn du zornig bist, weil er es dir nicht gesagt hat, dann geht es natürlich einfach um dein gekränktes Ego.«

»Ego, zum Teufel. Ich bin ein Bulle, Max, Beamter einer internationalen Polizeibehörde. Was glaubst du denn, wie ich mich gefühlt habe, als ich herausfand, dass mein eigener Bruder der Meisterdieb ist, der zehn Jahre lang die Liste der meistgesuchten Einbrecher anführte?«

Morgan kam gerade noch rechtzeitig ins Wohnzimmer zurück, um diese erstaunliche Information mitzubekommen, und war so perplex, dass sie ohne zu denken losplapperte. »Bruder? Du meinst, du und Quinn, ihr seid …«

Er sah sie an mit diesen blassen, vor Zorn funkelnden Augen, und zum ersten Mal bemerkte sie zwischen ihm und Quinn eine schwer fassbare Ähnlichkeit. »Ja, wir sind Brüder«, bestätigte er unumwunden. »Tu uns allen einen Gefallen und vergiss, dass du das weißt.«

Sie ärgerte sich nicht über ihn, denn sie konnte die unter seiner Wut liegende Beklemmung durchaus wahrnehmen, und sie war auch klug genug, um sich vorstellen zu können, in welch einer schwierigen Lage sich Jared befunden haben musste, als sich herausstellte, dass der berüchtigte Quinn sein eigen Fleisch und Blut war. Er hatte also wirklich Grund genug, einigermaßen verstimmt zu sein.

»Betrachte es als vergessen«, murmelte sie.

Jared sah nicht drein, als würde er ihr glauben, doch er wandte sich an Max. »Ist er wach?«

»Vor ein paar Minuten war er es noch.«

»Dann rede ich besser mal mit ihm.«

»Max, du hast gesagt, er ist am Einschlafen. Kann das Reden nicht bis später warten?«, protestierte Morgan.

»Nein«, erklärte Jared schroff und schritt entschlossen auf das Schlafzimmer zu.

Morgan blickte ihm kurz nach und wandte sich dann an Max. »Meinst du nicht, du solltest besser mit hineingehen? Jared ist mächtig wütend, und Quinn hat zu viel Blut verloren, um sich selbst verteidigen zu können.«

»Da hast du wahrscheinlich recht«, meinte Max stirnrunzelnd und verlor keine Zeit, Jared zu folgen.

Es war acht Uhr morgens, als Max und Jared endlich aus dem Schlafzimmer kamen.

»Wolfe bekommt einen Anfall, wenn er erfährt, was passiert ist«, brummte Jared düster. Sein Zorn war anscheinend verflogen, doch seine Stimmung hatte sich kaum gebessert.

»Das mit Wolfe regle ich schon«, sagte Max.

»Gut. Er ist noch immer sauer auf mich.«

»Warum soll er einen Anfall bekommen?«, fragte Morgan neugierig. »Guter Gott, kennt *er* Quinn etwa auch? Ich meine, richtig, so wie ihr beide ihn kennt?«

»Frag Quinn«, knurrte Jared und verließ steifen Schrittes ihre Wohnung.

Langsam begann Morgan zu spüren, dass sie kaum geschlafen hatte und die Nacht sehr ereignisreich gewesen war. Daran konnten auch zahllose Tassen Kaffee nichts ändern. Fast jammernd fuhr sie Max an: »Und ich habe mich die ganze Zeit schuldig gefühlt, weil *ich* ihn kannte!«

Ein schwaches Lächeln huschte über Max' Gesichtszüge. »Morgan, Alex schläft, und zwar wahrscheinlich noch eine ganze Weile, also warum machst du es dir nicht auf deiner Couch bequem und schläfst auch ein bisschen. Ich glaube, das tut dir gut.«

Dieser Vorschlag war zu verlockend, um etwas dagegen einzuwenden, und so schloss sie die Tür hinter Max, warf noch einen kurzen Blick auf ihren schlafenden Patienten und rollte sich dann mit einem Kissen und einer Decke auf der Couch zusammen. Doch dann kam ihr ein Gedanke.

Max hatte nur einmal namentlich von Quinn gesprochen, und dabei hatte er seinen wahren Namen genannt – Alex. Sie versuchte, darüber nachzudenken, aber sie war einfach zu müde und schlief sofort ein.

Storm Tremaine, klein und blond, mit wildem Blick und einem schleppenden Südstaatenakzent, sah absolut nicht wie ein Bulle aus – und auch nicht wie eine hoch spezialisierte Technikerin. Aber zufällig war sie sogar beides – eine Agentin für Interpol, die sich auf Computer und Sicherheitstechnik spezialisiert hatte.

Jared Chavalier, ein hochrangiger Interpolagent und bei diesem Auftrag ihr Vorgesetzter, kannte sie bereits lange genug, um zu wissen, dass sie nur ihrer Statur nach klein war, nicht aber, was ihre Fähigkeiten und ihr Selbstvertrauen anbelangte.

»Max spricht also mit Wolfe, ja?« Sie schaute von Zeit zu Zeit auf den Bildschirm auf ihrem Schreibtisch, während das Sicherheitssystem, das sie ausgearbeitet hatte, gerade sein Diagnoseprogramm durchlief. Ansonsten war ihr Blick auf Jared gerichtet, der ziemlich unruhig in dem kleinen Zimmer auf und ab ging.

»Ja.«

»Und da du weißt, dass Wolfe noch immer wütend auf dich ist, versteckst du dich hier hinten bei mir.«

»Ich verstecke mich nicht.«

»Richtig. Du liebst es einfach nur, auf drei Quadratmetern ständig hin und her zu laufen. Bei mir zu Hause nennt man das wie ein eingesperrter Tiger an den Gitterstäben entlang streichen.«

Jared drehte sich zu ihr um, sah ihren amüsierten Blick und setzte sich mit einem Seufzer auf den Besucherstuhl. »Schon seit du angegriffen wurdest und er die Geschichte mit der Falle herausfand, warte ich darauf, dass er die Notbremse zieht. Nach dem, was letzte Nacht passiert ist … weiß Gott, was er jetzt tun wird.«

»Was immer Max von ihm erwartet.«

Jared wusste, dass Wolfe unsterblich in Storm verliebt war und ebenso sie in ihn, und er wusste auch, dass die beiden keine Geheimnisse mehr voreinander hatten, und so fragte er sie unumwunden: »Er wusste schon vorher über Quinn Bescheid, nicht wahr?«

»Ja, aber nicht, weil ich es ihm erzählt habe.«

Jared zog erstaunt eine Braue hoch, doch Storm schüttelte lächelnd den Kopf. »Ich nehme an, er hat Verbindung aufgenommen, gleich nachdem er von der Falle erfuhr, aber er sagte nicht, wie. Nur dass er und Quinn ein kleines … Treffen hatten.«

»Und Quinn hat ihm die Wahrheit gesagt?«

»Wolfe glaubt, ja.«

»Was glaubst du?«

»Ich denke … Quinn ist so einer, der immer noch ein, zwei Trümpfe im Ärmel hat. Oder vielleicht sogar ein Kaninchen. Und der einem nie die volle Wahrheit sagt.«

Jared verzog das Gesicht. »Das befürchte ich auch.«

»Aber du glaubst, dass er dieses Mal eher für als gegen dich arbeitet?«

»Himmel, ich weiß auch nicht. Bevor das alles anfing, hätte ich gesagt, Max ist der Letzte, der sich Sorgen machen muss, dass Quinn ihm irgendetwas stiehlt. Aber jetzt … weiß ich es einfach nicht mehr.«

»Diese Falle ...« Storm schürzte die Lippen, bevor sie langsam fortfuhr. »Interpol weiß nicht über den Köder Bescheid, oder?«

»Es gehört nicht zu den Gepflogenheiten von Interpol, unbezahlbar wertvolle private Schmuck- und Kunstsammlungen als Köder zu benutzen.«

»Hmmm. Das dachte ich mir. Aber sie wissen, dass Quinn mit dir zusammenarbeitet, um diesen Dieb zu fassen, den sie Nightshade nennen – ein Arrangement, das sie gutheißen, weil dieser Nightshade weit gefährlicher ist als Quinn. Richtig?«

»Ja.«

»Und weil Quinn, als er schließlich gefasst wurde, still und heimlich vor die Wahl gestellt wurde, entweder für den Rest seines Lebens im Gefängnis zu versauern oder seine Fähigkeiten Interpol zur Verfügung zu stellen. Eigentlich solltest also du die Zügel in der Hand halten.«

»Eigentlich«, erwiderte Jared grimmig, »ist gut gesagt. Er forderte mehr Freiheit, um seinen *Job* tun zu können, also ließ ich die Zügel locker und gestand ihm zu, was er wollte. Gott weiß, ob ich die Angelleine jetzt überhaupt wieder einholen könnte.«

»Du bringst deine Bilder durcheinander«, murmelte Storm, sprach aber weiter, noch ehe Jared mehr tun konnte, als sie anzustarren. »Er arbeitet noch nicht lange für Interpol, stimmt's?«

»Stimmt. Abgesehen von einigen ... Informationen, die er geliefert hat, ist dies der erste Fall, an dem er aktiv mitarbeitet. Das erste Mal an der langen Leine, sozusagen.«

»Du kannst also gar nicht wirklich wissen, ob das funktionieren wird. Aber du sagtest, er hat dir sein Wort gegeben, dass er dir – oder Interpol – nicht weglaufen würde.«

»Ja.«

»Und du sagtest auch, dass man auf sein Wort zählen kann, dass er ein Versprechen nie bricht.«

»Das sage ich mir ständig selbst.«

»Du glaubst, er würde fliehen, wenn er eine Chance bekäme?«

»Nicht, bevor wir Nightshade gefasst haben. Das ist ihm ein persönliches Anliegen.«

»Wie ...«

»Frag nicht, ich kenne die Einzelheiten auch nicht. ich weiß nur, dass Quinn Nightshade an den Kragen will. Unbedingt.«

»Hmmm. Also, inzwischen kann ich verstehen, weshalb Interpol ein bisschen sauer auf dich ist, falls sie herausfinden, was genau auf dieser Seite der Welt vorgeht. Und ich kann mir denken, dass auch Lloyd's of London nicht sehr von der Idee mit der Falle begeistert sein würde. Schließlich versichern sie die Sammlung. Und Wolfe riskiert definitiv seinen Job. Ich glaube, was mich am meisten überrascht, ist, dass Max dieses Risiko auf sich nimmt. Immerhin hat seine Familie fünfhundert Jahre gebraucht, die Sammlung aufzubauen, und jedes Stück ist unersetzbar.«

»Erinnere mich nicht daran. Ich habe das von Anfang an für eine wahnwitzige Idee gehalten.«

»Dann war es also nicht deine Idee. Aber warum hast du zugestimmt?«

»Max hat zugestimmt. Danach blieb mir nichts anderes übrig, als die Sache mitzutragen.«

Storm konnte nicht anders, sie musste lächeln. »Das klingt, als hättest du am anderen Ende der Angelleine einen Pitbullterrier. Dann war es Quinns Idee, nicht wahr? Sein Plan?«

Jared nickte und antwortete nach einem Zögern: »Wenn es um irgendeinen anderen als Nightshade gegangen wäre, dann hätte ich Quinn nicht einmal erlaubt, an Max heranzutreten. Aber einem Einbrecher und Mörder wie Nightshade Einhalt zu gebieten, das rechtfertigt so ziemlich jedes Risiko.«

»Sogar das, das Leben deines Bruders aufs Spiel zu setzen?«

Jareds Miene wurde kurzzeitig etwas härter, doch er blieb gefasst. »Er setzt sein Leben nun schon seit zehn Jahren oder mehr aufs Spiel. Das Einzige, was sich geändert hat, ist der Grund.«

»Ist er schon einmal angeschossen worden?«

»Nein. Sagt er zumindest. Er hat sich ein paar Mal wehgetan und wurde mehrmals zusammengeschlagen, aber man hat noch nie auf ihn geschossen.«

»Das hat sich also verändert. Und noch etwas hat sich verändert, Jared.«

Er schwieg abwartend.

»Dieses Mal ist Quinn an der Kandare. Und das ist etwas, das für einen Mann, der an absolute Freiheit gewöhnt ist, ein Problem sein könnte. Ein tödliches Problem.«

»Ja«, stimmte Jared zu. »Ich weiß.«

»Der Arzt sagte, du musst die Tabletten nehmen. Wegen der Infektionsgefahr.«

»Aber nicht mit Milch«, hielt Quinn bestimmt dagegen und blickte stirnrunzelnd zu ihr auf. »Ich hasse Milch, Morgana.«

Sie seufzte, mit der ersten wirklichen Meuterei ihres Patienten nach mehr als vierundzwanzig Stunden Frieden konfrontiert. Den größten Teil dieser Zeit hatte er verschlafen; er war nur alle paar Stunden für kurze Zeit aufgewacht und hatte dann ohne Protest die heiße Brühe akzeptiert, mit der sie ihn gefüttert hatte. Dabei hatte er sie stets beobachtet; die grünen Augen ruhig auf sie gerichtet, hatte er ihr ernst und würdevoll für jeden Dienst gedankt und war ein vorbildlicher Patient gewesen.

Bis jetzt zumindest.

So, wie sie ihn inzwischen kannte, hatte sie natürlich nicht damit gerechnet, dass diese Gelassenheit von Dauer sein würde, aber sie hatte gehofft, es würde zumindest ein paar Tage dauern, bis er unruhig würde.

»Also gut, keine Milch«, lenkte sie ein. »Aber die Tabletten musst du nehmen. Wie wär's mit Saft?«

»Wie wär's mit Kaffee?«

»Koffein ist wirklich das Letzte, was du brauchst.«

»Kaffee«, wiederholte er, leise aber trotzig.

Morgan überlegte kurz und beschloss, dass dies keinen Streit wert war. Viel wichtiger war, dass er die Tabletten schluckte – egal, womit er sie letztlich hinunterspülte. Außerdem hatte sie bestimmt noch eine Dose koffeinfreien. »Also gut, Kaffee. Aber das dauert ein paar Minuten; ich muss erst welchen machen.«

Er nickte, und seine unmöglich langen Wimpern verbargen die Augen, sodass Morgan nicht sagen konnte, ob er sich über ihre Kapitulation freute oder nicht. Sie verließ das Schlafzimmer mit der Milch und fühlte dabei vage einen Argwohn, den sie sich jedoch nicht erklären konnte.

Eine Viertelstunde später fand sie das Bett verlassen vor und erkannte, dass sie seine Absichten unbewusst oder sogar bewusst erkannt hatte. Seine kleine Rebellion war dabei, zu eskalieren. Die Badezimmertür war geschlossen, und sie hörte Wasser ins Waschbecken laufen.

Sie stellte die Tasse Kaffee auf das Nachttischchen und klopfte höflich. »Alex, was machst du da drinnen?«

»Das zu fragen ist nicht höflich, Morgana«, rügte er sie, wenngleich in amüsiertem Tonfall.

Sie presste die Stirn an die Tür und seufzte. »Du sollst doch noch nicht aufstehen. Der Arzt hat gesagt …«

»Ich weiß, was der Arzt gesagt hat, aber lieber fahre ich zur Hölle, als dermaßen hilflos zu werden. Es gibt einige Dinge, die ein Mann nun einmal lieber alleine tut. Hast du einen Rasierer?«

»Du wirst dich doch jetzt nicht rasieren!«

»Oh doch, das werde ich.«

Morgan trat einen Schritt zurück und starrte auf die Tür. »Also gut. Ich warte einfach hier draußen, bis dir schwindlig wird und du aus den Latschen kippst. Wenn ich den Aufschlag höre, rufe ich Max an und bitte ihn, deinen Kadaver wieder ins Bett zu verfrachten.«

Es trat eine kurze Stille ein, dann hörte das Wasser zu laufen auf, und die Tür öffnete sich. Er stand etwas wackelig da, ein Handtuch um die schmalen Hüften gewickelt, seine grünen Augen leuchteten, und um die Lippen spielte dieses schiefe und gleichzeitig betörende Lächeln. Er hatte den linken Arm aus der Schlinge genommen, die die Schulter entlasten sollte, und lehnte sich mit der unversehrten Körperseite an den Türpfosten.

Seinen nassen Haaren nach zu urteilen hatte er sich ein wenig gewaschen, so gut es ging, wenn man kaum stehen konnte und die verbundene Schulter nicht nass machen durfte. Und das Handtuch – wahrscheinlich hatte er sich nicht sicher genug auf den Beinen gefühlt, um in die Sachen zu schlüpfen, die Max hatte bringen lassen, obwohl sie sorgfältig gefaltet und gut sichtbar auf der Truhe am Fuß von Morgans Bett lagen.

Max hatte ihn vollständig ausgezogen, das wusste Morgan, weil sie Hose und Unterhose gewaschen und den zerschnittenen Pullover weggeworfen hatte.

»Du bist eine harte Frau, Morgana«, murmelte er.

Morgan wünschte, er hätte damit recht. Sie hatte mit aller Kraft versucht, ihn nur als einen hilfebedürftigen Verwundeten zu sehen, und solange er im Bett war, hatte sie damit mehr oder weniger auch Erfolg gehabt. Aber jetzt war er auf den Füßen – wenn auch wacklig –, und es war ihr nicht möglich, ihn anzusehen, nur mit einem Handtuch und dem Verband »bekleidet«, und ihn nicht äußerst männlich und verdammt sexy zu finden.

Er ist ein Dieb.

Sie erinnerte sich einfach zu gut daran, wie sich dieser harte Körper an ihrem angefühlt hatte und wie seine betörenden Lippen sie verführt hatten, bis es sie nicht mehr kümmerte, wer oder was er war. Sie erinnerte sich an seine gemurmelten Worte, als er ihr sagte, er glaube, sie werde ihm das Herz brechen.

Er ist nur ein gottverdammter Dieb!

Sie erinnerte sich auch an sein Geschenk, den nachgemachten Konkubinenring.

Es war diese letzte Erinnerung, die ihr half, die Fassung wiederzugewinnen. Ruhig sagte sie: »Also, wenn du dich wirklich rasieren musst, irgendwo liegt ein Elektrorasierer herum. Ich hole ihn dir. Aber du musst wieder zurück ins Bett.«

Nach einem kurzen Zögern nickte er und trat einen Schritt auf sie zu. Er wäre hingefallen, hätte sie nicht geistesgegenwärtig einen Arm um seine Hüfte geschlungen und sich rasch unter seine unversehrte Schulter geschoben.

»Verdammt, du hast dich übernommen«, murrte sie, denn er lastete sehr schwer auf ihr.

»Ich fürchte, du hast recht.« Er klang sehr geschwächt. »Wenn du mir zurück ins Bett helfen könntest …«

Als sie das Schlafzimmer zur Hälfte durchquert hatten, überkam Morgan plötzlich das untrügliche Gefühl, dass er doch nicht ganz so schwach war, wie es den Anschein hatte, aber sie versuchte nicht, es darauf ankommen zu lassen. Was konnte sie schließlich schon erwarten?, fragte sie sich etwas bitter, während sie ihm bei den letzten Schritten half. Seine humorvolle, schalkhafte und unbekümmerte Seite war von Anfang an offensichtlich gewesen, und sie bezweifelte stark, dass irgendetwas an ihm ehrlich und aufrichtig war. Sicher konnte er ihr perfekt Schwäche vorgaukeln nur, weil er sich gerne auf sie stützte.

Sie schlug seine erstaunlich schlaffe, aber wundersam exakt platzierte Hand von ihrer rechten Brust weg und ließ ihn mehr oder weniger auf das Bett fallen.

Quinn verzog schmerzvoll das Gesicht, weil seine Schulter einen Ruck abbekam, aber er lachte auch leise. »Na gut, aber du kannst mich nicht dafür tadeln, dass ich es versucht habe«, erklärte er arglos.

Die Hände in die Hüften gestemmt, blickte Morgan finster auf ihn hinab. Verdammt, es war einfach so schwer, ihm böse zu sein. »Das nächste Mal, wenn du aus diesem Bett aufstehst, solltest du absolut sicher sein, dass du auch allein wieder hineinkommst. Als ich sagte, ich würde Max anrufen, habe ich das nämlich durchaus ernst gemeint.«

Quinn schob sich noch etwas nach oben, dann blickte er auf das Handtuch, das er noch immer um die Hüften trug. »Ich nehme an, du hättest keine Lust, mir zu helfen …«

»Nein. Wie du sagtest, es gibt einige Dinge, die ein Mann lieber allein tun sollte. Ich hole jetzt den Rasierer.« Als sie aus dem Zimmer stürmte, lachte er hinter ihr her, doch Morgan beschimpfte ihn nicht. Sie drehte sich nicht einmal um, denn sonst hätte er gesehen, wie sie ganz gegen ihren Willen breit grinste.

Selbst wenn er dieses Mal auf der Seite der Guten war, sagte sie sich, war er trotzdem immer noch ein Dieb und ein Schurke. Charmant, aber ein Schurke. Das durfte sie einfach nicht vergessen.

Daran musste sie immer, immer denken.

Als sie ein paar Minuten später wieder ins Schlafzimmer kam, saß er aufrecht im Bett, die Decke bis zu den Hüften hochgezogen, und nippte an dem Kaffee, den sie ihm gebracht hatte. Das Handtuch lag neben dem Bett auf dem Boden.

Sie hob es auf und brachte es schweigend ins Badezimmer. Danach wickelte sie das Kabel des Rasierapparats ab, schloss ihn an eine Steckdose neben dem Nachttischchen an und legte ihn für Quinn griffbereit zurecht. Dann gab sie ihm schweigend seine Tabletten und wartete, bis er sie geschluckt hatte.

Er beäugte sie etwas argwöhnisch. »Du bist doch nicht etwa böse auf mich, Morgana, oder?«

Es fiel ihr nicht leicht, doch sie schaffte es, zumindest äußerlich von seiner schuldbewussten Miene unberührt zu bleiben. »Nein, aber du bewegst dich auf Messers Schneide«, warnte sie ihn milde.

Er schwieg für einen Moment, dann stellte er den Kaffee auf das Nachttischchen und nickte bedacht. Endlich einmal waren seine grünen Augen absolut ernst. »Ich weiß – ich kann nicht anders, als dich zu provozieren. Und … ich kann es nicht ausstehen, wegen irgendetwas auf jemandes Hilfe angewiesen zu sein.«

Morgan spürte ihre Entschlossenheit dahinschmelzen. So gefährlich seine verspielte, amüsante Art für ihre Fassung war, so verheerend war diese so offensichtliche wie schmerzliche

Ehrlichkeit. Plötzlich war sie absolut überzeugt, dass, wenn sie nicht sehr, sehr aufpasste, Quinn ihr weit mehr rauben würde als sie zu verlieren sich leisten konnte.

Irgendwie brachte sie es zustande, trotz allem Ruhe und Vernunft zu bewahren. »Warum treffen wir nicht eine Vereinbarung? Ich tue mein Bestes, um deine Unabhängigkeit in keiner Weise zu beeinträchtigen, und du lässt den Don Juan so lange außen vor. Okay?«

Er nickte lächelnd. »Okay.«

»Gut. Während du dich rasierst, werde ich mich jetzt um das Mittagessen kümmern. Und wenn du danach nicht schlafen willst, gibt es eine ganze Reihe von Alternativen, von Lesen oder Fernsehen bis Kartenspielen.«

»Du spielst Karten?« Seine Augen leuchteten. »Poker?«

»Alles außer Strippoker«, antwortete sie freundlich.

»Oh, Mist«, murmelte er, jetzt nicht den Don Juan mimend, sondern den schalkhaften Jungen, der aber kaum weniger verführerisch war.

Kopfschüttelnd wandte sie sich zum Gehen, hielt jedoch inne, als er leise etwas sagte.

»Morgana? Danke schön.«

Wieder spürte sie ihre Entschlossenheit bedroht und schaffte es erneut, sie zu bewahren. »Oh, du kannst dich ganz einfach revanchieren, Alex. Gib mir einfach die Halskette zurück, die du mir geklaut hast.«

Er lachte sie aus, als sie das Zimmer verließ, völlig ohne Reue und äußerst schamlos.

Inspektor Keane Tyler vom San Francisco Police Department blickte finster auf die praktisch nackte Leiche der Unbekannten (Nummer drei in diesem Monat) und sagte, ohne jemand Bestimmten anzusprechen: »Das ist nicht die Art, wie ich meinen Samstagnachmittag gerne verbringen möchte.«

»Sie wahrscheinlich auch nicht.« Inspektor Gillian Newman, neu in San Francisco, aber eindeutig nicht in ihrem Job, sprach mit der etwas sarkastischen Distanz, wie sie für Polizisten typisch war, die zu viel von den dunklen Seiten des Lebens zu sehen bekamen. »Einer ersten Einschätzung nach ist sie schon eine Weile tot, aber den Todeszeitpunkt festzustellen ist schwierig.«

»Warum?«

»Der Arzt meint, sie lag einige Zeit in einem Gefrierschrank.«

Keanes düstere Miene verschwand, und stattdessen wanderten seine Brauen nach oben. »Das ist ein ungewöhnlicher Kniff. Da will uns also jemand eins auswischen.«

»Sieht so aus. Könnte jemand sein, den sie kannte und der versucht, die Todeszeit möglichst unbestimmbar zu machen, weil er – oder sie – kein Alibi hat.«

»Gibt es irgendeinen Beweis, dass der Mörder sie kannte?«

»Bislang nicht.«

»Wurde sie vergewaltigt?«

»Der Arzt sagt, nein.«

»Bis aufs Höschen ausgezogen, aber nicht vergewaltigt. Vielleicht, weil wir sie anhand ihrer Kleidung hätten identifizieren können – oder so wenigstens mit einer Identifizierung hätten anfangen können.«

»Oder vielleicht ist der Mörder auch einer, der auf Busen steht. Einer, der darauf abfährt, Titten anzuschauen oder zu betatschen, und die Klamotten nahm er dann quasi als Trophäe mit.«

»Auch möglich«, räumte Keane ein. »Zumindest solange wir nicht irgendeinen stichhaltigen Beweis haben.«

»Klar ist, dass er ihre Identifizierung verhindern wollte. Der Arzt sagt, ihre Fingerspitzen wurden mit einer Lötlampe versengt.«

»Das reicht dafür aus«, meinte Keane grimmig. »Vielleicht bekommt der Erkennungsdienst ja doch noch so etwas wie einen brauchbaren Fingerabdruck zustande, aber das wird dauern, falls es überhaupt klappt.«

»Im Büro vergleichen sie in der Zwischenzeit schon ihre Beschreibung mit der Vermisstenakte«, berichtete Gillian. »Bisher ohne Ergebnis. Wir führen auch die routinemäßige Befragung der Nachbarschaft durch, aber bislang hat niemand etwas gesehen. Das ist aber keine Überraschung, wenn man sich vor Augen hält, wie abgelegen diese Gegend hier ist. Sie wird abgesucht, aber ich denke, wir sind uns einig, dass die Leiche lediglich hier abgeladen wurde. Ansonsten ist hier nichts passiert.«

»Großartig«, murrte Keane. »Wenn sie also nicht in unseren Akten als vermisst auftaucht oder wir wahnsinniges Glück haben und jemand sie auf einem Foto erkennt, haben wir nicht die geringste Hoffnung, sie identifizieren zu können.«

»Na ja, etwas könnte uns in eine bestimmte Richtung weisen. Oder zumindest in die Richtung, in die der Mörder uns schicken möchte.«

»Was heißt das?«

»Der Pathologe hat bei seiner ersten Untersuchung etwas gefunden. In ihrem Slip. Einen Streifen Papier aus einem dieser Touristenführer, die man sich besorgt, wenn man Sehenswürdigkeiten besucht – oder ein Museum. Sie wissen schon, diese Bücher mit allen möglichen Informationen, einem Stadtplan und so weiter. Ich bezweifle irgendwie, dass das durch Zufall in ihrem Höschen gelandet ist.«

Jetzt spürte Keane zum ersten Mal ein ungutes Gefühl. »Oh Gott, sagen Sie es nicht! Bitte, sagen Sie es nicht!«

»Tut mir leid. Aber es ist wirklich das Museum für Historische Kunst.«

3

Was ich nicht verstehe«, sagte Storm Tremaine lang gezogen und etwas geistesabwesend, während sie Befehle in den Computer eintippte, »ist, weshalb du dir mit Jared noch immer in den Haaren liegst. Er tut doch nur seine Arbeit.«

»Was ich nicht verstehe, ist, weshalb du an einem Samstag arbeiten musst. Max hat dir gesagt, du sollst dir an den Wochenenden freinehmen.« An die Ecke ihres Schreibtisches gelehnt, den kleinen blonden Kater auf der Schulter, wartete Wolfe Nickerson, der Sicherheitsexperte von Lloyd's of London, darauf, dass seine Freundin die Arbeit beendete, die ihren Worten zufolge noch heute abgeschlossen werden musste.

»Ich wollte nur noch diesen Fehler vor Montag beheben. Jetzt erzähl mir, warum du noch immer auf Jared sauer bist.«

Jared hatte den Raum erst Sekunden zuvor verlassen, und Storm hatte zwar ein Sicherheitsproblem erfolgreich beseitigt, doch die beiden Männer hatten keinen Draht zueinander gefunden.

»Seinetwegen wärst du beinahe umgekommen!«, murrte Wolfe, Bear am Hals liebkosend. »Außerdem kann ich es nicht leiden, wenn man mich anlügt.«

Mit einem scharfsinnigen Blick auf ihn bemerkte Storm: »Gegen Max oder mich hast du auch nichts, obwohl wir beide in letzter Zeit diesbezüglich nicht sonderlich aufrichtig waren. Gib Jared bitte eine Chance, ja?«

»Ich gebe ihm ja eine. Schließlich rede ich immer noch mit ihm.«

Storm lachte leise und schüttelte den Kopf. Wenn sie etwas gelernt hatte, seit sie ihn kannte, dann, dass er ihr in puncto Dickköpfigkeit in nichts nachstand. »Also, dann versuch, einfach nur daran zu denken, dass er auf unserer Seite steht. Er ist nicht der Feind.«

»Schon gut.«

Sie lehnte sich in ihrem Stuhl zurück, während der Computer ihre Befehle verarbeitete, und lächelte zu Wolfe auf. »Außerdem gibt es bessere Wege, deine Energie loszuwerden. Weißt du zum Beispiel, dass du mich heute noch nicht einmal flachgelegt und dich mit mir ausgetobt hast?«

Er runzelte die Stirn. »Warst das nicht du heute Morgen? Zwischen all den Kartons im Wohnzimmer?«

»Doch, aber das war noch vor dem Frühstück.«

Er lehnte sich über den Schreibtisch, sie beugte sich ihm entgegen, und sie küssten sich. »Und warst das nicht du, mit der ich heute zu Mittag gegessen habe?«, murmelte er.

»Doch, aber das war in einem Bett.«

Wolfe warf einen Blick zur Seite auf den winzigen freien Platz am Boden und dann auf ihren ziemlich vollen Schreibtisch. »Also, hier drinnen ist kein Platz.«

Storm seufzte traurig. »Ich wusste es. Erst ein paar Wochen verlobt, und schon wird es dir mit mir langweilig.«

»Wenn ich mich noch mehr mit dir langweile, müssen sie mir einen Streckverband anlegen.«

Sie lachte. »Soll das eine Beschwerde sein?«

»Teufel, nein.« Er lächelte. Seine Augen leuchteten wie das Blaue an der Basis einer Flamme. »Tatsächlich würde ich nichts lieber tun, als in unser neues Haus zurückfahren und das Bett noch einmal einweihen.«

Sie hatten ein herrliches Haus mit Garten gefunden, wo Bear Insekten jagen und in der Sonne liegen konnte, und ihre Sachen vor einigen Tagen dorthin geschafft. Aber wegen der vielen Arbeit im Museum – und weil sie für gewöhnlich nicht an praktische Dinge dachten, wann immer sie allein waren – war der Einzug noch längst nicht abgeschlossen.

Sie hatten zwar noch nicht entschieden, wo ihr »Zuhause« künftig sein würde, doch die Ausstellung verlangte von ihnen beiden, wenigstens in den nächsten Monaten noch in San Francisco zu bleiben.

»Wir müssen mit dem Auspacken fertig werden«, erklärte sie etwas vorsichtig.

»Vor einer Minute warst du noch scharf auf mich«, konterte er verletzt.

»Bin ich immer noch, aber einmal Liebe zwischen Kartons, das reicht doch.« Storm grinste und gab die letzten Befehle für den heutigen Tag ein. »Übrigens – auch wenn ihr beide so gut wie nichts darüber gesagt habt, ist es dennoch ziemlich offenkundig, dass ihr euch schon ganz schön lange kennt. Was angesichts eurer Jobs vermutlich nicht allzu überraschend ist. Er bei Interpol und du bei Lloyd's.«

»Unsere Wege haben sich in den letzten zehn Jahren öfter gekreuzt«, gab Wolfe zu.

»Also habt ihr gelernt, euch gegenseitig zu respektieren.«

Ihre Stimme klang gelassen, doch Wolfe bemerkte, dass sie noch nicht bereit war, das Thema auf sich beruhen zu lassen.

»Ja«, sagte er, »wir respektieren einander – als Menschen und was unsere jeweilige Arbeit anbelangt. Das hat sich nicht verändert. Aber Jared hat eine Grenze überschritten, Storm. Er hat dich vielleicht nicht wie einen Köder an einen Haken gehängt, aber er hat dir Informationen vorenthalten, die zu bekommen du jedes Recht hattest. Informationen, die zumindest dazu geführt hätten, dass du aufmerksam gewesen wärst. Du hast Besseres verdient. Das weißt du, das weiß ich, und das weiß er.«

»Ich arbeite für Interpol. So ein Job kann nicht ganz risikolos sein.«

»Du bist technische Expertin für Interpol, kein Agent im Außendienst. Du bist nur deiner Vernunft und deines Geschicks wegen noch am Leben, nicht aufgrund irgendeiner Ausbildung durch Interpol. Und Jared hatte kein Recht, dich in diese Lage zu bringen, ohne dir auch nur eine Warnung zukommen zu lassen, dass du auf dich aufpassen sollst.«

»Geschehen ist geschehen.«

Wolfe sog heftig die Luft ein und ließ sie langsam ausströmen. »Ich weiß ja, dass er dein Vorgesetzter ist. Und ich respektiere das. Du willst ihn verteidigen, auch das verstehe ich; deine Loyalität ist einer der Gründe, weshalb ich dich liebe. Aber wenn du von mir erwartest, dass ich ihm mir nichts, dir nichts verzeihe, dass er dich unnötig in Lebensgefahr brachte – vergiss es.«

»Es hat keinen Sinn, wenn ich mich mit dir streite, wie?«

»Nein. Nicht über diese Sache.«

Welche Antwort Storm auch immer darauf gehabt haben mochte, sie wurde belanglos, denn in diesem Augenblick klopfte es, und Jared trat ein, ohne eine Aufforderung abzuwarten.

»Wir haben Probleme«, sagte Jared.

Früh am Samstagabend klingelte Morgans Telefon, und sie nahm rasch ab, denn Quinn schlief im angrenzenden Zimmer. »Hallo?«

»Wie geht es ihm?«, fragte Max.

»Er wird unruhig. Ich musste drohen, ihn ans Bett zu fesseln, aber schließlich willigte er ein, zumindest zu versuchen zu schlafen. Er war schon ein paar Mal auf, Max. Der Arzt hatte recht – es heilt sehr rasch.«

»Wahrscheinlich ist das bei seinem Job notwendig.«

Morgan zögerte etwas, dann sagte sie: »Du scheinst das, was er tut, nicht allzu sehr zu verurteilen.«

»Es steht mir nicht zu, darüber zu urteilen. Außerdem, glaubst du wirklich, es würde etwas ändern, wenn ich ihn wegen seines Tuns angreifen würde?«

»Nein. Nein, sicher nicht. Ich glaube, mich überrascht einfach nur, mit welcher Gelassenheit du das alles siehst. Und wie sehr du Quinn trotz allem hilfst.«

»Hast du erwartet, ich würde nein sagen, als du mich anriefst?«

Morgan musste lachen. »Ehrlich gesagt, ich habe nie daran

gedacht, dass du das tun könntest. Ich habe nur daran gedacht, dass du unauffällig, ohne dass die Polizei es erfährt, einen Arzt hierher bestellen kannst. Aber wahrscheinlich wäre es für uns beide besser gewesen, wenn einer von uns in dieser Nacht die Polizei gerufen hätte.«

»Besser für die Ausstellung, meinst du?«

»Ja. Natürlich habe ich das gemeint. Besser für die Ausstellung.« Morgan räusperte sich. »Es wäre ein erstklassiger Weg, an deine Ausstellung heranzukommen, das wissen wir beide. Vorzugeben, hinter einem anderen Einbrecher her zu sein, so zu tun, als würde er den Guten helfen, und dann – Simsalabim, ist er drinnen, an all den tollen Sachen dran. Ein trojanisches Pferd.«

»Glaubst du, dass Alex das macht?«

»Ich weiß es nicht. Und du auch nicht.«

Max seufzte. »Bislang hat er die Ausstellung in keiner Weise gefährdet. Zumindest nominell untersteht er Interpol und ist hier, um auf der Seite des Gesetzes zu arbeiten. Das muss ich einfach glauben. Denn der Einbrecher, den Interpol mit seiner Hilfe fassen will, ist um sehr vieles schlimmer, als es Quinn jemals war.«

»Ich habe neulich vergessen, danach zu fragen. Wer ist dieser Dieb, für dessen Festnahme du deine Sammlung aufs Spiel setzt?«

»Na ja, anders als Quinn taucht dieser Kerl nie in den Medien auf, es ist also fast nichts über ihn und seine Aktivitäten bekannt. Wahrscheinlich hast du noch nie von ihm gehört. Sein Deckname bei Interpol ist Nightshade.«

Kurz durch den Namen abgelenkt, fragte sie: »Nachtschatten – ist das nicht eine Bezeichnung für Pflanzen? Wie die Tollkirsche?«

»Reines Gift. Und das ist er – oder sie – definitiv. Ein weitaus gewalttätigerer und gefährlicherer Täter als Quinn, da sind sich sämtliche Betroffenen einig. In den vergangenen sechs Jahren wurden im Zusammenhang mit Nightshades Aktivitäten acht Morde verübt, und alle einfach nur, weil ihm jemand in die Quere kam.«

»Du hast recht, ich habe noch nie von ihm gehört. Arbeitet er in Europa, oder ...«

»Überall, aber die meisten Raube fanden hier in den Staaten statt. Jede Polizei dieser Welt hat versucht, ihn zu identifizieren, aber noch nie hat jemand auch nur seinen Namen herausgefunden. Es gibt keine lebenden Zeugen, keine Fingerabdrücke oder andere forensische Beweise, die er hinterlassen hätte, und nicht einmal der Computer kann ein Profil seiner Vorgehensweise erstellen – abgesehen davon, dass er es vornehmlich auf Schmuck abgesehen hat und für gewöhnlich bei seinen Einbrüchen auf eher altmodische Weise vorgeht, nämlich Wände hochklettert und Fenster einschlägt.«

»Also eher Lowtech als Hightech.«

»Soweit Interpol es feststellen kann, ja. Das ist einer der Gründe, weshalb wir uns ein älteres Museum ausgesucht haben, in dem wir die Sammlung ausstellen. Jeder Dieb, der etwas auf sich hält, wird sich darüber im Klaren sein, dass wir bessere elektronische Sicherheitssysteme einbauen, aber er oder sie könnte zumindest ebenso davon ausgehen, dass in diesem riesigen alten Gebäude wenigstens ein paar undichte Stellen sein müssen.«

Morgan dachte kurz nach und fragte dann neugierig: »Aber wenn es kein Profil gibt, woher weiß man dann, dass alle Einbrüche von ein und derselben Person verübt wurden?«

Max seufzte in den Hörer. »Weil der Mistkerl immer eine Visitenkarte hinterlässt, sozusagen. Das kannst du nicht wissen, weil Interpol und sämtliche anderen Polizeiapparate es aus Gründen der Identifizierung seiner Verbrechen geheim halten. Er hinterlässt immer eine getrocknete Rose. Auf der Leiche, wenn er jemanden umbringt, oder anstelle des Schmucks, den er raubt.«

Sie schauderte. »Das ist ja ganz schön krank.«

»Kein Witz. Du solltest einmal ein paar der Theorien hören,

die Experten von Polizei, FBI und Interpol aufgestellt haben. Sie stimmen allgemein überein, dass Nightshade neben seiner Vorliebe für Schmuck und seiner Tendenz, jeden, der ihm in den Weg kommt, zu töten, auch noch mit ein paar anderen seltsamen Wesensmerkmalen auftrumpfen kann.«

»Kann ich mir vorstellen. Und da er so schwer zu fassen ist, habt ihr nun beschlossen, beim Mischen der Karten ein wenig zu betrügen. Es ist wahrscheinlich, dass eine unbezahlbar kostbare Sammlung wie die deine, wenn sie nach über dreißig Jahren erstmals wieder öffentlich gezeigt wird, Nightshade hierher nach San Francisco lockt. Und wenn ihr wisst, dass er hier und worauf er aus ist, dann könnt ihr ihm eine Falle stellen, um ihn festzusetzen.«

»Das ist die Idee.«

»Aber wird er nicht mit einer Falle rechnen?«

»Wenn er so schlau ist, wie alle glauben, dann wird er das. Aber in der Regel siegt die Gier über den Verstand – zumindest ist das in diesem Fall die Hoffnung. Das, plus die Hilfe, die wir hoffentlich haben: Quinn. Einen Dieb auf einen Dieb anzusetzen. Der Köder *muss* etwas Großes sein, etwas, das für einen wie Nightshade eine große Versuchung darstellt, die ihn anspornt, vielleicht einmal waghalsiger zu sein, als er es normalerweise ist.«

»Ich würde sagen, bei der Sammlung Bannister tropft ihm wahrscheinlich der Speichel aus dem Maul«, meinte Morgan sarkastisch.

»Davon gehen zumindest Alex und Jared aus. Es ist ihre einzige Chance, Nightshade zu fassen zu bekommen, Morgan. Er hat in acht Jahren nicht einen Fehler gemacht, und es sieht nicht danach aus, als würde er in der Zukunft einen so groben Schnitzer begehen, dass die Polizei an ihn herankommt. Und selbst wenn, weiß man nicht, wie viele Menschen zuvor noch durch ihn zu Tode kommen werden. Und deshalb … ist es uns jedes Risiko wert, ihn in eine eigens für ihn konstruierte Falle zu locken.«

»Sogar das Risiko, dass Quinn die wahre Gefahr für die Sammlung darstellt?«

»Sogar das.«

»Okay, nehmen wir mal an, Quinn tut wirklich das, was wir meinen – was ist dann sein Motiv dafür, sein Leben aufs Spiel zu setzen? Ist es, wie Jared sagt, nur der Grund, selbst nicht ins Gefängnis gehen zu müssen?«

»Das ist nicht meine Geschichte, Morgan. Das musst du Alex fragen.«

»Und der wird mir natürlich die Wahrheit sagen.«

»Das kann man nie wissen.«

»Ja. Na ja, vielleicht frage ich ihn.«

»Zwischenzeitlich«, sagte Max, »und abgesehen davon, dass ich mich nach Alex erkundigen wollte, rufe ich auch an, um dich zu warnen.«

»Lieber Gott, was kommt denn nun?«

»Vor einiger Zeit hat mich Keane Tyler angerufen. Ein paar Meilen vom Museum entfernt wurde die Leiche einer Frau gefunden. Sie ist noch nicht identifiziert, aber offenbar gibt es einen Zusammenhang zwischen ihrer Ermordung und dem Museum.«

»Inwiefern?«

»Das wissen wir noch nicht. Es gibt entsprechende Beweise, aber die Polizei hält sie geheim.«

»Selbst vor dir?«

»Selbst vor mir.« Kühl und gelassen fügte Max hinzu: »Sie haben Ken Dugan und mich geholt, um die Tote anzusehen. Aber wir kennen sie beide nicht.« Ken Dugan war der Leiter des Museums für Historische Kunst.

Morgan schluckte. »Vielleicht sollte ich …«

»Noch nicht. Keane und seine Leute sprechen mit den Museumsangestellten, aber ich habe ihm gesagt, du stehst erst ab Montag oder Dienstag zur Verfügung.«

»Und das ist in Ordnung für ihn?«

»Sagen wir mal, ich habe ihn um einen Gefallen gebeten. Es

ist in Ordnung für ihn. Aber er wird mit dir reden wollen, wenn du wieder im Museum bist. Vielleicht dir ein Foto der Toten zeigen.«

»Max, hat das irgendetwas mit der Ausstellung zu tun?«

»Weiß ich nicht.«

»Sie wissen noch immer nicht, wer die arme Angestellte von Ace Security vor ein paar Wochen umgebracht hat ...«

»Wir wissen nicht, ob zwischen den beiden Morden ein Zusammenhang besteht. Soweit die Polizei feststellen konnte, war diese Frau niemals bei Ace beschäftigt.« Ace Security war die Firma, die vorgeblich das neue Sicherheitssystem im Museum installierte; Storm gab sich als eine Mitarbeiterin dieses Unternehmens aus.

»Aber sie hat etwas mit dem Museum zu tun?«

»Das sagt Keane. Und wegen der Ausstellung untersucht die Polizei die Möglichkeiten einer solchen Verbindung sehr gründlich. Aber solange wir nicht mehr wissen, macht es ziemlich wenig Sinn, zu spekulieren.«

»Ja, das denke ich auch.«

»Ich wollte dich nur wissen lassen, was Sache ist, und dir sagen, du solltest dich darauf einstellen, dass die Polizei auf dich zukommt, wenn du wieder im Museum bist.«

»Soll ich Alex darüber Bescheid sagen?«

»Kannst du machen, ansonsten tut es Jared, sobald Alex wieder auf den Beinen ist. Aber ich würde noch ein paar Tage warten. Im Augenblick kann er diesbezüglich sowieso nichts tun. Das heißt, angenommen, es gibt eine Verbindung zum Museum.«

»Ich glaube nicht an einen Zufall, Max.«

»Nein. Nein, ich auch nicht. Pass auf dich auf, Morgan.«

»Mache ich. Und du auf dich.«

Im Zimmer nebenan lauschte Quinn auf zwei leise Klicks und dann das Freizeichen.

»Mist«, murmelte er vor sich hin.

Er legte den Hörer des Schlafzimmertelefons wieder auf die Gabel und beobachtete seine linke Hand, deren Finger er langsam bewegte. Die Schulter schmerzte dabei, und er verzog das Gesicht, aber er hörte nicht mit den langsamen Bewegungen auf.

Er musste wieder auf die Beine kommen.

Die Zeit wurde knapp.

Sie bewegte sich durch die Dunkelheit, als sei sie ein Teil von ihr, glitt kaum hörbar zwischen den Schatten der Gebäude dahin. Sogar mit ihrer Last auf dem Rücken, die schwerer war als sonst, konnte sie sich fast lautlos fortbewegen. Eine Sirene, obwohl ziemlich weit weg, ließ sie für einen kurzen Moment erstarren, doch das Signal verlor sich in der Ferne, und sie setzte ihren Weg fort.

Sie verfolgte einen ihr vertrauten Pfad, den sie in den letzten Wochen bereits zahllose Male gegangen war, aber sie blieb dennoch wachsam. Planung und Übung, das hatte sie gelernt, waren die Schlüssel zum Erfolg.

Und sie war sehr erfolgreich und sehr gut in dem, was sie tat.

Weniger als zehn Minuten später bewegte sie sich geräuschlos durch die verliesartigen Keller und Korridore des riesigen Museums. Hier unten gab es fast keine Patrouillen, sie musste nur einem gelangweilten Wärter ausweichen, der den Hauptkorridor entlang kam und systematisch alle Türen kontrollierte.

Sobald er weg war, warf sie einen Blick auf ihre Uhr und erinnerte sich daran, dass sie gerade so viel Zeit hatte, bis der Mann auf seinem Rundgang wieder durch den Korridor zurückkam. Dann ging sie weiter.

Bevor sie an ihrem Ziel angelangte, musste sie noch zwei weitere Türen aufbrechen, was ihr mit ihren mitgebrachten Werkzeugen aber mühelos gelang. Es war dunkel hier unten, nur ein paar Sicherheitsleuchten verbreiteten einen trüben Schein, doch ihre kleine Taschenlampe spendete genügend Licht für ihre Arbeit.

Sie nahm den Rucksack ab, kniete nieder und öffnete ihn. Als Erstes holte sie ein in Leinen geschlagenes Bündel heraus und legte es auf den Boden, um es aufzuwickeln. Ein Messer kam zum Vorschein, etwa dreißig Zentimeter lang, mit einer geschmiedeten Messingklinge und einem geschnitzten Holzgriff.

Es sah alt aus. Es war alt.

Und die Klinge war mit vertrocknetem Blut verkrustet.

Sie lächelte und machte sich an ihr Werk.

Am Sonntagmorgen fühlte sich Quinn so weit wiederhergestellt, dass er sich anzog und allein in Morgans Apartment umherlief. Langsam zunächst, aber es ging ihm von Stunde zu Stunde immer besser.

Früh am Tag war Max mit dem Arzt vorbeigekommen, der Quinn noch einmal untersuchte, doch abgesehen davon waren Quinn und Morgan allein. Er hielt Wort und ließ seine Don-Juan-Seite nicht in Erscheinung treten, und Morgan war nicht sehr überrascht, in ihm einen wunderbaren Gesellschafter zu finden.

Er war ein lebhafter und amüsanter Gesprächspartner, das hatte sie ja bereits gewusst, der nie den Humor zu verlieren schien, über praktisch jedes Thema intelligent und angeregt reden konnte und beachtlich viel von der Welt gesehen hatte. Zu alledem war er auch noch ein exzellenter Pokerspieler. Und er half ihr in der Küche. Und das nicht ungeschickt.

Morgan erwähnte nicht die ermordete Frau, von der Max ihr erzählt hatte. Sie brachte auch nicht das Thema zur Sprache, weshalb sich Quinn in San Francisco aufhielt, fragte nicht, wie es zu seiner Schussverletzung gekommen war, und kritisierte nicht, dass er ihr die Wahrheit – die angebliche Wahrheit, wenigstens – über seine Verwicklung in die Falle mit der Ausstellung *Geheimnisse der Vergangenheit* vorenthielt.

Auch Quinn rührte an kein sensibles Gesprächsthema. Morgan glaubte, sie mieden die gefährlichen Fragen beide, und wenn sie auch seine Gründe dafür nicht kannte, so doch zumindest die ihren.

Sie wollte ganz einfach nicht, dass er sie belog – und war sich ziemlich sicher, dass er das tun würde.

Sie gingen ungezwungen miteinander um, und abgesehen von einem hitzigen Streit, weil Quinn das Bett räumen und statt ihrer auf der Couch schlafen wollte (Morgan gewann), kamen sie gut miteinander aus. Doch zwischen ihnen entstand mehr und mehr ein gewisses Bewusstsein, eine ansteigende Spannung, die zu ignorieren nicht einfach war. Vielleicht war das unvermeidlich, weil sie so viel Zeit miteinander verbrachten, vielleicht war es auch etwas viel Komplizierteres, jedenfalls musste sich Morgan am Montagabend krampfhaft an ihren Vorsatz klammern.

Sie fürchtete, dass sie kurz davor war, etwas unglaublich Dummes zu tun, und sie hatte das zermürbende Gefühl, dass auch er dies wusste.

Nach dem Abendessen ließ Morgan Quinn im Wohnzimmer zurück, wo er sich einen alten Film im Fernsehen ansah, und ging unter die Dusche. Sie hatte sich große Mühe gegeben, sich immer sehr zurückhaltend zu kleiden, und zumeist weite Pullover und Hemden sowie Jeans getragen und nachts einen orientalisch angehauchten schwarzen Pyjama und einen Morgenmantel, sodass sie immer anständig verhüllt war.

Doch all das schien nichts zu helfen.

Als sie in dem schwarzen Schlafanzug und ihrem Morgenmantel ins Wohnzimmer zurückkam, war der Ton des Fernsehers leise gedreht und nur eine Lampe brannte. Quinn stand vor dem Fenster – demselben, durch das er verwundet zu ihr gekommen war – und blickte in die kühle, neblige Nacht in San Francisco hinaus. Er trug Jeans und ein weißes Hemd, der Kragen war offen, die Ärmel über den sonnengebräunten Unterarmen zurückgeschlagen. Sein Schulterverband war nicht zu sehen, und er sah nicht aus, als sei er jemals verwundet worden.

»Stimmt etwas nicht?«, platzte sie sofort heraus und fragte

sich, ob er draußen etwas gehört oder gesehen hatte und irgendwie alarmiert worden war.

»Nein, ich habe nur eben gedacht ... es ist eine gute Nacht, um sich ein wenig da draußen herumzudrücken.« Er drehte sich zu ihr um, doch sein Gesicht blieb im Schatten.

Morgan fühlte sich seltsam atemlos und fluchte dafür stumm auf sich selbst. Sie benahm sich einfach lächerlich. *Und dumm. Vergessen wir das nicht – dumm.* »Aha. Ist das so eine Nacht, wie du sie liebst? Um – draußen herumzustreunen, meine ich.«

In seiner Stimme lag eine leichte Anspannung, als er nach einem kurzen Zögern antwortete. »Das ist so eine Nacht, wie ich sie gewöhnt bin. Eine dieser Nächte, von denen ich viele erlebt habe. In denen die Linie zwischen Schwarz und Weiß in der Dunkelheit verschwimmt.«

Sie trat langsam auf ihn zu und blieb nur eine Armlänge von ihm entfernt stehen. Seine Größe überraschte sie jedes Mal, wenn sie ihm so nahe war, denn er bewegte sich so geschmeidig und elegant, dass sie die schiere physische Kraft seiner breiten Schultern und seiner bestens trainierten Muskeln immer zu vergessen schien. Sie musste den Kopf etwas in den Nacken legen, um ihn ansehen zu können.

»Ist das alles, wofür du solche Nächte gut findest? Und was tust du, wenn du im Haus bist, so wie jetzt?«

Er sog kurz und heftig die Luft ein und ließ sie langsam ausströmen. »Etwas Untadeliges, denke ich. Ein gutes Buch lesen, fernsehen, Karten spielen.«

»Strippoker?«

»Das wolltest du ja nicht spielen«, erinnerte er sie.

»Vielleicht habe ich meine Meinung geändert.« Sie hörte, wie sie es sagte, und konnte nicht glauben, dass es ihre Worte waren, aus ihrem Mund. *Ich bin verrückt. Absolut und vollkommen übergeschnappt ...*

Quinn strich ihr eine Strähne ihres langen, schwarzen Haars aus dem Gesicht. Einen Augenblick verweilten seine Finger an ihrer Wange und streichelten sie. Seine Lider schienen schwer, der Mund war sinnlich, und sie spürte ein leichtes Zittern seiner langen Finger, als er sie berührte.

Doch plötzlich wandte er sich abrupt ab und ging mit langen Schritten in den Flur und auf das Schlafzimmer zu. »Gute Nacht, Morgana«, sagte er kurz angebunden über die Schulter. Sekunden darauf hatte sich die Tür hinter ihm leise geschlossen.

… und offenbar nicht gerade ein Vamp.

Nach einer Abweisung konnte eine Frau nicht viel tun, außer ihren Stolz zu wahren und zu versuchen, die Abfuhr zu überwinden, und das war es, was Morgan tat. Nach ein paar Gläsern Wein schaffte sie es sogar, irgendwann gegen Morgengrauen einzuschlafen.

Als sie am Dienstagmorgen aufwachte, war Quinn verschwunden.

Es war kurz nach neun Uhr früh, als Max in der Eingangshalle des Museums auf Morgan traf, die gerade zur Arbeit kam.

»In ungefähr einer Stunde wird Keane hier sein und mit dir reden wollen«, teilte er ihr nach der Begrüßung mit. »Wie geht es deinem Hausgast?«

»Der ist weg«, erwiderte sie kurz angebunden und stolz auf ihren sachlichen Tonfall. »Er war schon gestern den größten Teil des Tages auf und angezogen, und als ich heute Morgen aufstand, war er verschwunden.« Nach einer Pause fügte sie nüchtern hinzu: »Während ich mich zur Arbeit fertig machte, hat ein Florist eine hübsche Vase mit Blumen gebracht. Ohne Karte.«

»Na ja, dann hat er sich ja wenigstens bedankt.«

»Das hat er ein- oder zweimal auch schon vorher getan«, räumte sie ein. »Aber die Blumen, das war trotzdem ganz nett.«

Max lächelte ein wenig, doch sein Blick blieb ernst. »Verurteile dich nicht zu sehr dafür, dass du … dass du seinen Charme spürst.«

»Eigentlich sollte ich ja entsetzt sein«, murmelte sie.

»Glaubst du? Morgan, ist dir bewusst, dass du noch vor einem halben Jahr so ausschließlich auf deine Arbeit fixiert warst und dich so sehr von anderen Menschen abgeschottet hattest, dass du Quinn nur als das reine Böse, als eine absolut negative Kraft gesehen hättest?«

»Willst du mir etwa sagen, dass das schlimm gewesen wäre?«

»Natürlich wäre es das gewesen. Die Menschen sind nun einmal weitaus komplexer als das, ihre Wünsche und Motive sind wirr und widersprüchlich. Alex ist ebenso wenig ein durch und durch böser Mensch, als er ausschließlich gut ist – er ist einfach nur ein Mensch. Und du hast dich weit genug geöffnet und hast gelernt, deinen Instinkten genügend zu vertrauen, um das zu erkennen.«

»Und damit mein Leben unnötig kompliziert zu machen. Na, besten Dank.«

»Aber du gibst doch zu, dass dir dieses komplizierte neue Leben um einiges besser gefällt als das alte zuvor.«

Das gab Morgan durchaus zu, allerdings nur schweigend. Was sie sagte, war etwas anderes. »Er ist ein Dieb, Max, und was immer er jetzt bei Interpol macht, macht er, weil er es muss, nicht, weil er das will.«

»Zugegeben. Aber auch ein guter Mensch kann einmal eine schlechte Wahl treffen, Morgan. Vergiss das nicht.«

»Du magst ihn«, erkannte sie überrascht.

»Ich mag ihn. Aber ich mache mir über ihn keine Illusionen. Er ist zu drei Vierteln ein Chamäleon; er findet immer einen Weg, sich der Rolle anzupassen, die er gerade spielt. Das macht es ein wenig schwer, den Menschen hinter dem begabten Schauspieler zu erkennen.«

Morgan dachte darüber kurz nach und beobachtete nebenbei Besucher, die durch die Eingangshalle schlenderten. »Hast du dir da nicht eben selbst widersprochen? Er kann nicht ein guter Mensch sein, der eine schlechte Wahl getroffen hat, *und* gleichzeitig ein Chamäleon, das immer eine Rolle spielt und das wahre Selbst verbirgt. Oder?«

»Warum nicht?« Ohne ihre Antwort abzuwarten, fuhr Max fort: »Ich habe ein Treffen mit Ken und dem Vorstand. Storm, Wolfe und Jared erwarten dich bereits in deinem Büro. Ihr solltet euch alle über das … Neueste austauschen.«

»Alles klar.« Morgan machte sich zum Verwaltungsflügel des Museums auf. In ihrem relativ kleinen Büro musste sie sich an Wolfe vorbeiquetschen, um an ihren Schreibtisch zu gelangen.

»Guten Morgen allerseits.«

»Wir haben gerade über deinen Hausgast geredet«, begann Storm in ihrer lang gezogenen Sprechweise. Sie saß auf einem der Besucherstühle, Jared auf dem anderen, Wolfe stand in dem engen Raum zwischen dem Schreibtisch und einem Aktenschrank.

»Ja? Was ist mit ihm?«

»Na ja, zum einen wäre da die Frage, was hat er gemacht, dass er angeschossen wurde? Ich meine, die Sammlung ist noch nicht einmal an Ort und Stelle. Die Falle ist noch gar nicht aufgebaut.«

Für Morgan war es vollkommen klar, dass Storm über Quinn und die Falle Bescheid wusste. Abgesehen davon, dass sie frisch mit Wolfe verlobt war, hatte die Computerexpertin die Sicherheitssoftware geschrieben, die die Sammlung Bannister schützen sollte. Sie *musste* Bescheid wissen.

»Ich habe ihn nicht gefragt, und er hat auch von sich aus nichts dazu gesagt.« Morgan blickte mit hochgezogenen Brauen auf Jared. »Solltest du das nicht wissen? Und sollte Interpol im Museum eine solchermaßen … sichtbare Präsenz zeigen?«

»Auf dieser Seite des Atlantiks ist nicht bekannt, dass ich Polizist bin. Offiziell arbeite ich als unabhängiger Sicherheitsexperte mit Wolfe zusammen.«

Morgan fand das etwas ironisch, doch sie wiederholte ihre andere Frage. »Solltest du nicht wissen, weshalb Quinn angeschossen wurde?«

Der Interpolagent antwortete bereitwillig. »Quinn ist sicher, dass Nightshade bereits in der Stadt ist. Dass er vielleicht sogar hier lebt. Und deshalb hat er … sich umgesehen.«

»Und ist dabei in Privathäuser eingebrochen?«

Jared zuckte etwas zusammen. »Ich habe ihm gesagt, mir diesbezüglich nichts mitzuteilen, falls er so etwas getan hat. Er sagt, er habe hauptsächlich ein Auge auf das nächtliche Treiben in der Stadt geworfen, einfach nur, um die Akteure und ihre Vorgehensweisen kennenzulernen. Aber da wir überzeugt sind, dass Nightshade ein Sammler ist, wäre es wahrscheinlich kein dummer Gedanke, nach einem heimlichen Lager in einem Privathaus zu suchen.«

»War es das, was er Donnerstagnacht gemacht hat?«

»Nein, er sagt, er sei in der Nähe dieses Museums gewesen – und habe jemanden ausfindig gemacht, der offenbar das Gebäude auskundschaftete, und zwar schon mindestens die dritte Nacht hintereinander. In den beiden vorhergehenden Nächten hatte er diese Person wegen des Nebels aus den Augen verloren, und deshalb war er natürlich entschlossen, sie nicht noch einmal entwischen zu lassen. Er wollte sie verfolgen, vermutlich zurück zu einem Haus, einer Wohnung oder einem Hotel. Aber unglücklicherweise hat ihm seine Zielperson irgendwo in der Nähe des Hafens dann aufgelauert und ihn erwischt. Und mit einer schallgedämpften Automatikpistole auf ihn geschossen.«

Morgan verbannte die Erinnerung an diese entsetzliche Nacht, als Quinn blutend in ihrem Wohnzimmer kollabierte, aus ihrem Gedächtnis und erwiderte in aller Ruhe: »Max sagte, die Kugel sei schräg eingedrungen, ansonsten hätte sie Quinn wahrscheinlich getötet. Aber die Wunde heilt sehr schnell.«

»Er ist wohl schon wieder auf und davon, was?«, meinte Jared.

»Heute Morgen.« Mehr wollte sie dazu nicht sagen.

»Könnte man diese Kugel nicht als Beweisstück verwenden?«, fragte jetzt Storm. »Ich meine …«

»Ich weiß, was du meinst«, unterbrach Jared sie. »Ja, falls wir den Kerl je zu fassen kriegen, falls er eine Waffe besitzt und ein Ballistikexperte nachweisen kann, dass die Kugel aus Quinns Schulter damit abgefeuert wurde, dann könnten wir ihn zumindest wegen versuchten Mordes belangen. Wir warten gerade auf ein ballistisches Gutachten. Was mich interessiert, ist, ob diese Kugel auch zu denen passt, die aus vier von Nightshades früheren Opfern herausgeholt wurden.«

Nun meldete sich erstmals Wolfe zu Wort. »Wenn dem so ist, dann wissen wir, dass Nightshade in der Stadt ist und dass Quinn ihm in dieser Nacht verdammt nahe kam.«

»Zu nahe«, hakte Morgan nach.

»Zu nahe auf mehr als nur eine Art und Weise«, ergänzte Jared. »Wenn das Nightshade war, dann ist zumindest möglich, dass er jetzt weiß, dass jemand ihn beschattet hat und ihm von Dach zu Dach gefolgt ist. Und so arbeitet die Polizei normalerweise nicht.«

»Aber ein anderer Einbrecher könnte das tun.« Morgan missfiel der hohle Klang ihrer eigenen Stimme.

»Ein anderer Einbrecher könnte das«, stimmte Jared zu. »Also muss sich Nightshade fragen, wer ihn verfolgt. Und warum.«

»Dann gibt es da noch diese neue Ungereimtheit«, meinte Storm. »Eine Frau, deren Ermordung wahrscheinlich mit diesem Museum in Zusammenhang steht. Inspektor Tyler und seine Leute machen ein großes Geheimnis aus einer möglichen Verbindung, aber so, wie sie sich geben, würde ich sagen, sie sind sich verdammt sicher, dass eine besteht.«

»Also müssen wir davon wohl auch ausgehen«, meinte Wolfe. »Zuerst die Ace-Angestellte, die erpresst und dann ermordet wurde, und jetzt diese Frau.« Sein Blick ruhte gelassen auf Jared. »Zwei Leben, die vielleicht nicht ausgelöscht worden wären, wenn niemand den Plan gehabt hätte, die Sammlung Bannister zu zeigen.«

Jared ließ sich von Wolfes stetem Blick nicht beeindrucken. »Und Gott weiß, wie viele Nightshade noch umbringt, wenn wir ihm nicht hier und heute das Handwerk legen. Abgesehen davon wette ich, die Polizei schließt aus, dass die jetzige Ermordete auf das Konto von Nightshade geht.«

»Wieso?«, fragte Morgan.

»Weil Nightshade in praktisch allen Fällen sein Opfer da gelassen hat, wo es zu Tode kam, und das war so gut wie immer am Ort des Einbruchs. Wo diese Frau hingegen gefunden wurde, gibt es nichts, was einen Dieb oder Einbrecher interessieren könnte, und es wurde auch kein Einbruch oder Diebstahl gemeldet. Außerdem wurde sie meines Wissens erdolcht; Nightshade aber verwendet immer eine Pistole. Und soweit wir wissen, hat er immer einen Hinweis auf sich gegeben. Mit der verdorrten Rose nämlich.«

»Das heißt«, erklärte Storm, »wir haben womöglich noch einen Täter mit im Spiel. Und zwar einen mit sehr eigenen Regeln. Ganz grässlichen Regeln.«

4

Glück gehabt?«, fragte Keane Gillian, als sie sich in der Eingangshalle des Museums trafen.

»Nicht so viel, dass es bemerkenswert wäre.« Mit einem Seufzer strich sie sich eine Strähne ihres braunen Haars aus dem Gesicht. »Ich habe gerade mit dem Letzten der Putzkolonne gesprochen. Keiner von ihnen vermag unsere Tote zu erkennen.«

»Und ich mit dem letzten Mann von der Wachmannschaft. Das gleiche Ergebnis. Sie kennen sie nicht, ist ihnen noch nie hier aufgefallen.«

»Heute ist Mittwoch«, erklärte Gillian. »Wir haben jetzt mit sämtlichen Leuten gesprochen, die in den vergangenen sechs Monaten im oder für das Museum gearbeitet haben. Nichts. Wenn wir jetzt nicht auch noch Besucher ausfindig machen und befragen, würde ich sagen, wir sind in einer Sackgasse gelandet.«

Er blickte düster. »Auch kein Glück bei der Durchsuchung der Keller?«

»Waren Sie da schon mal unten?«, fragte sie höflich zurück. »Unsere Leute können da unten nicht effektiv suchen. Ein ausgebildeter Archäologe oder Historiker könnte vielleicht etwas Außergewöhnliches feststellen – mit ein paar Jahren Zeit und ein wenig Glück. Im Ernst, das ist wie der Vorhof zur Hölle, da unten.«

»Aber sie haben sich dort umgesehen?«

»Ja, schon. Haben Fenster und Türen gecheckt, mit Taschenlampen herumgeleuchtet und sich halb in die Hosen gemacht, wenn sie wieder mal um eine Ecke kamen und plötzlich vor einem Krieger aus der Bronzezeit standen, der sie mordlüstern angefunkelt hat. Einer hätte beinahe auf eine altgriechische Schönheit mit einer Urne in der Hand geschossen.«

»Mist.«

»Mhm. Aber auch von diesen Schaudergeschichten abgesehen ist es einfach schwierig, einen solchen Ort zu durchsuchen, vor allem, wenn man nicht einmal weiß, wonach man eigentlich sucht. Nachdem sich Pete fast eine halbe Stunde lang restlos verlaufen hatte, schlug einer vor, wir sollten Spuren aus Brotkrumen hinterlassen.«

»Wir haben also keine Verbindung zwischen unserer Toten und dem Museum, bis auf das Fitzelchen Papier, das vorsätzlich bei der Leiche gelassen wurde.«

»So sieht es aus.«

Wieder verdüsterte sich Keanes Miene. »Mir gefällt es nicht, wenn ich in eine bestimmte Richtung gewiesen werde. Und noch weniger, wenn es mehr und mehr danach aussieht, als würde mich jemand an der Nase herumführen.«

»Und genau in die entgegengesetzte Richtung von der, in der Sie wirklich suchen sollten?«

»Genau.«

Gillian musterte ihn und lächelte dann etwas ratlos. »Das heißt, wir stochern weiter im Museum herum, ja?«

»Was für eine Alternative haben wir denn schon? Verdammter Mist.«

Als Morgan am darauffolgenden Freitagabend aus der Küche ins Wohnzimmer ging, stellte sie fest, dass ein Besucher gekommen war. Durch das Fenster. Seltsamerweise war sie nicht überrascht, ihn dort stehen zu sehen, ganz so wie in der Nacht, in der er angeschossen worden war. Nur dass er jetzt weder verwundet noch maskiert war. Und sein schmales, schönes Gesicht, dachte sie, verriet ganz untypisch Stress.

»Guten Abend«, sagte sie höflich. »Ich muss mir wirklich etwas mit dieser Fensterverriegelung einfallen lassen, wie?«

»Das könnte eine gute Idee sein.«

»Andererseits könnte ich auch einfach Knoblauch ins Fenster hängen.«

»Das hilft nur gegen Vampire, soweit ich weiß.«

»Also … Vampire tauchen nur nachts auf, sie sind so schnell, dass man glauben möchte, sie können fliegen, sie sind Geschöpfe aus Legenden und Mythen, sie können sich wie Fledermäuse an Mauern festklammern … ich bin sicher, ich komme auch noch auf etwas, das auf dich nicht zutrifft, aber bislang …«

»Na, zum Beispiel schlafen sie in Särgen und trinken das Blut der Lebenden.«

Morgan zog stumm die Brauen nach oben.

»Also, weißt du«, sagte er halb tadelnd, halb bedauernd.

Morgan fiel auf, dass er jetzt wenigstens nicht so steif dastand.

»Okay«, meinte sie achselzuckend, »das spricht für dich. Aber vielleicht hänge ich so und so ein Kreuz ins Fenster, einfach nur aus Spaß an der Freude.«

Er wartete, bis sie den Raum durchquert hatte und vor ihm stand, und begann dann abrupt zu sprechen. »Ich habe dir noch nicht wirklich dafür gedankt, dass du mich gepflegt hast, Morgana.«

»Doch, das hast du. Und du hast Blumen geschickt. Das spricht übrigens auch für dich. Bist du jetzt gekommen, um mir noch einmal zu danken?«

»Ich dachte eigentlich schon.«

»Gern geschehen.«

»Du hast dich für mich in eine gefährliche Lage begeben. Ich weiß das.«

»War mir ein Vergnügen.«

»Ich meine es ernst, Morgana. Du hättest die Polizei holen können. Sollen. Und ich danke dir dafür … dass du das nicht getan hast.«

Es hatte etwas Amüsantes, den ansonsten so redegewandten Quinn um Worte ringen zu sehen, doch Morgan erlaubte sich nicht, zu lächeln. »Registriert. Deine Dankbarkeit freut mich.«

Quinn musterte sie mit einem Anflug von Zorn. »Du machst es mir nicht eben leicht«, knurrte er.

Jetzt lächelte sie doch noch. »Oh, ich verstehe – du möchtest, dass ich es dir *leicht* mache. Aber warum sollte ich das?«

Er räusperte sich. »Wissen wir eigentlich beide, worüber wir überhaupt reden?«

»Ja. Wir reden darüber, dass ich mich dir am Montagabend mehr oder weniger an den Hals geworfen habe – und du so überstürzt abgehauen bist, dass du beinahe deine Schuhe hier gelassen hättest.«

Ein kleines Lächeln verformte seine Lippen. »Ein Idol, das inständig bittet, ist kaum schmeichelhaft, Morgana. Für keinen von uns.«

»Stimmt. Bist du deshalb wiedergekommen? Weil du es dir anders überlegt hast?«

Quinn zögerte und schüttelte dann den Kopf. »Nein, aber du warst damals offensichtlich nicht ganz bei klarem Verstand.«

»Ach nein?« Sie stemmte die Hände in die Hüften und blickte ihn herausfordernd an. »Versuchst du, mich vor mir selbst zu retten, Alex?«

»So in etwa«, murmelte er.

»Warum bist du dann zurückgekommen?«

»Um dir zu danken, das ist alles. Ich wollte … einfach nicht auf diese Art und Weise verschwinden. So ganz ohne ein Wort.«

»Mir hat das auch nicht sonderlich gefallen. Vor allem nicht, dass du weggelaufen bist, nachdem ich mich dir so unzweideutig angeboten hatte. So etwas verkraftet das Ego einer Frau nicht so leicht.«

»Du hast nur gesagt, du hättest womöglich deine Meinung bezüglich Strippoker geändert.«

»Wir wissen doch beide genau, was ich damit meinte.«

Er räusperte sich erneut. »Also, wenn es dir hilft, ich wollte – wollte wirklich bleiben.«

»Und warum hast du's nicht getan?«

»Es wäre ein Fehler, Morgana. Daran solltest du niemals zweifeln.«

»Weil du Quinn bist?« Darüber hatten sie in der Zeit, die er bei ihr gewesen war, nicht gesprochen, und plötzlich befiel sie die seltsame Vorstellung, dies sei der wirkliche Grund, weshalb er zurückgekommen war – weil er ihr unmissverständlich klar machen wollte, wer und was er war.

»Ist das nicht Grund genug? Nenne mir irgendeine bedeutende Stadt der westlichen Welt, in der mich die Polizei nicht hinter Gittern sehen möchte. Und in einigen Städten im Fernen Osten ebenfalls. Das wird sich nicht ändern, egal, wie diese Sache ausgeht. Ich bin zu erfolgreich, um mich öffentlich zeigen zu können, und das weiß Interpol. Die haben mich am Schlafittchen.« Er lachte, es klang ehrlich und amüsiert. »Aber ich kann mich nicht beklagen. Ich habe einen irrsinnig tollen Tanz aufs Parkett gelegt, und jetzt muss ich die Musik bezahlen.«

»Du kannst die Metapher erweitern.« Morgan lächelte ein wenig wehmütig. »Die Musik hat nicht aufgehört, es ist nur eine andere Melodie. Dir gefällt es zu tanzen, Alex. Und Interpol weiß das auch. Und deshalb haben sie für dich die Musik geändert.«

»Und sichergestellt, dass ich für sie tanze?« Er lachte erneut. »Wahrscheinlich.« Plötzlich wurden seine Miene und seine Stimme ausdruckslos. »Die Sache ist die, Morgana … ich werde nie ein ehrbarer Bürger werden. Weil ich das nicht will. Du hast recht. Mir *gefällt* es, zu tanzen. Ich fühle bezüglich meiner Vergangenheit nicht das geringste Bedauern.«

»Aber sie haben dich gefasst«, murmelte sie.

Er nickte. »Sie haben mich gefasst. Sie hätten mich einsperren können; stattdessen haben sie mir eine Chance gegeben. Und ich habe mich entschieden. Ich werde mich an meinen

Deal mit ihnen halten. Ich werde nach ihrer Pfeife tanzen. Wie du sagtest – nur die Musik hat sich geändert, das Tanzen selbst macht so viel Spaß wie zuvor.«

»Du wirst nichts mehr für dich selbst stehlen können«, bemerkte sie, ihn mit Mitgefühl beobachtend.

Er zuckte achtlos mit den Schultern. »Die Einkünfte aus meiner Vergangenheit werden mir eine lange und durchaus lebenswerte Zukunft ermöglichen, meine Süße.«

»Ich hätte eigentlich erwartet«, sagte sie nachdenklich, »sie würden verlangen, dass du diese ›Einkünfte‹ zurückgibst.«

»Sie haben es versucht.« Er lächelte sarkastisch. »Ich habe ihnen gesagt, dass ich das Tanzen dann verlernen würde.«

»Du bist durch und durch ein Schurke, nicht wahr?«

Quinn beäugte sie argwöhnisch. »Ich weiß auch nicht, warum in aller Welt das so ist«, kommentierte er, »aber ich fühle mich auf eine geradezu irrsinnige Weise dazu gedrängt zu sagen, dass ich genau das bin, ja.«

»Und außerdem bist du selbstsüchtig, egoistisch und rücksichtslos. Ohne Moral, Skrupel, Mitleid oder Scham. Gesetzlos, herzlos, bösartig und rebellisch. Treffe ich es damit?«

»Gar nicht schlecht«, stieß er hinter zusammengebissenen Zähnen hervor.

Sie nickte ernst. »Also … du bist ein weltberühmter Dieb, daran besteht kein Zweifel. Du hast nur zum Spaß eine ganze Reihe von Gesetzen Gottes und der Menschen gebrochen. Und das, deinen eigenen Worten zufolge, ohne ein Jota an Reue zu verspüren. Und jetzt bist du nur deshalb auf der Seite des Gesetzes, weil es wesentlich angenehmer ist, als den Rest deines Lebens in einer Gefängniszelle zu verbringen.«

»Alles absolut richtig«, pflichtete er grimmig bei.

»Trittst du auch kleine Hunde oder klaust Kindern ihre Süßigkeiten?«

Quinn sog hörbar die Luft ein. »Nur manchmal donnerstags.«

Sie lächelte dünn. »Weißt du … Ich könnte dir all diese

schlechten Dinge über dich wesentlich leichter glauben, wenn du dir nicht so große Mühe geben würdest, mich zu überzeugen, dass ich sie glauben soll.«

Mit einem Anflug von Verzweiflung in seinen lebhaften Augen sagte er: »Morgan, schlag es dir aus dem Kopf – ich bin einfach keine nette Person.«

»Das habe ich auch nie behauptet.«

Quinn blinzelte, doch er fasste sich rasch. »Jetzt verstehe ich. Du bist ein Gefahrenjunkie, du liebst die Gefahr. Deshalb hast du mich ganz unverfroren aufgefordert, dein Liebhaber zu werden.«

»Ein Gefahrenjunkie. Na ja, mag sein. Ich hätte nie geglaubt, dass ich mich einmal so verändern würde, aber möglich ist schließlich alles. Du musst nur nachts in einem dunklen Museum einen weltbekannten Einbrecher kennenlernen, und schon tun sich alle möglichen Türen für dich auf.« Morgans Ton blieb dennoch nachdenklich. »Es ist ein neuer Weg. Einer, den nicht viele gehen. Die besten Trips im Leben sind die, die man am wenigsten erwartet. Also, warum nicht?«

»Wieso redest du daher wie ein Glückskeks?«

Morgan hatte sich seit Jahren nicht so sehr amüsiert. Sie musste sich sehr zusammenreißen, um nicht laut loszulachen. Stattdessen sagte sie ernst: »Alle möglichen Türen. Ich sage das für dich, Alex. Es sind interessante Türen. Sehr interessante Türen. Und das eine, was ich genau weiß, ist, dass ich wirklich herausfinden will, was mich hinter diesen Türen erwartet.«

»Tiger«, warnte er.

»Irgendwie bezweifle ich das. Aber gut aussehende Prinzen werden es ebenso wenig sein. So großmütig bist du nun auch wieder nicht. Abenteuer, würde ich sagen. Vielleicht Gefahr. Sicher Veränderungen. Ich glaube, mein Leben ist bereit für Veränderungen.«

»Morgan …«

»Ich bin ein großes Mädchen, Alex, ich bin erwachsen, mit allem, was dazugehört. Ich glaube, ich kann die Entscheidungen, die mein Leben betreffen, selbst fällen. Und bestimmen, wen ich an meinem Leben teilhaben lassen möchte. Ich glaube, das ist es, worum es beim Erwachsensein überhaupt geht.«

»Morgan, ich bin ein Dieb. Ich breche das Gesetz. Ich mache schlimme Sachen. Schon vergessen? Ich bin nicht die Sorte Mann, die du an deinem Leben teilhaben lassen solltest.«

Sie betrachtete ihn mit hochgezogenen Brauen. »Alex, du kannst von mir nicht erwarten, dass ich dich für ein Scheusal halte, wenn du dich nicht einmal anständig verführen lässt. Jeder wirklich üble Schurke wäre in null Komma nichts mit mir im Bett gewesen. Ganz besonders einer, der auf Busen steht. Und dass du so einer bist, das wissen wir ja wohl beide.«

Quinn senkte den Kopf und murmelte leise eine Reihe deftiger Flüche vor sich hin.

Morgan merkte trotzdem, dass er sich schwer tat, nicht zu lachen, und hartnäckig versuchte, ernsthaft zu bleiben. »Hör mal«, sagte sie ernst, »ich bin ja auch nicht blöd. Ja, du hast das Gesetz gebrochen, und zwar häufig und mit einem gehörigen Maß an Großtuerei. Da ich selbst ein gesetzestreuer Mensch bin, fällt mir das zu verstehen zwar schwer, und noch weniger kann ich es entschuldigen. Ich kann mich nicht einmal mit dem Glauben trösten, dass irgendeine Tragödie dich in bester melodramatischer Manier in eine kriminelle Laufbahn drängte. Nein, dir gefällt deine Vergangenheit, und du hast nach wie vor Spaß an diesem gefährlichen Verwirrspiel.

All das habe ich mir längst schon selbst gesagt. Ich bin mit der ganzen Situation sehr rational umgegangen. Und wenn ich auf ein glückliches Ende wie im Märchen aus wäre, würde dieses Gespräch gar nicht erst stattfinden. Denn ich weiß sehr wohl, dass jede Frau, die sich mit dir einlässt, Schwierigkeiten zu erwarten hat. Und auch Kummer – aber nicht, weil du ein böser Mann bist, sondern weil du das eben nicht bist.«

Quinn hob den Kopf und starrte sie an.

Morgans Amüsiertheit war verflogen, sie lächelte ihm etwas wehmütig zu. »Ich habe es versucht. Ich habe es wirklich versucht. Aber wie es scheint, kann ich nicht viel ausrichten. Es wäre verdammt leicht, dich zu lieben, Alex. Bei Schurken fällt das immer leicht, und so einer bist du ganz bestimmt. Aber ich bin nicht so dumm zu glauben, ich könnte den Wind mit den Händen einfangen, also brauchst du auch keine Angst zu haben, dass ich mich an dich klammere. Ich will keine goldenen Ringe und kein Eheversprechen. Nur ... ein Abenteuer. Und ich werde es dir nicht schwer machen. Ich werde dich nicht einmal bitten, dich zu verabschieden, wenn es vorbei ist.«

»Verdammt, würdest du endlich aufhören ...«

»Edelmütig zu sein?«, unterbrach sie ihn gelassen. »Warst du das nicht die ganze Zeit?«

»Ich will dir nicht wehtun«, sagte er nach einer Weile.

»Ich weiß. Und deine Mühe wird auch fast immer belohnt.«

Ihre Bemerkung konnte an seiner grimmigen Miene nichts ändern. »Immer. Denn hier ist Schluss.« Jedes Wort klang unüberhörbar endgültig. »Wenn du in der Gefahrenzone spielen willst, dann such dir einen anderen Schurken, der dir beibringt, wie's geht.«

Noch lange, nachdem er gegangen war, starrte Morgan auf die Stelle, wo er gestanden hatte. Dann, langsam, begann sie zu lächeln. Die Lage, entschied sie gut gelaunt, besserte sich; es ging definitiv bergauf.

Es war fast Mitternacht, und Jared stand ruhelos am Fenster seines Hotelzimmers. Jackett und Krawatte hatte er längst abgelegt, aber er trug nach wie vor seine große Automatik im gewohnten Schulterhalfter. Er brauchte also nur eine leichte Jacke anzuziehen, falls er eilig das Haus verlassen musste. Womit er mehr oder weniger rechnete.

Im Augenblick war die Nacht ungewöhnlich klar und bot einen herrlichen Blick auf die bunten Lichter der Stadt, doch der Wetterbericht hatte Nebel vorausgesagt, und wahrscheinlich würde er wieder dick wie Erbsensuppe werden. Nicht, dass Jared die schöne Aussicht interessiert hätte; seine Arbeit verlangte ihm meistens größte Vorsicht ab, und so hatte er sich schon vor langer Zeit beigebracht, sich auf das Notwendige zu konzentrieren. Zu oft war es eine Frage von Leben und Tod gewesen, die wesentlichen Dinge ganz klar im Auge zu behalten.

Als das Telefon endlich läutete, ging er sofort daran. »Hallo?«

»Wie ich höre, sind die Dinge zwischen dir und Wolfe ein wenig angespannt.«

Jareds Nervosität ließ nach, allerdings nur ein wenig. »Und hast du auch gehört, dass Morgan zu viel redet?«

»Ja, auch das habe ich gehört – aber woher weißt du, dass es Morgan war? Es hätte auch Storm sein können.«

»Ich kenne Storm. Sie redet mit Wolfe über mich, aber mit dir würde sie nicht reden, Max – nicht über so unterschwellige Dinge.«

Max kicherte. »Nein, du hast sie dir zu gut gezogen. Es war tatsächlich Morgan, die es erwähnte. Sie sagte, in letzter Zeit würde Spannung zwischen euch herrschen.«

»Na ja, okay, gib ihr zwei Punkte für eine gute Beobachtungsgabe, aber außersinnliche Wahrnehmung hat sie dafür nun wirklich nicht gebraucht.«

»Möchtest du, dass ich mit ihm rede?«

»Nein, ich glaube nicht.« Jared schaute auf seine Uhr. »Seine Beschäftigung mit Storm und seine Feindseligkeit mir gegenüber haben ihm nicht viel Zeit gelassen, darüber nachzudenken, was wir tun, und dabei würde ich es ganz gerne belassen, so lange es geht. Das Letzte, was ich jetzt brauche, sind eine Menge Fragen, vor allem nicht von Wolfe.«

Max war einen Augenblick lang still, dann seufzte er. »Also gut, ich halte mich raus. Für den Moment.«

»Danke.«

»Keine Ursache. Hast du Alex schon über das ballistische Gutachten verständigt?«

»Noch nicht. Wir wollen uns heute Nacht noch treffen.«

»Was meinst du, wie er es auffassen wird?«

»Du meinst, die Gewissheit, dass Nightshade in San Francisco ist und er es war, der auf ihn geschossen hat? Ich denke, er wird etwas Waghalsiges tun.«

»Was zum Beispiel?«

»Weiß ich nicht. Aber die Möglichkeit allein macht mich schon ziemlich nervös. Max, es sind noch ein paar Tage, bis die Sammlung ins Museum kommt und die Ausstellung eröffnet wird. Es ist noch nicht zu spät, die ganze Sache abzublasen.«

»Das ist keine Option.«

»Du bist ein dickköpfiger Sturschädel, weißt du das?«

»Du wirst es nicht glauben, aber ja, ich weiß es. Hör mal – du bleibst schön ruhig, ja?« Aus Max' Tonfall war ein Anflug von Amüsiertheit herauszuhören. »So angespannt, wie du bist, könnte man ja denken, dass etwas Mordsgefährliches vonstatten geht.«

Jared gab einen unfeinen Laut von sich und legte einfach auf. Doch seine etwas gedämpfte Amüsiertheit hielt nicht lange an. Er sah auf seine Uhr und blieb noch ein paar Minuten beim Telefon stehen, aber als es endlich klingelte, stand er schon wieder am Fenster.

Und dieses Mal war das Gespräch wesentlich kürzer.

»Ja?«

»Du klingst ungeduldig. Bin ich spät dran?«

Jared schaute wieder auf seine Uhr. »Ja. Ich war schon drauf und dran, nach dir zu suchen.«

»Du hättest mich nicht gefunden.«

»Darauf würde ich nicht wetten, wenn ich du wäre.«

Ein leises Lachen. »Irgendwann einmal machen wir beide die Probe aufs Exempel.«

»Wenn wir lange genug leben, okay. Also, müssen wir uns heute Nacht noch treffen?«

»Ich glaube schon ...«

* * *

Der kalte Nebel, der über die San Francisco Bay trieb, verhüllte mehr und mehr die aufragende Silhouette von Alcatraz. Quinn war froh darüber. Auch wenn die Insel keine gefährlichen Verbrecher mehr beherbergte, war das ehemalige Gefängnis dennoch eine starke und sichtbare Erinnerung daran, was es kosten konnte, ein Gesetzloser zu sein.

Er brauchte diese Erinnerung nicht.

Dennoch beobachtete er die Felseninsel, während er den Kragen seiner Jacke hochschlug und die Hände in den Taschen vergrub, bis der Nebel sie verschlungen hatte und nichts mehr davon zu sehen war. Es war ein unheimlicher Anblick, wie der graue Schleier über das Wasser auf ihn zugekrochen kam, während hinter ihm das Mondlicht auf die Stadt nieder schien. Zumindest jetzt noch, einige Zeit nach Mitternacht. In einer Stunde, dachte Quinn, würde er wahrscheinlich die Hand nicht mehr vor den Augen sehen.

Allmählich begann er, diese Stadt richtig zu mögen.

»Warum zum Teufel treffen wir uns ausgerechnet hier?«

Quinn hatte Jareds Kommen bemerkt, bevor er irgendetwas gehört oder gesehen hatte, und deshalb erschreckte ihn die tiefe Stimme nicht. »Ich hielt diesen Ort hier für sehr passend«, erwiderte er halblaut. »Bevor der Nebel hereinkam, schien Alcatraz im Mondlicht wie ein Leuchtfeuer.«

Jared seufzte. »Wirst du jetzt nervös? Du, Alex?« Seine Stimme klang ein wenig spöttisch.

Quinn wandte dem vom Nebel eingehüllten ehemaligen Gefängnis den Rücken zu und musterte sein Gegenüber. »Nein, aber ich werde froh sein, wenn das vorüber ist. Ich hatte vergessen, wie lang die Nächte werden.«

»Du wolltest es so«, erinnerte Jared ihn.

»Ja ja, ich weiß schon.«

Der Mond hing noch immer tief über der Stadt, und Jared hatte scharfe Augen, sodass er die markanten Gesichtszüge seines Bruders deutlich erkennen konnte. »Macht dir deine Schulter Schwierigkeiten?«, fragte er etwas ungehobelt.

Quinn zuckte in einer behänden Bewegung die Achseln, die nicht erkennen ließ, dass ihn vor einer Woche eine Kugel übel zugerichtet hatte. »Nein. Du weißt ja, bei mir heilt alles rasch.«

»Aber das war eine hässliche Wunde, auch wenn sie rasch verheilt ist. Wahrscheinlich hättest du länger bei Morgan bleiben sollen als die paar Tage.«

»Nein«, entgegnete Quinn. »Das hätte ich überhaupt nicht machen sollen.«

Nach einem Moment des Schweigens meinte Jared: »Dann hatte Max also recht.«

»Womit?«

»Stell dich nicht so begriffsstutzig, Alex.«

Quinn widerstand dem Impuls zu fragen, ob man auch unabsichtlich begriffsstutzig sein könne. »Max merkt verdammt viel – aber er hat nicht immer recht. Was Morgan angeht, sagen wir einfach, dass ich genug gesunden Menschenverstand für uns beide habe.«

»Und keine Zeit für eine Romanze?«

»Und keine Zeit für eine Romanze.« Quinn fragte sich, und das nicht zum ersten Mal, ob es gut oder schlecht war, solch ein perfekter Lügner geworden zu sein. Vielleicht, dachte er, hatte es ihm geholfen, seine Haut ein wenig länger zu retten, aber früher oder später würde ihn das alles wieder einholen – und eine ganze Menge Leute würden ohne Zweifel wütend auf ihn sein.

Jared schien in etwa ähnlich zu denken.

»Wir haben bisher erstaunlich viel Glück gehabt«, sagte er. »Aber du kannst es dir wirklich nicht leisten, mit Morgan noch weiter zu gehen.«

»Das weiß ich.«

»Sie weiß schon jetzt zu viel.«

Quinn atmete tief durch, doch sein Tonfall blieb unbesorgt. »Verzeih, dass ich nicht ganz klar denken konnte, als ich angeschossen war. Nächstes Mal werde ich es besser machen.«

»Ich kritisiere dich nicht deswegen.«

»Zu nett von dir.«

Jared fluchte halblaut. »Hör mal, alles, was ich sage, ist, dass uns die Zeit davonläuft. Du hast wirklich weder die Muße noch das Recht, eine Frau in eine derartige Situation mit hineinzuziehen, und schon gar nicht, wenn du dich mit einem so gefährlichen Kerl wie Nightshade befasst.«

Noch ruhiger und leiser als zuvor erwiderte Quinn: »Ja. Du hast recht. Ich weiß das. Und ich tue mein Bestes.«

Jared entschied, dass es nun an der Zeit war, das Thema zu wechseln. »Nun, wir haben auch noch an andere Dinge zu denken. Die Polizei hat ihre vorläufigen Berichte über die Ermordete fertiggestellt, und das ballistische Gutachten über die Kugel, die der Doktor aus deiner Schulter herausgeholt hat, liegt vor.«

»Und?«

»Der derzeitige Erkenntnisstand ist, dass die Tote kein Opfer von Nightshade ist. Zum einen wurde sie erdolcht. Zum anderen versucht er nie, die Identifizierung seiner Opfer hinauszuzögern. Dies und der Ort, an dem sie gefunden wurde, lassen es als unwahrscheinlich erscheinen, dass Nightshade sie getötet hat.«

»Das ist nicht sein Stil. Und dieser sogenannte Hinweis, der an der Leiche hinterlassen wurde, verdeutlicht das noch mehr.«

»Das habe ich eben selbst herausgefunden«, sagte Jared. »Wie bist du daraufgekommen?«

»Ich weiß oft Dinge, die zu wissen man nicht von mir erwartet. Was meinst du, wie ich sonst in der Lage gewesen wäre, der Polizei über so viele Jahre immer einen Schritt voraus zu sein?« Quinn schüttelte den Kopf. »Mach dir keine Sorgen – das hat nichts mit einer undichten Stelle bei der Polizei zu tun. Oder bei Interpol.«

Jared beschloss, nicht weiter nachzufragen, sondern er fuhr einfach fort. »Die Leiche ist übrigens noch immer nicht identifiziert. In der Vermisstendatei ist keine Person, die ihr gleicht. Die Forensiker versuchen noch immer, einen brauchbaren Fingerabdruck zu bekommen, aber bisher ohne Erfolg. In der Gegend, wo sie aufgefunden wurde, hat niemand sie auf dem Foto erkannt. Es gibt nur einen Punkt, bei dem die Polizei sich sicher ist – der Mörder will einen Hinweis auf das Museum geben. Aber ob das der Versuch ist, eine falsche Fährte zu legen, oder nicht, da sind sich nicht einmal die Polizeipsychologen einig.«

»Was meinst du?«

»Es ist offensichtlich, dass es offensichtlich aussehen soll. Es ist auch ein Hinweis auf das Museum, aber nicht speziell auf die Ausstellung *Geheimnisse der Vergangenheit.*« Jared legte eine Pause ein, dann schüttelte er den Kopf. »Wir wissen nicht, ob ein Einbrecher sie getötet hat, deshalb könnte der Hinweis auf das Museum etwas so Einfaches – und so Krankhaftes – sein wie ein Scherz. Womöglich hat ihr Tod absolut nichts mit dem Museum oder der Ausstellung zu tun. Aber die Polizei muss diese Spur verfolgen, also … und dieses Gebäude ist so verdammt groß. Unmöglich für die Polizei, es komplett zu durchsuchen.«

»Und sie verplempern eine Menge Zeit damit, es zu versuchen.«

»Vielleicht. Sie haben praktisch jeden Menschen befragt, der irgendetwas mit dem Museum zu tun hat, und jedem das Foto der Toten gezeigt. Bislang hat niemand ausgesagt, sie gesehen zu haben, weder im Museum noch außerhalb. Die Polizei glaubt allmählich, der Mörder hat nur versucht, von der richtigen Spur abzulenken, und dass sie absolut nichts mit dem Museum zu tun hat.«

Quinn dachte darüber einen Augenblick lang schweigend nach.

»Wenn die Polizei nicht mehr in der Hand hat«, sagte er dann, »überrascht es mich nicht, dass sie nicht weiß, wo sie dieses Puzzleteil einfügen soll.«

»Du meinst, sie passt irgendwo hinein, sie ist ein Teil eines Plans, den jemand bezüglich des Museums oder der Ausstellung hat?«

»Oh ja«, erwiderte Quinn nüchtern. »In einer Situation wie dieser gibt es keine Zufälle.«

»Dann haben wir noch einen Mitspieler.«

»Das ist sehr wahrscheinlich.«

»Großartig. Einfach großartig.«

Quinn musterte seinen Bruder. »Gibst du mir die Ergebnisse des ballistischen Gutachtens?«, fragte er dann.

»Muss ich?«

»Nein. Nightshade *hat* auf mich geschossen.«

Jared seufzte. »Die Kugel passt zu denen, die seinen früheren Opfern entnommen wurden. Die Frage ist, ob er wusste, auf wen er geschossen hat.«

»Gewusst kann er es nicht haben. Wahrscheinlich hielt er mich für einen anderen Einbrecher, vielleicht einen, der ihn womöglich identifizieren wollte. Oder er wollte einfach einen Konkurrenten loswerden.«

»Aber selbst wenn er dich nicht mit dem Museum in Zusammenhang bringt, muss er eine Falle vermuten.«

»Wahrscheinlich. Ich würde das tun.« Ohne eine Erwiderung abzuwarten, fuhr Quinn fort: »Die Sammlung kommt jetzt ins Museum, also werden sich dort rund um die Uhr bewaffnete Wachen aufhalten. Kein Dieb, der nicht durchgeknallt ist, würde sich an die Ausstellung wagen, sobald sie der Öffentlichkeit zugänglich gemacht wird.«

»Können wir davon ausgehen, dass Nightshade nicht durchgeknallt ist?«

»Wir können davon ausgehen, dass er nicht dumm ist. Ich glaube nicht, dass er sich jetzt, bei all den augenfälligen Sicherheitsvorkehrungen, an die Sammlung heranwagen würde. Er wird abwarten, bis das Museum voller Besucher ist, bis es die Zahl der Wachen reduzieren muss und sich nur mehr auf die elektronischen Sicherheitssysteme verlässt. Denn dann ist es am leichtesten zu knacken.

Nächsten Freitag findet die Vernissage für geladene Gäste statt, und ab Samstag ist die Ausstellung dann für die Öffentlichkeit zugänglich. Ich denke, in diesem Punkt sind wir einer Meinung – je eher wir Nightshade in die Falle locken, desto besser. Wenn wir ihn einfach gewähren lassen, kann es gut sein, dass er die nächsten zwei Monate verstreichen lässt und erst dann zuschlägt, wenn unsere Wachsamkeit nachgelassen haben wird.«

»Mir wäre es lieber, wenn ich die nächsten zwei Monate nicht Tag und Nacht im Museum sein müsste«, erklärte Jared höflich. »Je eher wir das hinter uns bringen, desto besser für mich.«

»Ja, ich glaube, dir hängt es ganz schön zum Hals heraus, meinen Wachhund spielen zu müssen.«

»Es ist nicht mein Lieblingsjob, das gebe ich zu.«

»Weil es dir nicht gefällt, ein Wachhund zu sein, oder meinetwegen?«, fragte Quinn neugierig.

Jared atmete tief ein und ließ die Luft langsam ausströmen. »Reden wir nicht *darüber,* okay?«

Quinn wäre nicht zehn Jahre am Leben und in Freiheit geblieben, wenn er nicht gelernt hätte, wann es sicherer war, nachzugeben. Also gab er nach. »Gut. Hör mal, ich glaube nicht, dass ich noch mehr in Erfahrung bringen kann, wenn ich weiter so vorgehe wie bisher. Jetzt, wo die Sammlung den Tresor verlässt, steigen die Risiken einfach ins Unermessliche.«

»Und das bedeutet?«

»Das bedeutet, ich kann es mir nicht mehr leisten, vorsichtig zu sein.«

»Heißt das, du warst bisher immer vorsichtig?«

»Natürlich.«

»Was du nicht sagst. Du hättest mich zum Narren halten können.«

Quinn hätte seinem Bruder erklären können, dass er ihn tatsächlich zum Narren gehalten hatte, aber er sagte nur feierlich: »Oh, ich bin immer vorsichtig.«

Diese Aussage war so sehr aus der Luft gegriffen, dass Jared nur den Kopf schütteln konnte. »Na klar bist du das.«

»Bin ich. Und ich habe auch vor, bei meinem nächsten Schritt sehr, sehr vorsichtig zu sein.«

»Und der wäre?«, fragte Jared argwöhnisch.

»Also, die Jagd bei Nacht hat mir außer einer Kugel nicht allzu viel eingebracht. Ich glaube, es ist Zeit, einen direkteren Weg zu probieren.«

Jared seufzte. »Ich habe das Gefühl, dass mir das nicht gefallen wird.«

»Nein, wahrscheinlich nicht.« Quinns plötzliches Lächeln zeigte seine geraden, weißen Zähne. »Aber mir.«

5

Darf ich bitten?«

Morgan West hätte die Stimme überall erkannt, sogar hier in einer Villa am Meer, inmitten einer eleganten Party. Etwas benommen hob sie ihren Kopf und blickte in die lachenden grünen Augen des berühmtesten – oder berüchtigtsten – Einbrechers der Welt.

Quinn.

Er war dem Anlass entsprechend gekleidet, ein umwerfend aussehender Herzensbrecher im schwarzen Smoking. Sein blondes Haar glänzte etwas, als er sich mit größter Eleganz leicht vor ihr verbeugte, und Morgan zweifelte nicht daran, dass die Blicke mindestens der Hälfte der Frauen in dem vollen Ballsaal auf ihn gerichtet waren.

»Oh mein Gott«, murmelte sie.

Quinn nahm ihr ihren Drink ab und stellte das Glas auf ein Tischchen. »Wie ich glaube, dir schon einmal gesagt zu haben, Morgana – nicht annähernd«, erklärte er nonchalant.

Während er sie auf die Tanzfläche führte, sagte sich Morgan, dass sie auf keinen Fall eine Szene vom Zaun brechen wollte. Das war natürlich der Grund, weshalb sie nicht ablehnte. Und es war auch der Grund dafür, dass sie ein freundlich-unverbindliches Lächeln aufsetzte, auch wenn ihr Herz hämmerte wie ein Vorschlaghammer.

»Was machst du hier?«, fragte sie ihn mit so leiser wie wütender Stimme.

»Ich tanze mit der schönsten Frau im Saal«, antwortete er, während er sie in seine Arme zog und sich im Takt der langsamen, verträumten Musik zu bewegen begann.

Morgan wollte sich nicht geschmeichelt fühlen, und sie hielt die Arme so steif, dass er sie nicht so nah an sich ziehen konnte, wie er es offenkundig beabsichtigte. Sie trug ein fast rückenfreies schwarzes Abendkleid, und bei der plötzlichen Erinnerung daran, wie viel von ihrer nackten Haut zu sehen war, fühlte sie sich zum ersten Mal an diesem Abend befangen.

Aber sie wollte natürlich nicht, dass *er* das merkte.

»Würdest du bitte dein Don-Juan-Gehabe sein lassen und ernst mit mir reden?«, forderte sie.

Er lachte leise, und er tanzte mühelos und mit Eleganz. »Das war die nackte Wahrheit, meine Süße.«

»Ach ja, na klar.« Morgan seufzte und blickte unwillkürlich und reichlich nervös um sich, ohne jedoch ihr höfliches Lächeln aufzugeben. Sie sprach absichtlich leise, damit niemand außer ihm sie hören konnte. »Hör mal, hier sind ein Dutzend Wachen in Zivil, die Leo Cassadys Sammlung im Auge behalten, und mindestens ein Polizist ist unter den Gästen. Du denkst doch sicher nicht daran …«

»Du bist es, die nicht denkt, Morgana.« Auch er sprach leise, allerdings leichthin und unbekümmert. »Ich ziehe die Heimlichkeit der Nacht und die Anonymität einer Skimaske vor, erinnerst du dich nicht? Außerdem wäre das äußerst ungehobelt. Ich würde niemals daran denken, unseren Gastgeber um seine Wertsachen zu erleichtern. Nein, ich bin hier einfach nur als Gast – als geladener Gast. Alexander Brandon, zu Ihren Diensten, Ma'am. Meine Freunde nennen mich Alex.«

Während Morgan wie automatisch tanzte und zu ihm aufblickte, kamen ihr einige Dinge in den Sinn. Erstens, dass Quinn lediglich ein Spitzname war, ein Pseudonym für einen gesichtslosen Dieb, das jemand vor Jahren geprägt hatte. Alexander war ganz sicher sein Vorname – das glaubte sie ihm, denn als er es ihr gesagt hatte, war er praktisch auf dem Sterbebett gelegen –, doch da er und Jared Chavalier Brüder waren, war Brandon zweifellos nicht mehr als ein Deckname, den er brauchte, weil er etwas im Schilde führte.

Zweitens musste jemand sich für Quinn verbürgt haben,

wenn er hier in Leo Cassadys Haus ein geladener Gast war. Max vielleicht? Er war der Einzige, der dafür infrage kam, dachte sie. Maxim Bannister war wahrscheinlich der einzige Mensch, dem Leo so sehr vertraute, dass er auf sein Wort hin einen Fremden in sein Haus einließ.

Und drittens dachte Morgan daran, wie verworren die ganze Situation geworden war. Seit dem heutigen Samstag war die Ausstellung *Geheimnisse der Vergangenheit* eröffnet, und der erste Tag war ein phänomenaler Erfolg geworden. Doch die unbezahlbar wertvolle Sammlung war der Köder in einer Falle, mit deren Hilfe ein sehr gefährlicher Einbrecher gestellt werden sollte, und Quinn war an dieser Aktion vermutlich beteiligt.

Vermutlich.

»Du tanzt göttlich, Morgana«, sagte er mit seinem wie üblich betörenden Charme und lächelte ihr zu. »Ich wusste, dass du hervorragend tanzen würdest. Wenn du dich nur ein bisschen mehr entspannen könntest ...« Seine Hand übte einen leichten Druck auf ihre Hüfte aus, um Morgan näher an sich zu bringen.

»Nein«, erklärte sie und widersetzte sich erfolgreich, ohne aus dem Takt zu kommen.

Sein Lächeln wurde etwas verlegen, doch seine unglaublich grünen Augen funkelten vor Freude. »Widerstrebt es dir so sehr, mir zu vertrauen? Ich will doch nur dem Charakter dieses Tanzes Genüge tun und dich ein bisschen enger halten.«

Morgan verweigerte sich seiner Verführung. Es war fast unmöglich, doch sie schaffte es. »Mach dir keine Gedanken über den Charakter des Tanzes. Du hältst mich eng genug.«

Sein schalkhafter Blick richtete sich kurz auf den tiefen Ausschnitt ihres schwarzen Abendkleids. »Nicht annähernd so eng, wie ich es gerne hätte.«

Ihr ganzes Erwachsenenleben lang – und die meisten ihrer Teenagerjahre – hatte sich Morgan fast ständig der Annahme vor allem von Männern erwehren müssen, dass mit ihrer üppigen Oberweite ein entsprechend niedriger IQ einhergehen würde, und deshalb neigte sie dazu, mehr als kratzbürstig zu werden, wenn die Aufmerksamkeit eines Mannes durch Worte oder Blicke auf ihre Maße schwenkte.

Bei Quinn war allerdings auch das anders. Er hatte einfach den Bogen heraus, Dinge zu sagen, die zwar höchst empörend waren, in ihr aber dennoch den Wunsch zu kichern weckten. Und sie hatte bei ihm immer das Gefühl, dass er ihre natürlichen Gaben ebenso sehr bewunderte, wie er sie auf eine fast komische Art und Weise begehrenswert fand.

»Siehst du, ich habe es doch gewusst, dass du ein Busenfetischist bist«, hörte sie sich murmeln.

»Ich bin es mit Sicherheit jetzt«, erwiderte er nicht weniger direkt und leicht amüsiert.

»Nun, dann musst du eben leiden«, erklärte sie ihm im strengsten Ton, dessen sie fähig war.

Er seufzte. »Ich leide bereits seit der Nacht, in der wir uns kennenlernten, Morgana.«

»Schrecklich«, kommentierte sie.

»Du bist eine harte Frau. Das habe ich auch schon einmal gesagt, nicht wahr?«

Damals war er nur mit einem Handtuch und einem Verband »bekleidet« gewesen. Morgan schob diese Erinnerung von sich weg. »Hör mal, ich will einfach nur wissen, was du hier tust. Und sag jetzt nicht wieder, du tanzt mit mir.«

»Also gut, ich sage es nicht«, meinte er leutselig. »Was tue ich hier – ich nehme an einer Party anlässlich der Eröffnung der Ausstellung *Geheimnisse der Vergangenheit* teil.«

Morgan biss die Zähne zusammen, doch sie behielt ihr Lächeln bei. »Ich habe keine Lust, mich mit dir um Worte zu streiten. Hat Max dich in dieses Haus gebracht?«

»Ich war von Anfang an auf der Gästeliste für diese Party, meine Süße.«

Jetzt vergaß sie ihr Lächeln und blickte stirnrunzelnd zu ihm hoch. »Was? Das ist nicht möglich. Leo hatte schon immer eine Party für die Eröffnung der Ausstellung geplant, und er hat die

Einladungen schon vor über einem Monat verschickt – das heißt, schon vor über zwei Monaten. Wie kann es da sein …«

Quinn schüttelte leicht den Kopf und führte sie dann aus dem Saal. Nicht viele Gäste schienen von ihnen Notiz zu nehmen, doch Morgan bemerkte, dass Max Bannister sie mit unergründlichem Blick von der anderen Seite des Raums aus beobachtete.

Nun, da sie wusste, dass Quinn – vermutlich zumindest – mit Interpol kooperierte, um einen anderen Dieb dingfest zu machen, hatte Morgan kein ganz so schlechtes Gefühl wegen ihrer früheren Treffen mit ihm, und nachdem sie ihn nach seiner Schussverletzung gesund gepflegt hatte, konnte sie ihn auch kaum mehr als einen Fremden betrachten. Aber sie vertraute ihm nicht.

Ja, du willst mit ihm ins Bett gehen, aber du vertraust ihm nicht. Sehr klug.

Das ist wirklich oberschlau.

Er führte sie aus dem vollen Ballsaal, ohne ihr eine Chance zu geben, Protest anzumelden, und dann einen kurzen Flur hinunter bis zu einer verlassenen Terrasse. Leo hatte die Glastüren des Ballsaals nicht geöffnet, wahrscheinlich, weil es zu Beginn der Party geregnet hatte. Die Steinplatten der Terrasse waren noch nass, und ein dicker Nebel kroch über den Garten herein. Aber falls ein Gast sich trotzdem ins Freie begeben wollte, hatte der Gastgeber auch dafür Vorsorge getroffen: Lampions im japanischen Stil waren aufgehängt, um auf der Terrasse und im Garten Licht zu spenden, auch standen verstreut Tische und Stühle bereit.

Alles glänzte regennass, und der hereinziehende Nebel verlieh dem Garten ein unheimliches Aussehen. Es war geradezu unnatürlich still auf der Terrasse, und der dicke Nebel dämpfte wie üblich jedes Geräusch und jeden Laut. Sowohl die Musik aus dem Ballsaal als auch die Brandung des Ozeans waren gerade noch zu hören.

Morgan nahm an, dass Quinn mit ihr sprechen wollte, ohne

dass jemand sie belauschte, deshalb protestierte sie nicht und fragte auch nicht, weshalb er sie hier herausgebracht hatte.

Noch immer ihre Hand haltend, setzte sich Quinn auf die steinerne Balustrade, die die Terrasse einfasste, und lachte leise, als würde irgendetwas ihn köstlich amüsieren. »Sag mir eines, Morgana. Hast du jemals daran gedacht, dass ich … mehr sein könnte als nur Quinn?«

»Wie meinst du das?«

Er zuckte mit den breiten, starken Schultern, und seine lebhaften Augen fixierten sie. »Na ja, Quinn ist ein Geschöpf der Nacht. Sein Name ist ein Pseudonym, ein Spitzname …«

»Ein Deckname«, steuerte sie hilfsbereit bei.

Er lachte leise. »Also gut, ein Deckname. Worauf ich hinaus will, ist, dass er sich im Schatten bewegt und mit einer Maske sein Gesicht vor der Welt verbirgt – dem größten Teil der Welt, zumindest –, und nur wenige wissen etwas über ihn. Aber es ist nicht immer Nacht, Morgana. Bei Tag sehen Masken meistens ein bisschen seltsam aus, und Quinn hätte wohl kaum einen Pass oder einen Führerschein – von einer Smokingjacke ganz zu schweigen. Wer also glaubst du, bin ich, wenn ich nicht Quinn bin?«

Seltsamerweise hatte sich Morgan diese Frage noch nie gestellt. »Du bist … Alex«, antwortete sie etwas hilflos.

»Ja, aber wer ist Alex?«

»Woher soll ich das wissen?«

»Woher solltest du das wissen, in der Tat. Schließlich ist Alex Brandon gestern erst hier angekommen. Aus England. Ich bin ein Sammler.«

Seine schiere Unverfrorenheit hatte die übliche Wirkung auf Morgan; sie wusste nicht, ob sie lachen oder ihn schlagen sollte. Alexander Brandon sollte also ein Sammler sein? »Sag mir, dass du einen Scherz machst«, bat sie ihn.

Wieder lachte er leise. »Ich fürchte, nein. Der Mensch, der ich tagsüber bin, ist ganz gut etabliert. Alexander Brandon hat ein sehr hübsches Haus in London, das er von seinem Vater geerbt hat, und eine Wohnung in Paris und eine in New York. Er besitzt die britische und die amerikanische Staatsbürgerschaft und ging hier in den Staaten aufs College. Mit einundzwanzig übernahm er ein Treuhandvermögen, und er managt eine Reihe von Investitionen, die er ebenfalls geerbt hat, sodass er, wenn er nicht will, eigentlich nicht arbeiten muss. Und das will er eher selten. Allerdings reist er ziemlich viel. Und er sammelt Kunst – vor allen Dingen Schmuck.«

Morgan hatte das Gefühl, ihn mit offenem Mund anzustarren.

Mit einem erstickten Laut, der womöglich wieder ein Lachen war, fuhr Quinn unbekümmert fort. »Der Name seiner Familie ist sehr angesehen. So gut in der Tat, dass du ihn auf fast allen Listen gesellschaftlich und finanziell einflussreicher Familien finden würdest – auf beiden Seiten des Atlantiks. Und Leo Cassady schickte ihm schon vor mehr als zwei Monaten eine Einladung zu dieser Party – der er folgte.«

»So viel Unverfrorenheit«, sagte Morgan verwundert.

Quinn wusste, dass sie nicht Leo meinte, und seufzte traurig. »Ja, ich weiß. Ich bin ein hoffnungsloser Fall.«

Sie musterte ihn stirnrunzelnd und fragte: »Kennt Max dich so? Deine untadelige, andere Seite, die du für dich geschaffen hast, meine ich? Und Wolfe?«

»Wir sind uns im Lauf der Jahre ein paar Mal begegnet. Wiewohl sie beide bis vor Kurzem nicht wussten, dass ich Quinn bin«, murmelte er.

»Das muss ein Schock für sie gewesen sein«, meinte Morgan.

»Das könnte man so sagen, ja.«

Sie runzelte noch immer die Stirn. »Und jetzt … bist du also hier in San Francisco als Alexander Brandon, Angehöriger einer vornehmen Familie und bekannt als Sammler seltener und kostbarer Schmuckstücke.«

»Genau.«

»Wo wohnst du?«

»Ich habe eine Suite im Imperial.«

Dass er in einem der luxuriösen Hotels im vornehmen Stadtteil Nob Hill abgestiegen war, hätte Morgan nicht überraschen sollen. Wenn Quinn die Rolle eines reichen Sammlers spielte, dann würde er natürlich im besten Hotel der Stadt logieren. Aber sie konnte nicht umhin, sich zu fragen …

»Zahlt Interpol deine Rechnungen?«, fragte sie unumwunden.

»Nein. Ich selbst.«

»Du selbst? Moment mal. Du gibst dein eigenes Geld dafür aus – höchstwahrscheinlich Geld, das du auf illegale Weise erworben hast –, um diesen Deckmantel aufrechtzuerhalten, damit du Interpol helfen kannst, einen Dieb zu fassen und sie dich nicht ins Gefängnis stecken?«

Quinn zog leicht an ihrer Hand, um sie zum Nähertreten zu bewegen; sie stand fast zwischen seinen Knien. »Du drückst dich immer so anschaulich aus – aber ja, das ist der Kern der Sache. Ich weiß allerdings nicht, weshalb dich das überraschen sollte, Morgana.«

»Na, das tut es aber.« Sie sann über die Frage nach und war sich der Nähe zwischen ihnen kaum bewusst. »Das ist eine schrecklich komplizierte Situation für jemanden, der vermutlich nur versucht, nicht in den Knast gehen zu müssen. Es sei denn … hat dieser andere Dieb dir etwas angetan? Dir ganz persönlich?«

Quinns Stimme klang sehr nüchtern. »Abgesehen davon, dass er mich angeschossen hat, meinst du?«

Eine Erinnerung blitzte in Morgan auf – Quinn, wie er bewusstlos in ihrem Bett lag, mit dieser schlimmen Wunde an seiner Schulter –, und etwas in ihr zog sich schmerzlich zusammen. Nur mit Mühe schaffte sie es, dieses Bild von sich zu schieben.

Aber es erinnerte sie auch daran, dass hier noch eine andere Frage war, die sie hätte stellen sollen und nicht gestellt hatte, nur weil sie so sehr mit Quinns Wirkung auf sich beschäftigt gewesen war.

»Er ist es also, der auf dich geschossen hat? Tust du das deshalb? Weil er auf dich geschossen hat?«

Quinn legte ihre Hand auf seinen Schenkel, folgte dieser Bewegung mit seinem Blick und schaute sie dann wieder an. Im schwachen Schein der Lampions und bei dem wegen des wabernden Nebels diffusen Licht sah er ungewöhnlich ernst aus. »Das wäre für die meisten Menschen Grund genug.«

»Was noch?«

»Muss es noch einen anderen Grund geben?«

Morgan nickte. »Für dich? Ja, ich glaube schon. Du hast alles versucht, um mich davon zu überzeugen, dass du dich für nichts und niemanden interessierst außer für Quinn – aber einiges von dem, was ich sehe, passt da nicht dazu. Wenn du so selbstsüchtig und nur auf dich bezogen bist, wie du sagst, warum machst du Interpol dann nicht einfach nur etwas vor? Warum setzt du dein Leben – und dein eigenes Geld – aufs Spiel, wenn du es gar nicht musst?«

»Wer sagt, dass ich das nicht muss? Interpol kann ein ziemlich strenger Zuchtmeister sein, meine Süße.«

»Mag sein, aber ich habe das Gefühl, du hast bessere Motive, als lediglich deine Haut zu retten.«

»Du solltest mich nicht in so noblen Farben malen, Morgana«, sagte er leise. »Der erste Regenguss wäscht sie ab. Und dann bist du enttäuscht darüber, was darunter zum Vorschein kommt.«

Das klang wieder wie die Warnung, die er schon einmal ausgesprochen hatte – sich nicht näher auf ihn einzulassen. Morgan erkannte diese Haltung zwar durchaus an, doch sie war nicht der Typ Frau, der anderen erlaubte, für sie Entscheidungen zu treffen. Was Quinns Charakter anbelangte, war sie zu bestimmten Schlüssen gekommen, und sie wollte diese Schlüsse durch sein Tun und sein Verhalten bestätigt oder widerlegt sehen.

Einiges an seinem Tun, vor allem bevor sie ihn kennengelernt hatte, stellte ihn sicherlich in ein schlechtes Licht. Er war ein Verbrecher, daran schien kein Zweifel zu bestehen. Den bitteren Worten seines eigenen Bruders zufolge hatte er Europa mindestens zehn Jahre lang heimgesucht. Und jetzt war er nur deshalb auf der Seite der Guten, weil das besser war, als im Gefängnis zu sitzen. Sie *wusste* das alles. Aber schon seit Wochen, seit der Nacht, in der sie sich getroffen hatten, spürte Morgan auch die bohrende Gewissheit, dass an diesem Mann viel, viel mehr war, als er der Welt zeigte. Mehr als einmal hatte sie sich gesagt, dass sie nur deshalb so fühlte, weil es sie so sehr zu ihm hinzog, doch Instinkte, denen zu vertrauen sie gelernt hatte, sagten ihr, dass es das nicht war.

Aber was war es dann? Was spielte sich wirklich ab hinter diesen lebhaften Augen, diesem charmanten Lächeln?

Die eigentliche Frage, dachte sie, lautete nicht, wer war Quinn, wenn er nicht der Einbrecher war. Die eigentliche Frage war, wer war dieser Mann mit seiner doppelten Identität, seinem brillanten Kopf und einem Ruf, der ihn sowohl als berüchtigt wie auch als hoch angesehen gelten ließ? Wer war er wirklich, im Grunde seines Herzens?

Sie hielt das für ein Geheimnis, das es sehr wohl wert war, Gedanken darauf zu verwenden.

»Morgana?«

Sie blinzelte und merkte erst jetzt, dass sie wohl minutenlang geschwiegen hatte. »Hmm?«

»Hast du gehört, was ich sagte?«

Morgan musste unwillkürlich ein bisschen lächeln, weil er so bedrückt klang. »Ja, ich habe gehört, was du gesagt hast.«

»Und?«

»Und – ich male dich nicht in noblen Farben. Und ich mache dich auch nicht besser, als du bist. Ich glaube ganz einfach nur, dass du nicht hinter diesem anderen Dieb her bist, nur weil er auf dich geschossen hat oder nur weil Interpol meint, du wärst der Trumpf, den sie im Ärmel haben.«

»Morgan …«

»Was weißt du über Nightshade, das ich nicht weiß?«

Er schwieg – dieses Mal mehrere Minuten lang –, und als er schließlich antwortete, klang seine Stimme ungewöhnlich dünn und schneidend. »Ich weiß nicht, wie viel man dir gesagt hat. Aber Nightshade ist nun seit acht Jahren aktiv – mindestens, vielleicht auch länger. Meistens hier in den Staaten, ein paar Mal in Europa. Er ist sehr, sehr gut. Und wer ihm in die Quere kommt, ist ein toter Mann.«

Morgan merkte nicht, dass sie zitterte, bis Quinn ihre Hand losließ, sein Jackett auszog und es ihr um die Schultern legte. Sie protestierte nicht, sondern sagte nur leise: »Es ist gar nicht so kalt hier draußen. Aber so, wie du klangst ...«

Er ließ die Hände auf ihren Schultern liegen, seine langen Finger massierten sie leicht. »Du musst mir verzeihen, Morgana. Aber ich mache mir nicht allzu viel aus Mördern.«

In die Wärme seines Jacketts eingehüllt, von seinem vertrauten Duft umgeben und seiner Berührung sehr bewusst, musste Morgan kämpfen, um sich auf das Gespräch konzentrieren zu können. »Vor allem, wenn einer von ihnen auf dich schießt?«

»Vor allem dann.«

Sie schüttelte leicht den Kopf, gleichermaßen verwirrt und fasziniert von diesem Mann, der frohen Herzens zugeben konnte, zehn Jahre lang der berüchtigtste Einbrecher der Welt gewesen zu sein, und dennoch vom Hang eines anderen Einbrechers zur Gewalttätigkeit mit eiskaltem Abscheu sprach. Kein Wunder, dass sie sich nicht einreden konnte, in Quinn einen bösen Menschen zu sehen.

Wie sollte sie dazu in der Lage sein, da doch seine eigenen Worte mehr als einmal gezeigt hatten, dass er sehr wohl eindeutige Prinzipien besaß – auch wenn sie diese noch nicht ganz durchschaut hatte.

»Wer bist du, Alex?«, fragte sie ihn leise.

Seine Hände auf ihren Schultern spannten sich an, zogen sie einen Schritt näher, und sein sinnlicher Mund verformte sich zu einem leichten, seltsam selbstironischen Lächeln. »Ich bin

Quinn. Gleichgültig, wer oder was sonst, ich bin Quinn. Vergiss das nie, Morgana.«

Sie beobachtete, wie ihre Hände an seine breite Brust wanderten, ihre Finger fühlten ihn durch das steife weiße Hemd. Sie waren sich sehr nahe, so nahe, dass sie sich von ihm umschlossen fühlte.

Er hatte sie schon zuvor geküsst. Einmal war es ein neckischer Trick gewesen, mit dem er sie ablenkte, um ihre Halskette stibitzen zu können, das zweite Mal war in einem verlassenen Gebäude gewesen, in einer Situation, in der sie gerade noch mit dem Leben davongekommen waren. Danach, sogar während der Tage und Nächte, die er zur Genesung in ihrer Wohnung verbrachte, hatte er sorgfältig darauf geachtet, dass kein Begehren zwischen ihnen aufflackern konnte. Und als sie ihrerseits ihre Bereitwilligkeit zeigte, hatte er sich einfach aus dem Staub gemacht, und mit sich gleichzeitig die Ursache ihres Verlangens aus der Welt geschafft.

Sie dachte, dass er offenbar wirklich und ernsthaft glaubte, er sei schlecht für sie, und dass das wohl der Grund dafür war, dass er, wann immer sie ihm zu nahe kam, spöttisch wurde oder sie daran erinnerte, wer und was er war. Und wahrscheinlich hatte er recht, sagte sie sich. Zweifelsohne wäre er *sehr* schlecht für sie, und sie wäre selbst schuld, wenn sie so verrückt war, sich mit einem Dieb einzulassen.

Sie dachte, sie war verrückt genug. Daher sträubte sie sich nicht, sondern ließ es mehr als zu, als er sie plötzlich in die Arme schloss. Als sich sein harter, warmer Mund über ihrem schloss, schnurrte sie nur arglos und gab sich ihrer Wonne hin.

Quinn hatte dies nicht geplant, als er Morgan zum Reden hier herausführte – aber wenn sie da war, dann schien es bei ihm nie so zu laufen wie geplant. Sie hatte das Talent, ihn all seine guten Vorsätze vergessen zu lassen.

Der Weg zur Hölle ist mit guten Vorsätzen gepflastert.

Ein passendes Sprichwort, dachte er, und dann vergaß er das Denken ganz und gar, denn sie war warm und willig, und er hatte sich lange, lange schon gewünscht, sie so in den Armen zu haben.

Und er wollte mehr, viel mehr, und wenn hier ein Bett gewesen wäre – zum Teufel, ein dünner Teppich hätte schon gereicht –, dann hätte er sehr wahrscheinlich alles vergessen bis auf die Frau in seinen Armen.

Aber es war kein Bett und kein Teppich da, nur eine nasse, neblige Terrasse vor einem Ballsaal, in dem eine Party in vollem Gang war, unter deren Gästen er nach einem skrupellosen Dieb suchen sollte.

»Entschuldigung.« Die Stimme war eher brüsk als kleinlaut und zu entschlossen, um sie ignorieren zu können.

Quinn hob langsam den Kopf, sah Morgans verträumte Augen und ihre Benommenheit, und wäre er nicht mit dem Mann, der sie störte, blutsverwandt gewesen, er hätte sich wahrscheinlich vergessen.

»Lass uns allein«, sagte er mit rauer, noch nicht wirklich wiedergewonnener Stimme.

»Nein«, erwiderte Jared nur. Er stand auf der Terrasse, als hätte er dort Wurzeln geschlagen.

»Du bist ein schäbiger Bastard, weißt du das?«

»Ich bin sicher, dass du das denkst. Vor allem jetzt gerade.«

»Was ich denke, ist, dass die verdammte Leine ein bisschen zu kurz wird, Jared.«

»Sie kann noch kürzer werden.«

»Und ich kann die Kette zerreißen. Das habe ich schon einmal getan.«

Der hitzige Austausch ließ Morgan schlagartig wieder daran denken, wo sie sich befand. Sie drückte sich von Quinn ab, blinzelnd und absolut entsetzt zu erkennen, dass sie die Anwesenheit von hundert Menschen, die nur ein paar Meter entfernt eine Party feierten, total vergessen hatte.

Ihr einziger Trost war, dass es Quinn ebenso ergangen war wie ihr – aber ein wirklicher Trost war das nicht.

»Ich – ich gehe einfach wieder hinein«, murmelte sie, vom

heiseren Klang ihrer eigenen Stimme verstört. »Oh – dein Jackett.« Sie nahm es ab, reichte es ihm und floh ins Haus.

Er folgte ihr nicht.

Morgan lenkte ihre Schritte automatisch in Richtung Ballsaal zurück, doch in dem kurzen Flur traf sie auf eine kleine Blondine mit intensiv grünen Augen, die sie sofort am Arm packte und zur Damentoilette führte.

»Ein bisschen feucht draußen, schätze ich«, sagte Storm Tremaine gedehnt.

»Es hat zu regnen aufgehört«, meinte Morgan und stellte erleichtert fest, dass ihre Stimme fast wieder normal klang.

»Wirklich? Darauf wäre ich nie gekommen.«

Morgan fand diesen Kommentar ziemlich rätselhaft – bis sie sich im Spiegel sah. »Oh Gott«, stöhnte sie.

»Ja, ich dachte, du willst dich erst ein wenig zurechtmachen, bevor du dich der Crème von San Francisco präsentierst«, sagte Storm, setzte sich auf einen Stuhl vor dem Toilettentisch und schob ihrer Freundin einen zweiten hin. Zum Glück waren sie in dem großen Raum allein. »Wo ist deine Handtasche?«

»Ich weiß nicht. Ich glaube, sie liegt auf diesem kleinen Tisch gleich neben dem Eingang zum Ballsaal. Ich hoffe es.« Morgan versuchte, widerspenstige Strähnen ihres langen, schwarzen Haars wieder in ihre frühere elegante Form zu bringen; sie wusste nicht recht, ob es die Feuchtigkeit draußen oder Quinns Finger gewesen waren, was sie so übel zugerichtet hatte.

»Hier, nimm.« Storm reichte ihr eine kleine Haarbürste und ein paar Haarklammern. »Dein Make-up ist in Ordnung. Bis auf …«

»Ich weiß«, murmelte Morgan; sie wusste nur zu gut, dass ihr Lippenstift völlig verschmiert war. Niemand, der sie sah, konnte daran zweifeln, dass sie soeben heftig geküsst hatte. »Verdammt, und dieses Ding soll hundertprozentig kussecht sein.«

Einen Ellbogen auf den Toilettentisch gestützt, beobachtete Storm ihre Freundin. »Ich nehme an, die Hersteller haben es nicht auf leidenschaftliche Einbrecher hin getestet.«

»Woher weißt du, dass er es war? Ich meine …« Morgan hielt mit einem Seufzer inne, als es ihr klar wurde. »Wolfe, natürlich.« Storm hatte vor ihrem Verlobten Wolfe Nickerson offenbar keine Geheimnisse.

»Natürlich. Er hat uns vorgestellt, kurz bevor du auf die Terrasse entführt wurdest. Dein Quinn ist also Alexander Brandon, hm?«

»Sagt er zumindest.« Nachdem Morgan ihre Frisur so gut es ging wieder in Ordnung gebracht hatte, behob sie mit einem Papiertüchlein und Storms Lippenstift den restlichen Schaden.

»Und er zeigt sich hier in aller Öffentlichkeit. Ein interessanter Trick, das muss man sagen, vor allem, wenn er so sicher ist, dass der Dieb, den er verfolgt, auch ein untadeliges Mitglied der Gesellschaft ist.«

Morgan gab Storm den Lippenstift zurück und sagte vorsichtig: »Verrate mir eines. Gibt es irgendjemand, der nicht weiß, was Quinn vorhat?«

»Außerhalb unseres kleinen Kreises hoffe ich doch, mit Sicherheit.« Storm lächelte. »Wolfe sagte, du wirst mich wahrscheinlich schlagen, wenn ich dir sage, wie viel ich wirklich weiß, aber ich zähle auf dein nettes Wesen.«

»Ach ja? Darauf würde ich an deiner Stelle nicht zählen. Ich bin momentan nicht wirklich gut in Stimmung.«

»Dann werde ich wohl deinen Zorn riskieren müssen«, erwiderte Storm voller Ernst.

»Nun spuck es doch einfach aus, ja?«

»Ich arbeite in Wirklichkeit gar nicht für Ace Security«, verriet ihr Storm mit feierlicher Stimme. »Ich bin bei Interpol.«

Morgan wusste ohne einen Blick in den Spiegel, dass ihr vor Schreck der Mund offen blieb. »Interpol? Wie Jared?«

»Mhm. Er ist mehr oder weniger mein Chef, zumindest bei diesem Auftrag. Ich hoffe, dieser Raum ist nicht verwanzt«, fügte sie nachdenklich hinzu und ließ den Blick um sich schweifen.

»Warum sollte er das sein?«

»Ich kann mir keinen Grund vorstellen.« Kleinlaut fügte Storm hinzu: »Sie bringen uns bei, wie man paranoid wird.«

Morgan war zwischen Faszination und Ärger hin und her gerissen.

Faszination, weil ihre ziemlich gewöhnliche Welt in den letzten paar Monaten größer geworden war und nun international berühmte Einbrecher und Interpolagenten dazu gehörten; Ärger, weil die Menschen ihrer Umgebung sich ganz schön Zeit damit gelassen hatten, sie in ihre Pläne einzuweihen.

»Geh jetzt nicht gleich in die Luft«, meinte Storm amüsiert. »Falls es dir guttut – ich wusste nicht, dass Quinn an dieser Sache beteiligt war, bis kurz vor dem Tag, als er angeschossen wurde, und ich hatte keine Ahnung, dass die Jungs ihn alle kannten.«

Plötzlich neugierig geworden, sagte Morgan: »Quinn hat mir gesagt, dass Max und Wolfe bis vor Kurzem nichts von seinen Einbrüchen wussten. Hat Wolfe dir erzählt, wie er es herausfand?«

»Mhm. Er hat ihn vor ungefähr einem Jahr in London mit der Hand in einem Safe erwischt.«

Morgan zuckte zusammen. »Das muss ja eine interessante Begegnung gewesen sein.«

»Das Wort, das Wolfe benutzte, war *angespannt*.«

»Kann ich mir vorstellen.« Morgan seufzte. »Ich frage mich, wie Max es herausgefunden hat.«

»Keine Ahnung. Und Jared macht dieses Thema so wütend, dass ich mich noch nicht getraut habe, ihn zu fragen. Kann man ihm nicht wirklich verübeln, denke ich. Ist ja wirklich nett, wenn ein international arbeitender Bulle darauf kommt, dass sein eigener Bruder ein berüchtigter Einbrecher ist. Ein bisschen peinlich.«

»Nicht nur ein bisschen«, murmelte Morgan und dachte daran, dass Jared ihr geraten hatte, sich »romantische Vorstellungen von Edelmut und so weiter« bezüglich Quinns Zusammenarbeit mit Interpol aus dem Kopf zu schlagen.

»Und für dich ist es auch ein bisschen peinlich«, sagte Storm ruhig.

Peinlich? Morgan dachte über das Wort nach und kam zu dem Schluss, dass Storm es damit gut getroffen hatte.

Als Leiterin einer soeben eröffneten und unschätzbar kostbaren Ausstellung von Schmuck und Kunst hatte Morgan Zugang zu etwas, für das jeder Dieb seine Seele verkauft hätte. Jeder Dieb.

Es war gar nicht schwer, sich zu sagen, dass die Sammlung vor Quinn sicher war, dass er nun den Weg der Rechtschaffenheit beschritt und mithalf, einen Dieb festzusetzen, den er eindeutig verachtete. Gar nicht schwer, sich von seinem Charme mitreißen, sich von seinem Begehren anstecken zu lassen. Gar nicht schwer, in seine bezaubernden grünen Augen zu blicken und sich zu überzeugen, dass sie in ihm etwas sah, das die Welt überraschend finden würde – wenn nicht sogar ausgesprochen unfassbar.

Gar nicht schwer, sich zu sagen, dass sie nicht dumm war.

Morgan betrachtete ihr Spiegelbild und erblickte eine Frau, die wieder elegant war, doch deren verschmierte Lippen noch immer verrieten, dass sie mit fiebernder Leidenschaft geküsst worden war.

»Peinlich«, wiederholte sie. »Ja, das könnte man so sagen.«

6

Hat dir schon mal jemand gesagt, dass dein Timing lausig ist?«, fragte Quinn und schlüpfte in sein Jackett. Seine Stimme war wieder wie üblich leicht und ziemlich unbekümmert. Der beißende Ton war vollständig verschwunden.

»Nur du«, erwiderte Jared, der ebenfalls wieder gefasst klang. »Aber ich könnte dasselbe über dein Timing sagen. Alex, in diesem Haus sind hundert Leute, und wenn deine Theorie stimmt, dann ist einer von ihnen Nightshade. Wieso zum Teufel knutschst du also auf der Terrasse herum?«

»Wir haben nicht geknutscht«, hielt Quinn einigermaßen entrüstet dagegen. »Deinetwegen sind wir so weit gar nicht gekommen.«

Jared lachte kurz auf, doch es klang nicht gerade amüsiert. »Würdest du einmal in deinem Leben ernst werden?«

»Ich bin total ernst.« Quinn stand auf, strich sein Jackett glatt und knöpfte es ordentlich zu. Als er wieder sprach, klang er noch nüchterner als zuvor. »Ich musste mit Morgan reden, das weißt du. Dies ist das erste Mal, dass wir uns in der Öffentlichkeit treffen, und wenn ich ihr nicht gesagt hätte, wer ich in Gesellschaft bin, dann weiß nur Gott, was vielleicht passiert wäre. Sie ist manchmal ein bisschen impulsiv, wie du weißt.«

»Ja, das weiß ich.«

Quinn zuckte die Achseln. »Also, da ich nicht wusste, wie sie reagieren würde, erschien es mir klüger, sie hier heraus zu bringen.«

Jared machte sich nicht die Mühe, darauf hinzuweisen, dass sie nicht sehr viel gesprochen hatten, als er sie unterbrochen hatte. »Nun, glaubst du, du könntest dein Liebesleben so lange auf Eis legen, bis du einiges an Arbeit erledigt hast? Du kannst nicht sämtliche Gäste studieren, wenn du hier draußen auf der Terrasse bist.«

»Die Nacht ist noch jung«, erinnerte Quinn ihn leichthin.

Jared hätte es nicht bereitwillig zugegeben, aber er wusste nur zu gut, dass seine Hoffnung, Quinn unter Kontrolle zu behalten, nicht mehr war als der Versuch, den Wind zu beherrschen. Doch das hielt ihn nicht davon ab, es zu probieren. »Du planst doch nicht etwa, nach der Party ein wenig die Nacht unsicher zu machen, oder?«

»Das kommt darauf an, was ich hier finde.«

»Alex, es ist zu riskant für dich, die ganze Zeit beide Rollen zu spielen, und das weißt du auch.« Jareds Stimme war wieder ärgerlicher geworden.

Quinns Tonfall hingegen blieb unverändert leicht. »Ich kenne meine Grenzen – und die Risiken. Außerdem hat sich mir die Gestalt von Nightshade, die ich, kurz bevor er auf mich schoss, sah, in mein Gedächtnis gebrannt, und wenn ich heute Nacht jemanden sehe, der sich auch nur so wie er zu bewegen *scheint,* werde ich ihn nicht mehr aus den Augen lassen.«

Jared überlegte kurz und sagte dann ernst: »Wir hatten ein paar Frauen auf der Liste. Wenn du so sicher bist, dass Nightshade ein Mann ist, schränkt das zumindest die Möglichkeiten ein.«

»Ich bin mir sicher, auch wenn ich dir nicht genau sagen kann, weshalb. Seine Gestalt, wie er sich bewegte, irgend so etwas. Teufel, vielleicht habe ich kurz sein Aftershave gerochen, bevor er feuerte. Jedenfalls kann ich im Moment nichts anderes tun als nach irgendetwas Bekanntem zu schauen und zu lauschen, für den Fall, dass sich der Bastard irgendwie verrät.«

»Dafür dürften die Chancen zwischen gering und null liegen.«

»Denk positiv«, riet ihm Quinn. »Bei mir hat das immer funktioniert. Meinst du nicht, wir sollten uns jetzt wieder der

Party anschließen, bevor der falschen Person etwas seltsam vorkommt?«

Jared wartete, bis Alex ein paar Schritte von ihm weggetreten war, dann sagte er: »Alex?«

Quinn drehte sich halb um und schaute zu ihm zurück. »Ja?«

»Du trägst einen feschen Lippenstift. Aber ich glaube, einer Brünetten steht er doch besser.«

Mit einem leisen Lachen holte Quinn ein weißes Taschentuch heraus und entfernte den Beweis seines Intermezzos mit Morgan. Dann grüßte er Jared kurz und ging zurück ins Haus.

Jared wartete noch ein paar Minuten, damit sie nicht gleichzeitig wieder auftauchten. Und wenn jemand auf der Terrasse gewesen wäre und gehört hätte, was er leise vor sich hinmurmelte, wäre derjenige vielleicht überrascht gewesen.

»Ich frage mich, wann das alles auffliegt.«

In den nächsten paar Stunden schnappte Morgan immer wieder kurze Blicke von Quinn auf, doch sie sah zu, dass sie immer irgendwie beschäftigt war, um ihn nicht beobachten zu können. Da es ihr nie an Tanzpartnern fehlte und sie den meisten Gästen bekannt war, fiel es ihr nicht schwer, den Eindruck zu erwecken, als hätte sie ihren Spaß und nichts Ernsthafteres im Sinn als die Frage, mit wem sie als Nächstes tanzen solle oder ob sie einen Sektcocktail probieren wolle.

Doch all das war lediglich vorgetäuscht. All ihrem Tanzen und Lächeln zum Trotz dachte Morgan angestrengt nach. Seit sie sich in der Damentoilette einigen irritierenden Tatsachen gestellt hatte, überlegte sie gründlicher, als sie es wohl jemals in ihrem Leben getan hatte.

Und irgendwann im Verlauf dieses Abends kam ihr der Gedanke, dass es für das Intermezzo mit Quinn auf der Terrasse vielleicht mehr als eine Erklärung gab. Ja, er hatte zweifellos unter vier Augen mit ihr reden wollen, weil er sichergehen musste, dass sie verstand, weshalb er plötzlich in der Öffentlichkeit erschienen war. Aber vielleicht fand sich in seinen verschlungenen Gedankengängen auch noch ein anderes Motiv.

Als Sammler konnte man von ihm zwar erwarten, dass er die Ausstellung *Geheimnisse der Vergangenheit* besuchte, aber es würde sicherlich etwas eigenartig aussehen, wenn er sich ständig im Museum aufhielt – was er wahrscheinlich tun wollte, um sich in der Nähe des Köders aufzuhalten. Wenn er jedoch offen zeigte, dass etwas anderes als die Sammlung Bannister ihn immer wieder ins Museum zog – sie zum Beispiel –, dann würde niemand allzu überrascht sein, ihn häufig oder auch zu ungewöhnlichen Zeiten dort anzutreffen.

Morgan wehrte sich gegen diese Überlegung, doch sie war zu überzeugend, um sie einfach als unwahrscheinlich abzutun.

Dieser Mistkerl hatte vor, sie zu benutzen.

Und auch als Schauplatz für seinen ersten Schritt eine feuchte, neblige Terrasse zu wählen, war ein Teil dieses Plans. Es war ein sicherer Ort gewesen, um etwas anzufangen – denn selbst wenn das Intermezzo noch so leidenschaftlich geworden wäre, es wäre nur höchst unwahrscheinlich zu irgendetwas Ernsthaftem gekommen. Dazu war es dort draußen viel zu nass und kalt und außerdem scheußlich unbequem gewesen, von fehlender Privatsphäre gar nicht erst zu reden.

Er hatte gewusst, dass sie gestört werden würden – das hatte er kinderleicht zuvor mit Jared arrangieren können, sogar bis hin zu dem angespannten Austausch von Feindseligkeiten.

Morgan sagte sich zwar, dass das alles reine Spekulation sei und es keinen Beweis dafür gab, dass er sie als Teil seiner Tarnung benutzen wollte – doch als er sich geschickt einmischte, um sie dem Galeriebesitzer zu »entführen«, mit dem sie getanzt hatte, wuchs ihr Argwohn noch. Und er wuchs noch mehr, als Quinn es fertigbrachte, sie wesentlich enger zu führen, als sie es bei ihrem ersten Tanz zugelassen hatte, sodass ihre Hände auf seinen Schultern lagen und die seinen auf ihrem Rücken.

»Du ignorierst mich, Morgana«, tadelte er sie, nicht ohne sie anzulächeln.

Er war ein intriganter, charmanter *Schuft,* entschied Morgan mit einem wachsenden Ärger, den sie durchaus willkommen hieß. Schlimmer noch, er war ein herzloser Dieb, der es sogar fertigbrachte, einer Frau, während er sie küsste, die Halskette zu stehlen – und wenn es etwas noch Niederträchtigeres als das gab, dann wusste sie nicht, was es sein konnte.

Dieser Ärger fühlte sich so gut an, dass Morgan geradezu darin schwelgte, und er war ein so starker Panzer, dass sie es schaffte, sein Lächeln unbeeindruckt von seiner Nähe oder der warmen Berührung seiner Hände auf ihrem bloßen Rücken mit Leichtigkeit zu erwidern. »Ach, da du mir nicht gesagt hast, wie gut ich dich angeblich kennen soll, hielt ich das für das Beste. Wir haben uns doch erst heute Abend kennengelernt, richtig?«

»Ja – aber es muss Liebe auf den ersten Blick gewesen sein«, antwortete er schmachtend.

»Ich verstehe.« Morgan ließ ihre Arme um seinen Hals wandern, sodass dieser Tanz wesentlich intimer wurde, als selbst Quinn es beabsichtigt hatte. Sie verschleierte ihren Blick mit den Wimpern, richtete ihn auf seine elegante Fliege und ließ ihr Lächeln verführerisch aussehen. »Das hättest du mir sagen sollen.« Sie glaubte, dass auch ihre Stimme verführerisch klang, doch irgendwie musste sie sich verraten haben, denn Quinn kaufte ihr das Gehabe nicht ab.

Er schwieg für kurze Zeit, während sie weiter tanzten, dann räusperte er sich und fragte ganz sachlich: »Du bist richtig wütend, nicht wahr?«

Sie schaute auf, begegnete seinem argwöhnischen Blick und wusste, dass ihre Augen wahrscheinlich, wie er einmal bemerkt hatte, vor Wut sprühten wie die einer Katze. In einem seidenweichen Ton erwiderte sie: »Richtig wütend war ich vielleicht vor einer Stunde. Was ich jetzt bin, das wirst du lieber nicht wissen wollen.«

»Ich bin ziemlich froh, dass du unbewaffnet bist – so viel weiß ich«, murmelte er.

Sie ließ ihn einige Fingernägel spüren, die »zärtlich« seinen empfindsamen Nacken liebkosten. »Sei dir nicht so sicher, dass ich unbewaffnet bin.«

»Ich habe das schon einmal gesagt, ich weiß, aber du siehst hinreißend aus, wenn du zornig bist, Morgana.« Er lächelte ihr zu, dieses Mal offenbar echt amüsiert – und ein bisschen schuldbewusst. Und seine tiefe Stimme klang ungewöhnlich aufrichtig, als er fortfuhr: »Wenn du willst, höre ich sofort auf und entschuldige mich hier vor Gott und San Francisco auf Knien. Ich bin ein Schuft und ein Scheißkerl, und ich hätte dich um deine Hilfe bitten sollen, anstatt dich zu benutzen. Es tut mir leid.«

Eine Entschuldigung, die total entwaffnend war. Es überraschte Morgan nicht, dass ihre Wut dahinschmolz wie Eis in der Sonne. »Und, warum hast du das nicht getan?«, fragte sie ihn irritiert.

»Ich dachte, du sagst nein«, antwortete er nur.

Noch immer ärgerlich, und froh darüber, bemerkte sie: »Um etwas gebeten zu werden ist um vieles besser, als benutzt zu werden.«

»Ja. Ich weiß.«

»Gut. Dann weißt du auch, weshalb ich sauer bin.« Bedächtig befreite sich Morgan aus seiner Umarmung und verließ die Tanzfläche.

Dieses Mal traf Storm sie direkt in der Damentoilette, und sie schien höchst amüsiert zu sein. »Okay, diese Runde ging eindeutig an dich«, begann sie lachend. »Öffentliche Zurückweisung, und auch noch mit Stil.«

Morgan musste unwillkürlich lachen, als sie sich vor den Toilettentisch setzte. »Er hat es verdient, dieser nichtsnutzige Mistkerl. Wenn er meint, er könnte bei *mir* die Fäden ziehen, dann werde ich ihm mit Freuden beweisen, dass er schief gewickelt ist.«

Storm, der man noch nie hatte vorwerfen können, schwer von Begriff zu sein, schürzte die Lippen, während sie sich zu

Morgan setzte, und fragte: »Also war die Szene vorher auf der Terrasse … mmhh … mehr gestellt als es aussah?«

»Viel mehr. Rate mal, wer sich soeben Hals über Kopf in die Leiterin der Ausstellung *Geheimnisse der Vergangenheit* verliebt hat?«

»Ah. Damit er eine Entschuldigung hat, dauernd im Museum herumzutigern, nehme ich an.«

»Das war sein Plan.«

Storm grinste. »Den du jetzt vereitelt hast.«

Morgan lächelte ein wenig. »Nicht unbedingt.«

Storm brauchte nur einen Moment, und sie lachte, als sie begriff. »Du lässt ihn dafür arbeiten.«

»Sagen wir einfach, er kann den liebeskranken Verehrer spielen, falls er einen Grund dafür will, sich tagsüber im Museum aufzuhalten. Ich habe lediglich vor, nicht allzu zugänglich zu sein.«

Noch immer lächelnd meinte Storm: »Eine nette Art und Weise, sich durchzusetzen, ohne einzugreifen, während er ein Auge auf das Museum wirft.«

»Dachte ich auch.«

Storm betrachtete sie nachdenklich. »Mhm. Du tust einfach nur deinen Job, ohne ihm bei seinem in die Quere zu kommen?«

»Genau.«

»Den Meistermanipulierer manipulieren?«

»Du glaubst nicht, dass das geht?«

»Ich glaube«, antwortete Storm langsam, »dass du besser vorsichtig sein solltest, Morgan. Sehr, sehr vorsichtig.«

Sie studierte das Foto kurz und gab es ihm dann zurück. »Das ist alles, was Sie wollen? Dieses eine Stück?«

»Das ist alles.«

»Sie haben die gesamte Sammlung Bannister zur Auswahl und suchen sich ausgerechnet dies aus?«

»Ist das ein Problem?«

Amüsiert schüttelte sie den Kopf. »Nein, es ist kein Problem. Normalerweise holt man nicht mich, um für so etwas komplizierte Sicherheitssysteme zu überwinden, aber was soll's. Sie wollen etwas, ich liefere es. So läuft das Geschäft. Vorausgesetzt, Sie sind mit dem Preis einverstanden, natürlich.«

»Der Preis geht in Ordnung. Die erste Hälfte jetzt und die zweite bei Lieferung, auch das. Ihr Ruf eilt Ihnen voraus; meinen Nachforschungen zufolge sind Sie vertrauenswürdig, und man kann sich darauf verlassen, dass Sie Ihrem Auftraggeber gegenüber absolut loyal sind.«

Sie lächelte. »Das ist richtig.«

»Ich erwarte, möglichst bald von Ihnen zu hören.«

»Das werden Sie. Ich tue das, wozu ich hergekommen bin, und verlasse diese Stadt dann sofort wieder. Für meinen Geschmack drücken sich hier viel zu viele Langfinger herum.«

»Da schilt wohl ein Esel den anderen Langohr.«

Sie lachte. »Ich bin kein Dieb. Ich bin Künstlerin.«

»Das muss sich erst noch zeigen.«

»Sie werden schon sehen«, hielt sie dagegen. »Alle werden es sehen.«

Am Sonntag blieb Morgan absichtlich dem Museum fern, und am Montagmorgen erschien sie zur Arbeit wie gewöhnlich. Später tadelte sie sich dafür, doch die Wahrheit war, dass sie den größten Teil des Tages im Museum nach Quinn Ausschau hielt. Angesichts der Menschenmengen, die die Ausstellung *Geheimnisse der Vergangenheit* anzog – sie erwies sich wie erwartet als sehr erfolgreich und für das Museum äußerst gewinnbringend –, war das nicht leicht, doch sie suchte trotzdem nach ihm.

Und sie machte sich nichts daraus, dass sie sich benahm wie eine Idiotin.

Sie wollte an ihn glauben, das war das Problem. Vielleicht, um ihr Gewissen zu beruhigen, vielleicht auch nur, weil sie daran glauben musste, dass sie in ihm etwas Besonderes sah, das die meisten anderen überraschend, wenn nicht unmöglich gefunden hätten.

Etwas Gutes.

Wäre er ein dunkler Verbrechertyp gewesen, dachte Morgan vage, ein grübelnder oder sarkastischer Mensch, dann wäre es leichter gewesen, das Schlimmste von ihm zu denken. Aber er war blond, er sah gut aus, sogar seine Stimme war schön – wie sollte sich eine Frau bei so einem Typ *auskennen?*

Alles, was sie hatte, waren ihre Instinkte, und die sagten ihr, dass Quinn wesentlich mehr war, als man auf den ersten Blick erkennen konnte.

Also suchte sie ihn und gaukelte sich nicht vor, dass sie nicht darauf brenne, ihn wiederzusehen. Sie hatte sich sogar sorgfältiger als sonst angezogen – einen schlank machenden, wadenlangen schwarzen Rock, eine weiße Bluse mit langen Ärmeln und eine wunderschöne, perlenverzierte Weste mit farbenprächtigen Stickereien in Gold, Schwarz und Rostrot. Dazu schwarze Pumps, und das lange schwarze Haar hatte sie elegant hochgesteckt.

Morgan hatte sich gesagt, sie habe sich nur deshalb so schick gekleidet, weil die Ausstellungsleiterin nun, da die Schau *Geheimnisse der Vergangenheit* eröffnet war, auch äußerlich ihr Bestes zu geben habe – aber sie glaubte sich selbst nicht. Sie hatte an Quinn gedacht, als sie sich anzog, und sie wusste es.

Sie wollte ... intellektuell und kultiviert aussehen. Und groß wirken.

Und falls ihr der Gedanke kommen wollte, dass zu der Beschreibung des Aussehens, das zu erreichen sie sich bemühte, auch das Attribut *sexy* gehörte, ignorierte sie das einfach. Sie hielt den ganzen Tag nach Quinn Ausschau, suchte die tausend Gesichter ab nach dem, das sich bei ihr eingeprägt hatte. Sie glaubte auch, dabei subtil vorzugehen – eine geschickte Selbsttäuschung, die zerstört wurde, als Storm irgendwann gegen drei Uhr nachmittags aus dem Computerraum auftauchte.

»Weißt du, ich würde frühestens in einer guten Stunde oder

so mit ihm rechnen«, meinte die kleine Blondine in ihrer gedehnten Sprechweise, als sie in der Eingangshalle auf Morgan traf. Der kleine blonde Kater, Bear, saß wie gewöhnlich auf ihrer Schulter, und er wirkte wie eine derart exakte Replik von ihr, dass es fast unheimlich anmutete.

»Mit wem denn?« Morgan umklammerte ihr Klemmbrett und versuchte, sich naiv zu geben. Nicht ihre beste Rolle.

Storm schürzte leicht die Lippen, und ihre grünen Augen tanzten. »Alex Brandon.«

»Mist, bin ich so durchschaubar?«

»Ich fürchte, ja. So wie du sämtliche blonden Männer anstarrst, das kann einem kaum entgehen. Mir ist es sogar auf meinem Monitor schon aufgefallen.«

Morgan seufzte und sagte noch einmal *Mist,* ohne Zorn oder Befangenheit. »Also gut, in diesem Fall – wieso gehst du davon aus, dass er frühestens in einer Stunde aufkreuzt?«

Storm blickte unauffällig um sich, um sich zu vergewissern, dass niemand ihnen zuhörte. »Er muss ja auch mal schlafen, oder? Ich könnte mir denken, dass er fast die ganze Nacht auf Posten oder unterwegs ist. Und da die Sammlung tagsüber am sichersten ist, wenn das Museum voller Besucher ist, wäre das doch eine gute Zeit, um zu schlafen.«

»Du hast recht«, meinte Morgan stirnrunzelnd.

Storm kicherte. »Er ist wahrscheinlich erst um sieben oder acht heute Morgen ins Bett gekommen, also ist er höchstens seit einer Stunde auf, wenn überhaupt schon. Ich würde ihm Zeit zum Duschen und Rasieren geben, und auch für ein Frühstück, wenn ich du wäre.«

»Alles klar.« Morgan seufzte. »Wenn das so weitergeht, werde ich ihn nie bei Tageslicht zu sehen kriegen. Ich meine, er war zwar ein paar Tage in meiner Wohnung, als er verletzt war, aber in der Zeit sind wir nie hinausgegangen, also habe ich ihn wirklich noch nie im Sonnenlicht gesehen.«

»Möchtest du das gerne?«

»Du wirst lachen, ja.«

»Wieso in aller Welt sollte ich darüber lachen? Das ist doch absolut verständlich. Vor allem, wenn man den Verdacht hegt, dass jemand ein Vampir ist.«

Morgan musterte Storm ernst. »Nein. Ich habe sein Spiegelbild gesehen.«

»Oh. Na ja, das scheint zu beweisen, dass er kein Geschöpf der Nacht ist. Jedenfalls nicht so eines. Aber könnte er am Ende eine andere derartige Spezies sein?«

»Nur Vampire sind dafür bekannt, einen verführerischen, aber tödlichen Charme zu besitzen«, erinnerte Morgan sie, noch immer ganz gesetzt.

Storm nickte, nicht weniger ernst. »Das dachte ich mir. Aber um ganz sicherzugehen, könntest du dir ein Kreuzchen umhängen.«

Schweigend holte Morgan ein unter dem Kragen ihrer Bluse verborgenes goldenes Halskettchen mit einem Kreuz daran hervor. Storm betrachtete es eingehend und begegnete dann Morgans ernstem Blick. Dann brachen sie beide spontan in Lachen aus.

Etwas unsicher meinte Storm: »Mein Gott, der Mann muss ja eine Wirkung auf dich haben, wenn du tatsächlich mit halbem Ernst an Untote denkst.«

»Sagen wir mal so – ich wäre jedenfalls nicht überrascht, wenn er zu mindestens drei Vierteln ein Hexenmeister wäre.« Morgan riss sich wieder zusammen. Sie warf einen Blick auf ihr Klemmbrett und erinnerte sich, dass sie Dinge zu erledigen hatte. »Äh ... Ich muss noch einmal einen Gang durch die Ausstellung machen, um nachzusehen, ob alles seine Ordnung hat. Falls jemand nach mir fragen sollte ...«

»Dann sage ich ihm umgehend, wo du bist«, versicherte ihr Storm.

»Wenn du eine echte Freundin wärst, würdest du mich an den nächsten Mast binden, bevor ich mich voll und ganz zum Trottel mache«, meinte Morgan ein wenig bedauernd. »Dieser Teufel, er muss wirklich nur ein bisschen lächeln und ein Wort sagen – egal was –, und schon vergesse ich alle meine guten Vorsätze.«

Mit einem angedeuteten Lächeln erwiderte Storm: »Ich würde dich frohen Herzens an einen Mast binden, *wenn* ich nur glauben könnte, dass du das wirklich willst.«

»Heute kann ich wohl niemanden mehr zum Narren halten, was?«

»Nein. Aber mach dir deshalb keine Gedanken. Wir haben alle das Recht, in unserem Leben wenigstens ein bisschen Unbekümmertheit und Verrücktheit zuzulassen, Morgan. Das hat mir mein Daddy beigebracht. Und das sollte man nie vergessen.«

»Wie sieht's denn bei dir mit Unbekümmertheit und Verrücktheit aus?«, fragte Morgan neugierig.

Die kleine Blondine grinste. »Ich habe mich in einer ganz schön kniffligen Situation in Wolfe verliebt, als ich ihm nicht die Wahrheit über mich sagen konnte. Das war unbekümmert und verrückt – aber am Ende hat es sich als gut herausgestellt. Noch etwas, das du nicht vergessen solltest: Häufig ist die Definition von verrückt einfach nur … schlechtes Timing.«

Morgan nickte nachdenklich und machte sich auf den Weg durch die Menge zu den Ausstellungsräumen im Obergeschoss des Westflügels.

Unbekümmertheit und Verrücktheit. Eine gute Beschreibung, dachte Morgan.

Schließlich würde niemand, der richtig im Kopf war, es anders als unbekümmert und verrückt bezeichnen, sich in einen weltweit gesuchten Einbrecher zu verlieben. Schlechtes Timing? Oh ja, auch das war absolut zutreffend.

Aber all dies zu wissen, half ihr nicht im Mindesten, ihr, der normalerweise so Vernünftigen, ein bisschen Vernunft beizubringen, überlegte sie ratlos.

* * *

»Unglaublich beeindruckend«, sagte Keane Tyler zu seiner Kollegin, während sie durch die Ausstellung schlenderten.

»Würde ich auch sagen«, stimmte Gillian Newman zu. »Derjenige, der diese Ausstellungskästen entworfen hat, ist ein echter Künstler, die Stücke sind alle wunderschön präsentiert. Und falls wir je die Zeit haben, möchte ich noch einmal durchgehen und sämtliche Schilder mit den Informationen zu den einzelnen Stücken genau lesen. Anscheinend haben die meisten eine ziemlich bewegte Geschichte.«

»Mir macht ihre Zukunft ein bisschen mehr Sorge als ihre Vergangenheit.«

»Noch immer keine wirklich brauchbare Verbindung zu unserer Leiche«, pflichtete Gillian ihm bei. »Und deshalb frage ich mich auch noch immer, weshalb wir eigentlich hier sind.«

»Das habe ich Ihnen doch gesagt. Ich mag es nicht, wenn mich ein Mörder mit einem sehr offensichtlichen Hinweis in eine bestimmte Richtung lenken will. Das nervt mich tödlich.«

»Mhm. Und deshalb sind wir hier. Wieder.«

Keane zuckte ärgerlich mit den Schultern. »Ich möchte diesen Ort aus unseren Ermittlungen ausschließen können.«

»Ich dachte, das hätten wir bereits getan. Wir waren hier und haben ermittelt. Konnten nicht eine Person ausfindig machen, die unsere Tote erkannt hat, und haben auch keinen Hinweis dafür gefunden, dass sie jemals hier gewesen ist.«

»Ich weiß. Aber wieso hat ihr Mörder uns dann quasi hierher geschickt?«

»Vielleicht ist das ein Trick von ihm«, meinte Max, der in diesem Moment zu ihnen stieß. Begleitet wurde er von einer schmächtigen, etwas mausgrau wirkenden jungen Frau mit ernster Miene und einer riesigen, schwarzgeränderten Brille. »Vielleicht will er euch von seinem eigentlichen Ziel ablenken.«

»Jetzt, wo deine Ausstellung aus dem Tresor heraus und öffentlich zugänglich ist, Max, ist sie das Ziel Nummer eins für jeden Dieb in dieser Stadt. Was sage ich, vielleicht sogar auf der ganzen Welt«, hielt Keane ihm seufzend entgegen. »Aber ja, du hast recht, es könnte letztlich auch ein Ablenkungsmanöver sein.«

»Wenn du von uns irgendetwas brauchst, dann gib uns einfach Bescheid. Was mich zum Punkt bringt – ich wollte euch gleich die neue stellvertretende Kuratorin des Museums vorstellen. Chloe Webster – Inspektor Keane Tyler und Inspektorin Gillian Newman. Chloe hat heute ihren ersten Tag hier.«

Nachdem sie Begrüßungsfloskeln ausgetauscht hatten, sagte Chloe: »Inspektor Tyler, Mr Dugan bat mich, Ihnen zu sagen, dass wir die Liste aller Mitarbeiter des Museums bis heute Abend fertig haben.«

»Danke, Ms Webster.«

»Du holst ein bisschen weit aus, was, Keane?«, meinte Max.

»Meilenweit. Aber solange wir unsere Tote nicht identifiziert oder jede Verbindung zum Museum oder dieser Ausstellung ausgeschlossen haben, überprüfen wir sämtliche Möglichkeiten.« Keane lächelte gequält. »Du hast mächtige Freunde, Max, und sie wollen alle, dass alles Menschenmögliche getan wird, um deine Ausstellung zu schützen.«

»Tut mir leid, wenn deine Arbeit dadurch noch zusätzlich erschwert wird.«

»Du erschwerst sie ja nicht.« Er hatte die Worte kaum ausgesprochen, als zum dritten Mal an diesem Nachmittag Alarm ausgelöst wurde. Keane zuckte zusammen. »Aber dieses Sicherheitssystem, das Storm entworfen hat, bereitet mir ganz schöne Kopfschmerzen.«

Der Alarm wurde rasch wieder abgestellt, und aus dem Walkie-Talkie eines vorbeigehenden Wachbeamten hörten sie eine Stimme sagen: »In Ordnung. Alles klar.«

»Wir bessern immer noch nach«, räumte Max mit einem matten Lächeln ein.

»Ich sehe besser mal nach … Entschuldigen Sie mich.« Chloe verabschiedete sich eilig.

»Sie ist nervöser als du«, sagte Keane zu Max.

»Sie ist jung, und es ist ihr erster wichtiger Job.« Nach einer

Pause fügte Max hinzu: »Vielleicht geht sie gleich wieder, sobald sie unsere neueste ... Ungereimtheit mitbekommen hat.«

Keane wurde sofort hellhörig. »Was ist das?«

»Ich weiß, dass es ziemlich nutzlos war, bei einem Gebäude dieser Größe und Komplexität die Lagerräume zu durchsuchen, und dass du deine Leute aus dem Keller zurückgepfiffen hast, aber ich bat Wolfe und ein paar der Wachmänner, sich trotzdem einmal umzusehen. Und vor ein paar Minuten haben sie etwas gefunden.«

»Was?«, fragte Gillian.

»Eine Botschaft«, antwortete Max.

7

Morgan schlenderte ungezwungen, aber aufmerksam durch den Ausstellungsflügel und beobachtete die Reaktionen der Besucher auf verschiedene Objekte. Manche Stücke der Sammlung zogen mehr Interesse auf sich als andere, sodass es häufig zu einem Andrang vor bestimmten Schaukästen kam. Die Kästen waren individuell für die jeweiligen Stücke oder Gruppen thematisch zusammenhängender Exponate entworfen worden und wurden sorgfältig ausgeleuchtet, sodass ein jeder von ihnen seinen Inhalt in herausragender Weise präsentierte.

Die Ausstellung verteilte sich auf vier ineinander übergehende Säle innerhalb des Gebäudeflügels, und die Platzierung der teils frei, teils an den Wänden stehenden Schaukästen war so gewählt, dass sie zu einem möglichst reibungslosen Besucherfluss durch die Räumlichkeiten beitrug. Hier und da gab es zwar auch ein paar Bänke, doch der Grundgedanke war, die Menschen in Bewegung zu halten, und eben dies schien die sorgfältige Planung gut zu gewährleisten.

Morgan machte sich einige Notizen – eine zusätzliche Lichtquelle in einer Ecke, ein weiteres rotes Absperrseil, um den Besucherstrom noch besser durch einen der Räume zu leiten, die Aufstellung einer ungünstig stehenden Bank an einem anderen Ort.

Sie beantwortete einige Fragen von Besuchern, die sie als die Leiterin der Ausstellung erkannten, brachte ein paar verlorengegangene Kinder zu ihren Eltern zurück und musste sich noch mit zwei weiteren blinden Alarmen abgeben.

Früher am Tag hatte sie mit Max und Wolfe gesprochen, doch bis zum späten Nachmittag schienen sie beide verschwunden zu sein. Von Jared hatte sie nichts mitbekommen, was sie allerdings nicht überraschte. Wie Quinn würde er sich zweifelsohne mehr nachts als am Tag im Umfeld des Museums aufhalten; schließlich würde der Dieb, den sie fassen wollten, wohl kaum bei Tag zuschlagen.

Darüber hatte Morgan nur flüchtig nachgedacht, weil sie sehr beschäftigt war, aber auch, weil sie sich über die tödliche Gefahr, die von Nightshade ausging, keine Gedanken machen wollte. Sie erledigte ihre Arbeit zügig und routiniert und versuchte, möglichst nicht nach großen, blonden Einbrechern Ausschau zu halten.

Erst kurz vor sechs Uhr abends, als die Besucher des Museums sich bereits auf die Ausgänge zu bewegten und sie einen letzten Rundgang durch die Räume unternahm, sah sie Quinn.

Er stand allein vor der wichtigsten und aufwendigsten Vitrine, die das herausragendste Exponat der Ausstellung beherbergte – den spektakulären Bolling-Diamanten. Lässig in schwarze Hose, cremefarbenen Rollkragenpullover und eine schwarze Lederjacke gekleidet, die Hände in den Taschen vergraben, stand er über den Glaskasten gebeugt und studierte konzentriert den unbezahlbaren, fünfundsiebzig Karat schweren kanariengelben Stein. Vielleicht war es die spezielle Beleuchtung der Vitrine, die auf sein Gesicht Schatten warf und es so ausgehöhlt wirken ließ, als sei es von Hunger verzehrt – oder von Gier.

Aber vielleicht hatte die Beleuchtung auch gar nichts damit zu tun.

Morgan blieb in der Türöffnung stehen und beobachtete ihn still und mit einer leichten Beklemmung. Die letzten paar Besucher gingen, sich unterhaltend, an ihr vorüber, und wie automatisch nickte sie einem der Wachleute zu, der seine übliche Runde drehte, doch sie konnte den Blick kaum von Quinn nehmen.

Max Bannister, der absolut kein Dummkopf war und sicherlich über eine gute Menschenkenntnis verfügte, glaubte, dieser Mann würde seine einzigartige Sammlung lediglich als einen Köder betrachten, mit dem ein weitaus gefährlicherer Dieb zur

Strecke gebracht werden sollte. Wolfe riskierte seinen Job und seinen hervorragenden Ruf, weil er derselben Auffassung war – oder zumindest, weil er auf Max' Urteil vertraute. Sogar Jared schien, seinem Zorn über das Verbrecherdasein seines Bruders zum Trotz, keinen Zweifel daran zu haben, dass Quinn es nicht auf die Sammlung Bannister abgesehen hatte.

Aber nun, als sie sah, wie er auf den Bolling-Diamanten starrte, spürte Morgan, wie sich ihr die Kehle zuschnürte, und ihre Hände waren plötzlich eisig kalt. Sein Gesicht war so unbewegt, der Blick so seltsam entschlossen, dass sie nicht umhin konnte, sich zu fragen …

Führte dieser rätselhafte Mann sie alle an der Nase herum?

Morgan atmete tief durch, hielt ihr Klemmbrett vor sich wie einen Schild und ging langsam auf Quinn zu. Offensichtlich wusste er längst, dass er beobachtet wurde, denn als sie ihn erreichte, sprach er sie sofort an, ohne sich zu ihr umzudrehen.

»Hallo, Morgana. Kennst du seine Geschichte?«

»Die des Bolling?« Ihre unaufgeregt klingende Stimme freute sie. »Nicht wirklich. Nur dass angeblich ein Fluch an ihm haftet. Meine Aufgaben als Leiterin der Ausstellung beschränken sich auf administrative Dinge. Ich kenne natürlich alle Fakten über die einzelnen Stücke – Gewicht und Gütegrad jedes Steins, zum Beispiel –, aber ich glaube nicht an Flüche, und Schmuck hat mich noch nie besonders interessiert.«

»Du glaubst nicht an Flüche?«

»Natürlich nicht. Das sind doch nur Mythen und Legenden.«

»Alles ist erst einmal nur Mythos und Legende«, bemerkte Quinn. »Bis es dann mehr ist.« Nach einer kaum merklichen Pause fuhr er fort: »Als Archäologin hältst du dich also lieber an Relikte? Tonscherben und Fossilien?«

»So in etwa.«

Plötzlich wandte er den Kopf und lächelte ihr zu. »Ich dachte, Diamanten seien das, was bei Frauen am besten ankommt – *a girl's best friend,* du weißt schon.«

»Nicht unbedingt. Um ehrlich zu sein, ich mag Diamanten

nicht einmal. Rubine, ja, Saphire und Smaragde, absolut – aber keine Diamanten, nicht einmal die farbigen.«

»Zu hart? Zu kalt?« Er schien ehrlich neugierig zu sein.

»Ich weiß nicht, warum; darüber habe ich noch nie nachgedacht.« Sie tat das Thema mit einem Achselzucken ab und fragte sich gereizt, ob er sich daran erinnerte, dass sie ihm vor kaum achtundvierzig Stunden in aller Öffentlichkeit eine Abfuhr erteilt hatte.

Mit kritisch abschätzender Miene ließ er den Blick im Raum umherschweifen. »Das Design der Ausstellung ist exzellent. Mein Kompliment.«

»Du bist ein Kenner in solchen Dingen?«

»Ich habe im Lauf der Jahre eine ganze Reihe von Schmuckausstellungen eingehend studiert«, erinnerte er sie in aller Bescheidenheit.

Und so manche hatte er mit großem Geschick auch geplündert. Morgan seufzte. »Ja. Nun, ich zeichne für diese hier nicht allein verantwortlich. Max und ich haben sie zusammen ausgearbeitet, und bei Sicherheitsfragen haben sich auch Wolfe und Storm eingebracht. Für die Beleuchtung und die Platzierung der Vitrinen haben wir uns professionelle Hilfe geholt.«

»Ein sehr effizientes Team. Was tut sich im Keller?«

Morgan blinzelte. »Im Keller?«

»Vor einer Weile waren zwei Polizisten hier und sprachen mit Max, und dann sind sie alle drei mit finsteren Mienen in den Keller verschwunden. Und Wolfe ebenfalls.«

»Wie lange bist du schon hier?«

»Eine Stunde etwa. Was ist im Keller los, Morgana?«

»Ich habe keine Ahnung«, antwortete sie in aller Offenheit. »Sollen wir nachsehen?«

Noch ehe er etwas erwidern konnte, kündigte eine höfliche Lautsprecherstimme an, dass das Museum in fünfzehn Minuten schließen werde. Quinn wartete das Ende der Mitteilung ab und sagte dann: »Ich mache mich lieber nicht bei der Polizei bekannt, wenn es dir nichts ausmacht.«

»Aber bei Tag bist du doch eine ganz untadelige Person«, meinte sie arglos. »Weshalb sollte Alexander Brandon sein Gesicht vor der Polizei verbergen?«

»Nicht sein Gesicht. Aber die Polizei ist nicht blöd. Wenn ich mich ausgiebig für die Kellerräume eines Museums interessieren würde, könnte das sogar einem ganz unkritischen Beobachter seltsam erscheinen.« Er seufzte. »Warum warte ich nicht einfach in der Eingangshalle auf dich, Morgana? Du kannst mich bestimmt über alles informieren, ohne den Wachen den irrigen Eindruck zu vermitteln, dass du auch nur entfernt ein persönliches Interesse an mir haben könntest.«

»Ich denke, das schaffe ich«, erklärte sie kühl.

»Dann warte ich also dort auf dich.«

Erst als sie sich trennten und Quinn zum Eingang ging, während sie sich Richtung Untergeschoss aufmachte, erlaubte sie sich ein gequältes Lächeln. Ihren lästigen Einbrecher schienen die öffentliche Zurückweisung und ihre kühle Haltung ihm gegenüber nicht allzu sehr bestürzt zu haben.

Verdammt.

Unten in den Kellergewölben des riesigen Museums musste Morgan erst einmal einen Wachmann fragen, wo die anderen waren. Selbst mit Wegbeschreibung brauchte sie noch ein paar Minuten, bis sie den zentralen Lagerraum erreicht hatte, und dann noch einmal einige Zeit länger, um sich durch das Labyrinth von Kisten und Regalen zu arbeiten und schließlich Max, Wolfe und die beiden Polizeiinspektoren zu finden.

»Was gibt es?«, fragte sie Max.

Es war Wolfe, der ihr mit grimmigem Ton antwortete. »Wir haben einen klitzekleinen Hinweis gefunden, offenbar vom Mörder dieser unidentifizierten Leiche.«

»Das wissen wir nicht«, wandte Keane Tyler sofort ein. »Die Rechtsmedizin ist noch nicht hier, Wolfe.«

»Und ich wette meinen guten Ruf darauf, dass sie feststellen, dass das ihr Blut und das Messer die Tatwaffe ist.«

»Blut? Messer?« Morgan blickte wieder zu Max.

Er zeigte auf eine ziemlich grob gearbeitete Marmorstatue, und Morgan studierte sie argwöhnisch. Sie passte zu mehreren lebensgroßen Statuen, die sich alle hier unten im Lager befanden, weil sie beschädigt waren oder für andere Exponate hatten Platz machen müssen. Die Figur stammte aus der Antike und stellte einen Krieger dar.

Morgan trat einige Schritte darauf zu, um sie noch näher zu betrachten. Sie erkannte, dass die erhobene Faust der Gestalt einst ein Messer oder einen Dolch aus Marmor gehalten hatte, der abgebrochen oder sonst wie entfernt worden war. Nun hielt sie stattdessen ein schwach glänzendes Jagdmesser aus Metall mit einem geschnitzten Holzgriff.

Mehr als die Hälfte der Klingenlänge war rostig-braun verschmiert.

»Du lieber Himmel«, stieß Morgan hervor und drehte sich zu den anderen um. »Was soll das? Ich meine, ihr glaubt doch nicht, dass sie hier unten ermordet wurde, oder?«

»Bislang gibt es dafür keine Anzeichen«, sagte Keane und fügte widerwillig hinzu: »Aber jetzt müssen wir natürlich das gesamte gottverdammte Gebäude durchsuchen, zumindest alles hier unten. Niemand wandert jetzt mehr mit Taschenlampen hier herum; jetzt wird es ernst.« Er blickte um sich auf das Durcheinander von Kisten und Regalen. »Alles ist völlig verstaubt und seit Gott weiß wie lange schon verpackt. Und dies hier ist nur der zentrale Lagerraum. Wolfe sagt, es gibt noch Dutzende andere Räume, alle so groß wie dieser, und alle vollgestellt mit demselben Krempel.«

»Zweiunddreißig Räume, den Plänen zufolge.« Morgan runzelte die Stirn. »Und noch nicht eingerechnet wahrscheinlich ganze Kilometer von Korridoren. Er hat sie also entweder hier unten getötet, oder aber er legt es darauf an, dass ihr Zeit damit verschwendet, herauszufinden, ob er sie hier unten ermordet hat?«

»Wenn der Mörder sie hier unten getötet hat«, erwiderte Wolfe, »dann muss das – wann immer er hier heruntergekommen ist – passiert sein, bevor das neue Sicherheitssystem in Betrieb ging.« Er starrte auf Keane.

Der Inspektor zögerte zuerst, dann sagte er: »Sie ist womöglich schon vor Wochen ermordet worden. Die von der Pathologie meinen, die Leiche wurde so stark gekühlt, dass sie fast eingefroren war.«

»Dann hätte er das Messer schon vor Wochen hier anbringen können«, murmelte Wolfe.

»Aber weshalb?« Morgan schüttelte den Kopf. »Nur, damit ihr jetzt alles absuchen müsst? Das macht doch keinen Sinn. Die Ermittlungen so spezifisch in diese Richtung zu lenken – weshalb?«

»Ein Versuch, uns abzulenken«, meinte Wolfe. »Und die Polizei davon abzuhalten, dort zu suchen, wo sie eigentlich suchen sollte.«

»Oder er will, dass wir so intensiv suchen, dass wir vor lauter Bäumen den Wald nicht mehr sehen«, gab Gillian zu bedenken.

Keane blickte noch einmal auf den »Wald« von Lagerbeständen um sie herum und seufzte. »Beides durchaus vertretbare Theorien«, meinte er.

»Also, das Einzige, das ich zur Ermittlung beitragen kann«, meldete sich Morgan zu Wort, »ist, dass er einige Zeit hier unten verbringen musste, und außerdem musste er zumindest ein paar Geräte dabei haben.«

»Wieso?«, fragte Keane.

»Weil man einen Bohrer braucht, um ein rundes Loch durch Marmor zu bohren«, entgegnete Morgan. »Und um Marmor zu bearbeiten, braucht man eine Säge oder einen Meißel. Ich kenne diese Statue, und das Messer, das sie ursprünglich in der Hand hatte, war wie die Faust und der ganze Rest aus Marmor. Ich kann das nochmal überprüfen, um sicherzugehen, aber ich glaube, das Messer war nicht beschädigt, als dieses Stück zur Lagerung hier heruntergebracht wurde. Das bedeutet also, jemand hat das ursprüngliche Messer aus Marmor entfernt und dann ein Loch durch die Faust gebohrt, in das der Griff dieses Jagdmessers genau hineinpasst. So genau, dass es nicht von selbst herausfallen kann.«

»Über welche Zeitdauer sprechen wir hier also?«, fragte Keane.

»Mindestens eine Stunde, wahrscheinlich länger.«

»Und außerdem eine Stunde voller Lärm«, fügte Max hinzu.

Morgan nickte. »Ja. Das Problem ist, man könnte oben in dem Raum über dieser Stelle stehen und würde absolut nichts hören, vor allem tagsüber, wenn überall Besucher herumlaufen. Und hier unten haben wir praktisch nie Wachleute Rundgänge machen lassen, sondern lediglich Routinekontrollen der Außentüren und der Hauptkorridore durchgeführt.«

»Großartig«, warf Gillian ein. »Das ist wirklich super. Wir können also nicht einmal ein Zeitfenster aufmachen – außer dem, das wir schon haben. *Irgendwann* in den letzten Wochen.«

»Und wir gehen noch immer von ein paar absolut ungesicherten Annahmen aus«, bemerkte Keane. »Dass dies das Messer ist, das unser Opfer tötete, und dass die Tote selbst oder ihre Ermordung wirklich mit dem Museum oder der Ausstellung in Zusammenhang stehen.«

»Offenbar will jemand, dass wir genau von diesen Annahmen ausgehen«, sagte Wolfe. »Ich glaube nicht an Zufall.«

»Nein«, stimmte Morgan zu und zitierte damit unwissentlich den Einbrecher, der oben auf sie wartete, »dass all dies miteinander in Zusammenhang steht, ist wesentlich wahrscheinlicher als das Gegenteil. Jemand hat sich viel Mühe gemacht, um uns einige nette, klare Hinweise zu liefern – und einen ganzen Haufen Puzzleteile. Hat sonst noch jemand das Gefühl, dass wir hier an der Nase herumgeführt werden?«

Sie fand Quinn geduldig in der Eingangshalle warten, nicht weit von einem aufmerksamen Wachmann entfernt. Der letzte Besucher war gegangen, und der riesige Raum strahlte etwas

Hohles, Kahles aus, das von zu viel Marmor und Stein und zu wenigen Menschen herzurühren schien.

Es war kaum ein idealer Ort, um sich zu unterhalten, und deshalb war Morgan auch nicht überrascht festzustellen, dass Quinn das Thema, was im Keller vor sich ging, gar nicht erst anschnitt.

»Morgana, ich hätte Lust auf italienisches Essen, glaube ich, und ich kenne ein tolles Restaurant in der Nähe der Bay mit dem besten Koch westlich von Neapel. Kommst du mit?«

»Beruflich oder zum Vergnügen?«, fragte sie unumwunden.

Er antwortete nicht weniger geradeheraus und mit einem Lächeln. »Deine Gesellschaft ist mir immer ein Vergnügen, meine Süße.« Dann fuhr er leiser fort: »Ich muss allerdings zugeben, dass vielleicht auch jemand dort ist, auf den ich ein Auge werfen möchte.«

»Wer?«

»Das möchte ich lieber nicht sagen.« Als sie die Stirn runzelte, fügte Quinn hinzu: »Ein Verdacht ist kein Fakt, Morgana, und schon gar kein Beweis. Ich ziehe es vor, keine Namen zu nennen, bis ich sicher bin.«

»Du meinst, nicht einmal Max oder Jared – oder Wolfe – wissen, dass du eine Vermutung hast, wer Nightshade wirklich ist?« Auch sie sprach sehr leise.

»Sie wissen, dass ich eine Vermutung habe«, räumte Quinn ein, »aber sie wissen nicht, wen ich beobachte.«

Morgan hätte ihm gern noch einige Fragen gestellt, doch sie wusste, dass dies nicht der Ort und die Zeit für eine lange Diskussion waren.

»Italienisches Essen klingt großartig«, sagte sie stattdessen. »Ich muss nur noch schnell ein paar Dinge nachsehen und meine Jacke holen.«

»Ich warte hier auf dich.«

Verantwortungsvoll und routiniert, wie sie war, ging Morgan, bevor sie ihr Büro aufsuchte, noch kurz in den Überwachungsraum und schaute bei Storm im Computerraum vorbei, um sich zu vergewissern, dass alles in Ordnung war und das Sicherheitssystem des Museums auf den Nachtmodus umgestellt wurde. Einer der Wachmänner, die die Monitore beobachteten, fragte sie, ob der blonde Mann in der Lobby auf seinem »Papier« stehen sollte – damit meinte er die Liste der Personen mit einer speziellen Erlaubnis, das Museum jederzeit zu betreten –, und Morgan musste erst einmal nachdenken, ehe sie ihm antwortete.

»Nein«, sagte sie schließlich aus einer Vorsicht heraus, fügte dann jedoch hinzu: »Es sei denn, Max oder Wolfe wollen es. Aber er wird wahrscheinlich meistens da sein. Sein Name ist Alexander Brandon, er ist ein Sammler. Fragen Sie doch Wolfe, welche Art von Genehmigung er hat, ja?«

»In Ordnung«, erwiderte der Mann und machte sich eine Notiz.

Als Morgan in den Computerraum kam, fand sie Storm in ihren Stuhl zurückgelehnt, die in Stiefeln steckenden Füße auf dem Schreibtisch und ihren kleinen Kater schlafend auf dem Schoß. So beobachtete die kleine Blondine einen Videomonitor, der in einer Ecke des überfüllten Zimmers hing. Mithilfe der Computerkonsole auf ihrem Schreibtisch konnte sie die Videokameras im Museum steuern und sich jeden Teil des Gebäudes ansehen, und im Augenblick hatte sie die Eingangshalle auf ihrem Bildschirm. Genauer gesagt, einen großen, blonden Mann, der dort geduldig wartete.

»Hallo«, begrüßte Morgan sie und beschloss, keinen Kommentar abzugeben. »Irgendwelche Probleme, bevor ich gehe?«

»Nö, nichts Erwähnenswertes. Ich habe diese Macke im System behoben, also werden wir jetzt wohl keinen falschen Alarm mehr haben.« Storms leuchtend grüne Augen richteten sich wieder auf den Monitor, und sie lächelte, als Quinn direkt in die Kamera blickte, die er eigentlich doch gar nicht sehen sollte. »Sieh dir das an. Seit er vor ein paar Stunden hierher kam, habe ich ihn durch das ganze Museum verfolgt, und er wusste immer, wo die Kameras sind – sogar die, die wir so geschickt versteckt haben. Wolfe meint, er hat einen sechsten Sinn, wenn es um Kameras geht, die auf ihn gerichtet sind, dass er das irgendwie spürt. Kein Wunder, dass es die Polizei nie geschafft hat, Fotos oder Filmaufnahmen von ihm zu bekommen.«

Morgan folgte Storms Blick, und auch wenn sie nicht umhin konnte, gequält zu lächeln, als Quinn fröhlich in die Kamera winkte, lag in ihrer Stimme eine gewisse Frustration. »Dieser Mistkerl. Immer, wenn ich denke, ich habe ihn durchschaut, fange ich wieder von vorn an, mir Gedanken zu machen. Ist er diesmal auf der Seite des Gesetzes oder nicht?«

Storm sah sie an, und eine ihrer Brauen wanderte nach oben. »Vielleicht ist das Wort, auf das es bei dieser Frage ankommt, *diesmal.* Selbst wenn man im Zweifel für ihn ist und davon ausgeht, dass Max, Wolfe und Jared recht haben mit ihrem Vertrauen darauf, dass er die Finger von der Sammlung lässt – und wir wissen beide, dass keiner von ihnen ein Trottel ist –, bleibt die Frage: Was tut er danach? Sagen wir mal, unsere hübsche kleine Falle funktioniert und Nightshade landet hinter Gittern – was dann? Sagt Quinn sich dann von Interpol los und verschwindet wieder im Dunkel der Nacht? Geht er für seine vergangenen Verbrechen ins Gefängnis? Oder besteht ein Plan, der ihn zu einem … Berater oder so etwas für die Bullen macht?«

»Er hat mir einmal gesagt, er sei zu erfolgreich, um öffentlich Quinn zu sein. Er würde vor Gericht gestellt und müsste wahrscheinlich ins Gefängnis«, erwiderte Morgan im Gedanken an ein früheres Gespräch mit Quinn. »Und mehr oder weniger meinte er auch, es würde ihm gefallen, nach der Pfeife von Interpol zu tanzen. Das ist wahrscheinlich die einzige Antwort, die ich von ihm kriegen werde.«

Storm schürzte nachdenklich die Lippen und streichelte sanft ihr schlafendes Katerchen. »Schlau von Interpol, falls sie vorhaben, seine Talente zu nutzen.«

»Ja. Mit Sicherheit ist er in Freiheit viel mehr wert für sie, als wenn er im Gefängnis sitzt. Selbst wenn sie nie irgendwelche seiner Beutestücke zurückbekommen, würde ich wetten, dass sie ihn lieber benutzen als anklagen werden.« Morgan seufzte. »Was mir wiederum nur eines sagt: Interpol operiert hauptsächlich in Paris und anderen Teilen Europas – und da wäre dann auch er.«

»Wie gut ist dein Französisch?«, fragte Storm ernst.

»Besser als mein Latein.«

»Ich könnte dir Unterricht geben«, bot die Blonde an.

Morgan musterte sie. »Sprichst du Französisch auch mit einem Südstaatenakzent?«

»Jared zufolge schon, aber ich habe noch nie Probleme gehabt, mich verständlich zu machen.«

»Also gut, dann komme ich vielleicht auf dein Angebot zurück«, sagte Morgan. »Andererseits – das einzige französische Wort, das ich wahrscheinlich je brauchen werde, ist das für ›Auf Wiedersehen‹. Und das kenne ich schon.« Sie schüttelte den Kopf, noch ehe Storm etwas erwidern konnte. »Macht nichts. Ich gehe jetzt italienisch essen und werde mein Bestes versuchen, mich an all die logischen, rationalen, vernünftigen Gründe zu erinnern, weshalb ich nicht den Kopf verlieren sollte.«

»Viel Glück«, murmelte Storm.

Morgan ging in ihr Büro, legte ihr Klemmbrett auf den Schreibtisch und zog den schicken goldfarbenen Blazer an, den sie am Morgen getragen hatte. Dann schloss sie ab und eilte in die Eingangshalle zu Quinn.

Wolfe unterhielt sich mit ihm, als sie dort ankam. Sie konnte nicht hören, was der Sicherheitsexperte sagte, doch er runzelte leicht die Stirn. Auf Quinns Miene lag ein so angenehmes wie unverbindliches kleines Lächeln; dies schien seine einzige Reaktion auf das zu sein, was Wolfe zu ihm sagte. Als er Morgan bemerkte, blickte er an Wolfe vorbei zu ihr. Wolfe drehte sich um und wandte sich abrupt an sie.

»Bist du morgen hier?«

»Während der Öffnungszeit? Sicher. Von jetzt an, bis wir den Laden zumachen, arbeite ich sechs Tage die Woche.«

Wolfe zog eine Augenbraue nach oben. »Weiß Max darüber Bescheid?«

»Ich habe es mit ihm besprochen.« Morgan lächelte. »Er war nicht glücklich darüber, aber als ich ihm sagte, ich würde hier sein, egal, ob ich dafür bezahlt werde oder nicht, gab er nach. Ich habe Order, lange Mittagspausen zu machen und früh nach Hause zu gehen, wann immer es möglich ist, und er hat mir verboten, sonntags aufzukreuzen. Warum fragst du? Brauchst du mich morgen für etwas Bestimmtes?«

»Das sage ich dir noch.«

»Okay«, murmelte sie und fragte sich, ob es Wolfe unangenehm war, in Quinns Beisein über Sicherheitsbelange zu sprechen. Wenn ja, dann war das durchaus verständlich.

Wolfe warf einen Blick auf Quinn und dann auf Morgan und schien etwas sagen zu wollen, doch dann schüttelte er den Kopf mit der Geste eines Mannes, der erkannte, dass er eine Situation nicht im Griff hatte. »Schönen Abend«, knurrte er und machte sich auf den Weg in Richtung der Büros.

Quinn schaute ihm nach und fragte Morgan nachdenklich: »Hast du auch so ein Gefühl, dass Wolfe mit keinem von uns beiden wirklich glücklich ist?«

»Ja, und ich kann es ihm nicht verübeln. Wenn der Sammlung Bannister irgendetwas passiert, muss Lloyd's schließlich so viele Millionen blechen, dass ich es mir gar nicht vorstellen will.«

Quinn ergriff ihren Arm und brachte sie zum Ausgang. »Stimmt. Übrigens, habe ich dir schon gesagt, dass du heute auch aussiehst wie ein paar Millionen?«

Die Bemerkung traf sie völlig unvorbereitet – dieser *Mistkerl* machte wirklich ohne jede Vorwarnung völlig entnervende Kommentare –, doch Morgan erholte sich rasch und schaffte es, gelassen zu antworten, während sie über den Gehsteig vor dem Museum schritten. »Nein, das hast du noch nicht gesagt.«

Er führte sie zu dem niedrigen, schwarzen Sportwagen, der an der Bordsteinkante geparkt war.

»Danke.« Morgan fragte sich, ob er solche Bemerkungen absichtlich fallen ließ, nur um sie aus dem Gleichgewicht zu bringen, doch sie ließ sich schweigend von ihm die Tür öffnen und nahm Platz. Erst als der kleine Flitzer mit einem gedämpften Röhren anfuhr, begann sie zu sprechen.

»Würdest du mir eine Frage beantworten?«

Er warf ihr ein rasches Lächeln zu. »Dazu müsste ich sie erst einmal hören.«

»Hmmm ... kennst du die Sicherheitsvorkehrungen des Museums – und der Ausstellung?« Sie hatte sich diese Frage erst gestellt, nachdem Storm beobachtet hatte, dass er wusste – oder »spürte« –, wo die Videokameras installiert waren.

»Glaubst du wirklich, dass Jared so vertrauensselig wäre?«

»Das«, kommentierte sie nachdenklich, »ist keine Antwort.«

Quinn lachte leise. »Morgana, ich bekomme das bestimmte Gefühl, dass ich irgendwie deinen Argwohn erregt habe.«

»Das ist auch keine Antwort. Hör mal, Alex, wir sind uns doch einig, dass die Wahrheit zwischen uns ein etwas heikles Thema ist.« Sie wandte sich ihm zu, um sein Profil zu studieren. Ein schönes Profil, das sehr inspirierend auf sie wirkte – allerdings nicht zu klaren Gedanken. »Deshalb würde ich mich freuen, von dir eine direkte Antwort zu bekommen, wann immer es möglich ist. Wenn du mir etwas lieber nicht sagen möchtest, dann sag mir das – aber diese Gewohnheit von dir, bestimmten Themen nett und adrett auszuweichen, trägt nicht dazu bei, mein Vertrauen in dich zu stärken.«

»Ja, das habe ich befürchtet.« Er hielt vor einer roten Ampel an und betrachtete sie etwas ernster. »Ich werde versuchen, das nicht mehr so oft zu tun.«

Sie bemerkte, dass er nicht versprach, damit aufzuhören. »Also ... kennst du die Sicherheitsvorkehrungen der Ausstellung oder nicht?«

»Nein. Ich hätte sie wahrscheinlich von Max bekommen

können – der mir übrigens vertraut –, aber ich entschied mich dagegen. Ich kann Nightshades Schritte besser vorausberechnen, wenn ich das Museum und die Ausstellung genauso studieren muss wie er auch. Der einzige Vorteil, den ich habe, ist, dass ich *weiß,* dass es eine Schwachstelle gibt.«

»Die Falle? Ist es Storms Sicherheitssoftware?«

»Weißt du das nicht?«

Morgan seufzte. »Ich muss es peinlicherweise zugeben, aber ich habe nicht einmal danach gefragt.«

»Die Situation *ist* etwas kompliziert«, meinte Quinn in verständnisvollem Ton.

»Macht nichts. Weißt du, wo die Falle ist?«

»Ja. Ich habe es Wolfe gerade eben gesagt, bevor du in der Lobby zu uns gestoßen bist, und er hat meine Schlussfolgerungen bestätigt.«

»Kein Wunder, dass er die Stirn runzelte.«

»Wie gesagt, er ist mit keinem von uns beiden sehr glücklich. Ich habe ihn darauf hingewiesen, dass die Falle nur wie eine Lücke in der Verteidigung *aussieht,* absichtlich gemacht, um Nightshade hineinzulocken und festzusetzen, bevor er auch nur in die Nähe der Ausstellung kommen kann.«

»Und, hat ihn dieser Hinweis beschwichtigt?«

Quinn lächelte. »Nein. Er schien zu spüren, dass Nightshade misstrauisch genug sein könnte, um die Falle zu umgehen und einen eigenen Weg hineinzufinden.«

»Warum sollte er misstrauisch sein?«

»Meinetwegen, fürchte ich.« Er seufzte. »Morgana, normalerweise verfolgen Einbrecher einander nicht mitten in der Nacht. Aber ich habe das getan – in der Nacht, in der er das Museum auskundschaftete, in der Nacht, in der er auf mich schoss. Das muss ihn hellhörig gemacht haben. Er weiß, dass er mich nicht getötet hat, denn es wurden keine ungeklärten Todesfälle durch Schusswaffen in der Stadt gemeldet, also weiß er auch, dass ich nach wie vor ein potenzielles Problem darstelle.«

»Aber er weiß nicht, wer du bist«, sagte Morgan langsam.

»Ich bin in jeder Hinsicht eine unbeantwortete Frage für ihn. Und ein Mann wie Nightshade hasst solche Fragen.«

Stirnrunzelnd betrachtete sie sein Gesicht. »Weißt du, jedes Mal, wenn du über Nightshade redest, bekomme ich das Gefühl, dass an dieser Geschichte noch mehr dran ist. Du sagst, du weißt nicht viel über ihn ... ich glaube aber doch.«

»Morgana, du bist heute voller Fragen.«

»Ist das eine Warnung?«

»Das ist eine Feststellung.«

Vielleicht war es nur das, doch Morgan beschloss, das Thema trotzdem auf sich beruhen zu lassen. Quinn war bereits mitteilsamer gewesen, als sie erwartet hatte, und sie hörte lieber auf, solange sie im Vorteil war. Außerdem kamen sie auch gerade vor dem Restaurant an, und eine Reihe von Gedanken gingen ihr durch den Kopf.

Sie sagte nichts, bis er geparkt und ihr die Tür geöffnet hatte. »Tony's ist also der beste Italiener westlich von Neapel, ja?«

»Ich denke schon«, antwortete Quinn ganz unschuldig, während er die Tür schloss und Morgans Arm ergriff.

»Und ich nehme an, die Tatsache, dass er so eine Art Treffpunkt für Kunstsammler, Kunsthändler und auch Museumsleute ist, das ist reiner Zufall?«

Er warf ihr einen Blick zu, und in seinen grünen Augen war eine schalkhafte Freude zu lesen. »Ach, wirklich? Na so was aber auch.«

»Du kannst einen wahnsinnig machen, weißt du das?«

»Pass auf, Morgana«, murmelte er – wahrscheinlich meinte er damit die unebenen, gepflasterten Stufen, die zur Eingangstür des Restaurants hinaufführten.

Es war erst kurz nach sieben Uhr, doch das Lokal war bereits ziemlich voll. Viele der Museen in dieser Gegend schlossen um sechs, und dies war, wie Morgan gesagt hatte, ein beliebter Ort, um den Tag beim Abendessen ausklingen zu lassen. Die Küche war nicht nur hervorragend, sondern die Portionen reichlich und nicht überteuert, und die ungezwungenen, aber tüchtigen

Bedienungen begrüßten die Gäste bereits beim dritten Besuch mit Namen.

Oder, in Quinns Fall, beim zweiten.

»Ich habe am Samstag hier zu Mittag gegessen«, erzählte er Morgan, nachdem die freundliche Bedienung sie an einen Fensterplatz gebracht und »Mr Brandon« gefragt hatte, ob er wie gewöhnlich Kaffee wolle.

Morgan – die der Kellnerin ebenfalls bekannt war und auch Kaffee bestellte – akzeptierte das mit einem gequälten Nicken und ließ dann den Blick scheinbar gleichgültig umherschweifen, um zu sehen, ob sie ausmachen konnte, auf wen Quinn hier ein Auge werfen wollte.

Es war ihr jedoch nicht möglich, das herauszufinden. Es saßen mehr als ein Dutzend Menschen verstreut im Lokal, die auf die eine oder andere Art mit Kunst zu tun hatten, entweder als Sammler, Mäzene oder Angestellte der verschiedenen Museen, Galerien und Geschäfte dieser Gegend. Sogar Leo Cassady, ihr Gastgeber bei der Party neulich, und Ken Dugan, der Chefkurator des Museums, das die Ausstellung *Geheimnisse der Vergangenheit* beherbergte, waren anwesend, beide mit attraktiver weiblicher Begleitung.

»Gibst du auf?«, fragte Quinn leise.

Morgan faltete ihre Serviette auseinander und legte sie sich mit viel Aufhebens über den Schoß. »Ich weiß nicht, wovon du sprichst«, erwiderte sie höflich.

»Du meinst, du hast nicht versucht herauszufinden, auf wen ich gerne ein Auge werfen würde?« Er grinste schelmisch. »Ein netter Versuch, meine Süße, aber man sollte nie versuchen, mit einem Falschspieler zu pokern.«

8

Sie blickte ihn finster an. »Danke für diese weitere Warnung. Du könntest offenbar wirklich aussehen wie ein Unschuldslamm und dabei beide Ärmel voller Trümpfe haben.«

Quinn lehnte sich zurück, damit die Kellnerin ihm den Kaffee servieren konnte. »Ich wusste nicht, dass Lämmer Ärmel haben.«

»Du weißt schon, was ich meine. *Deine* Ärmel voll mit Trümpfen!« Morgan griff nach dem Zucker, gab mehrere Löffel davon in ihre Tasse und ließ dem eine nicht unbeträchtliche Menge Sahne folgen.

Quinn beobachtete sie mit einer leicht gequälten Miene. »Dieser Kaffee schmeckt als Kaffee am besten, warum willst du eine Nachspeise daraus machen?«

Seit er bei ihr gewohnt hatte, wusste Morgan, wie er seinen Kaffee trank. »Hör mal, nur weil ihr Machotypen glaubt, etwas unglaubliches Bitteres zu trinken sei eine Gourmet-Erfahrung, muss das deswegen noch lange nicht stimmen.«

»Ist der Kaffee so bitter?«, fragte die Kellnerin gleich besorgt. »Das tut mir wirklich leid.«

Morgan sah leicht verdutzt zu ihr auf und bemerkte, dass die attraktive Rothaarige mit Block und gezücktem Stift über ihr aufragte, bereit, die Essensbestellungen entgegenzunehmen.

»Ich kann eine frische Kanne machen …«

»Nein, danke, ist schon in Ordnung.« Morgan blickte zu Quinn, der mit diesem Lächeln, das einen wahnsinnig machen konnte, die Speisekarte studierte, und wandte sich dann der besorgten Kellnerin zu. »Wirklich, der Kaffee ist gut. Ich wollte nur gerade … etwas zum Ausdruck bringen.« Sie nahm hastig die Karte an sich.

Ein paar Minuten später, das Essen war bestellt und die Bedienung Richtung Küche verschwunden, blickte Morgan ihr Gegenüber stirnrunzelnd an. »Es hat nicht geklappt.«

»Was hat nicht geklappt?«

»Mich vom Thema abzubringen. Vielleicht sollte ich anfangen zu raten, wen du beobachtest.«

»Und ich sage dann heiß oder kalt?« Quinn schüttelte den Kopf. »Tut mir leid, Morgana – da spiele ich nicht mit.«

Sie war frustriert, aber nicht allzu überrascht, und da er in der Tat ein viel besserer Pokerspieler war als sie, hatte sie keine Hoffnung, dass er ihr etwas mitteilen würde, das er sie nicht wissen lassen wollte. »Na ja, was soll's«, meinte sie ärgerlich.

Quinn lächelte, doch plötzlich wurde sein Blick ernst. »Nehmen wir mal an, du würdest herausfinden, dass ich jemanden, den du kennst, für einen international operierenden Dieb und Mörder halte. Könntest du diesen Menschen dann noch mit derselben Unbefangenheit ansehen und mit ihm reden, wie du es noch gestern getan hast? Könntest du sicher sein, dass du dein Wissen nicht versehentlich preisgeben oder ihn irgendwie aufmerksam machen würdest – was mit Sicherheit unsere Pläne vereiteln und dich wahrscheinlich in Gefahr bringen würde? Könntest du das, Morgana?«

Sie überlegte kurz und seufzte dann. »Nein, ich denke nicht, dass ich das könnte. Ich bin keine so gute Schauspielerin.«

»Falls es dir dadurch irgendwie besser geht – das ist der Hauptgrund dafür, dass ich auch keinem der anderen etwas gesagt habe. Weil man ein gewisses Maß an Nerven – oder auch Verschlagenheit, vermute ich – braucht, um überzeugend zu lügen, vor allem unter dem Stress, dabei einem Mörder ins Gesicht zu sehen. Ich kenne mich; ich weiß, dass ich dazu fähig bin. Aber da ich diesbezüglich bei niemand anderem sicher sein kann, gehe ich lieber kein Risiko ein.«

»Aber ist es jemand, den ich kenne? Nightshade, meine ich?«

»Jemand, den du kennst – falls ich recht habe.«

Morgan musterte ihn ernüchtert. »Ich bekomme das Gefühl, dass du – was immer du auch sagst – keine Zweifel hast.«

Ein seltsames, selbstironisches Lächeln spielte um Quinns Lippen. »Das sollte mir eine Lektion sein. Offenbar bin ich doch nicht ganz der große Pokerspieler, für den ich mich halte.«

»Deine Miene hat dich nicht verraten. Nicht einmal das, was du sagtest«, entgegnete Morgan geistesabwesend. »Nur ein Gefühl von mir. Aber du bist dir sicher, nicht wahr? Du weißt, wer Nightshade ist.«

»Das kann ich nicht beantworten.«

»Du meinst, du willst nicht.«

»Also gut, ich will nicht.«

»Na gut, das ist klar genug.« Morgan seufzte.

»Es ist besser für dich, wenn du es nicht weißt, glaub mir.«

»Wenn du das sagst.«

Quinn kommentierte ihre Reserviertheit nicht; er nickte lediglich, noch immer ernst. »Gut. Dann könnten wir ja jetzt unser Essen genießen, und du kannst mir berichten, was im Keller des Museums los war.«

»Ah.« Morgan nickte. »Dann ist heute Abend also definitiv mehr Geschäft als Vergnügen angesagt.«

»Ich dachte, du wolltest es so.«

»Ach, hör auf zu heucheln. Du weißt genau, warum ich dich auf dieser Tanzfläche stehen gelassen habe.«

Er zögerte nicht. »Weil ich mich wie ein Idiot benommen habe und du beschlossen hast, mir eine Lektion zu erteilen.«

»Und, hat es funktioniert?« Ihr Ton war gequält.

Quinn lächelte. »Es hat funktioniert. Wahrscheinlich sogar besser, als du zu hoffen wagtest.«

»Das heißt?«

»Sagen wir einfach, ich habe meine Optionen überdacht.«

Morgan war sich gar nicht sicher, ob es ihr gefiel, wie er das sagte. »Und?«

»Und ich brauche dich auf meiner Seite, Morgan. Also, wie

immer du das Spiel aussehen lassen willst, für mich ist es in Ordnung.«

»Das *Spiel?*« Sie hätte schwören können, dass bei ihrer scharfen Erwiderung etwas in seinen Augen aufblitzte. Und das machte sie nur noch wachsamer.

»Na ja … unsere öffentliche Beziehung. Wenn es dir lieber ist, öffentlich nur wenig oder gar kein Interesse an mir zu zeigen, ist das für mich in Ordnung. Ich kann den liebeskranken Verehrer spielen.«

»Hast du die Damentoilette bei Leo verwanzen lassen?«, fragte sie herausfordernd.

»Wie bitte?« Er schien aufrichtig verwirrt.

»Schon gut.« Morgan riss sich wieder zusammen. »Dein Plan ist also, mit Sehnsuchtsmiene im Museum herumzuhängen, während ich die Unnahbare spiele?«

»Das scheint mir dein Plan zu sein.«

Morgan vertraute seinem ernsthaften Ton in etwa so viel, wie sie ihren eigenen Fähigkeiten traute, ohne ein Flugzeug fliegen zu können. »Aha. Also, wenn das die öffentliche Show regelt, wie steht es dann mit der privaten?«

»Morgana, du überraschst mich. Als ob ich privat mit dir irgendeine *Show* abziehen würde.«

»Du bist also privat absolut ehrlich mit mir?«

»Ich werde … absolut nur Alex sein.«

Morgan musterte ihn lange und musste sich schweigend eingestehen, wer von ihnen beiden der Meistermanipulierer war. Dann sagte sie freundlich: »Na ja, das verspricht interessant zu werden. Ich nehme an, ich bekomme dich bis Mitternacht, was? Bis du dich wieder in Quinn verwandelst?«

»Das ist sogar ziemlich wörtlich zu nehmen«, räumte er ein. »Jared und ich teilen uns den Dienst auf. Ich fange um zwölf Uhr nachts an.«

»Hinein in die Dunkelheit. Herumschleichen.«

»Weißt du, es könnte wesentlich schlimmer sein«, sagte er in beschwichtigendem Ton. »Es könnte langweilig sein.« Er strich sanft über den Rücken ihrer auf dem Tisch liegenden Hand. Sein Zeigefinger malte dabei ein verschlungenes Muster.

Morgan sah ihm einen Moment lang zu, mit jeder Faser ihres Körpers um Selbstbeherrschung und Distanz bemüht, obwohl sie das Gefühl hatte, dahinzuschmelzen. Sie musste ihm ihre Hand entziehen, ehe sie seinem Blick begegnen konnte, und war fast stolz auf sich, als sie merkte, dass ihre Stimme trotzdem gelassen klang.

»Alex, weißt du, was ein Halunke ist?«

Seine grünen Augen zeigten Belustigung. »Ein Schurke mit einem Lächeln im Gesicht?«

»Beinahe erraten«, erwiderte Morgan mit einem Seufzen und lehnte sich zurück, damit die Kellnerin ihr Essen servieren konnte.

Es war fast zwei Uhr morgens, als Quinn sich einem Phantom gleich an dem dunklen, in Stille gehüllten Gebäude entlang bewegte, bis er einen Seiteneingang erreichte. Kein Schloss versperrte ihm den Weg, und innerhalb von Sekunden glitt er über einen dunklen Flur, noch immer geräuschlos wie ein Schatten. Vor einer reich mit Schnitzereien verzierten Flügeltür hielt er inne und betrachtete den schmalen Lichtstreifen, der auf dem Boden davor sichtbar war, dann lächelte er und trat ein.

Das schwache Licht kam von nur zwei Quellen: einem lodernden Feuer in dem in Stein gefassten offenen Kamin und einer Leselampe auf der anderen Seite des Arbeitszimmers. Dennoch fiel es Quinn nicht schwer, zu erkennen, wer ihn erwartete.

»Sie sind spät dran.« Sein Gastgeber wandte sich von einem großen Fenster ab und sah ihm mit gerunzelter Stirn entgegen.

Quinn nahm seine schwarze Skimaske und die geschmeidigen schwarzen Handschuhe ab und steckte sie in seinen Gürtel. »Hier ist ziemlich viel Polizei und so weiter unterwegs, da musste ich vorsichtig sein«, erklärte er ruhig.

Der andere Mann blieb am Fenster stehen, eine Hand auf der Lehne des Stuhls neben ihm, und musterte Quinn. »Haben Sie es?«

Schweigend öffnete Quinn einen Beutel aus Leder an seinem Gürtel und holte einen kleineren aus Samt heraus, den er seinem Gastgeber zuwarf. »Wie ihr Amis sagt – es war ein Kinderspiel.« Seine Sprache unterschied sich etwas von dem, was Morgan von ihm zu hören bekam – die Worte kamen etwas jäher und ein bisschen abgehackt, die Aussprache war mehr britisch als amerikanisch.

Eine glitzernde Kaskade aus Diamanten ergoss sich in die Hand des anderen Mannes, als er das Samtbeutelchen leerte, und er betrachtete das Collier eingehend. Nach einer Weile sagte er leise: »Die Carstairs-Diamanten.«

»Holen Sie Ihre Lupe und überzeugen Sie sich, dass die Kette echt ist«, riet Quinn ihm. »Ich möchte keine Fragen aufkommen lassen.«

Nun endlich verließ sein Gastgeber den Platz am Fenster und begab sich zu einem antiken Schreibtisch, aus dessen Schublade er eine Juwelierlupe hervorholte. Er schaltete die Lampe an und studierte das Schmuckstück gründlich unter ihrem Lichtkegel.

»Nun?«, fragte Quinn, als der Mann sich endlich wieder aufrichtete.

»Sie ist es.«

»Na und ob.« Ein leichter Spott lag in Quinns tiefer Stimme, als würde die Wortkargheit seines Gegenübers ihn amüsieren. »Also, können wir dann über die Sammlung Bannister reden?«

»Ich habe Ihnen schon gesagt, dass mir die Sache nicht gefällt.«

»Mir auch nicht.« Quinn setzte sich lässig auf die Lehne eines Ledersessels und sah seinem Gastgeber direkt in die Augen. »Die Ausstellung hat das beste Sicherheitssystem, das man für Geld bekommen kann – was uns beide nicht überraschen sollte. Aber wir wissen auch beide, dass selbst das beste System nur wenig mehr ist als eine Illusion, die Eigentümern und Versicherungsgesellschaften hilft, nachts schlafen zu können. Kein System ist todsicher.«

Die Augen des anderen Mannes waren plötzlich hart und funkelten. »Haben Sie einen Weg hinein gefunden?«

Quinn lächelte. »Ich habe zwei Wege hinein gefunden.«

»… und dann hat er mich nach Hause gebracht«, beendete Morgan am nächsten Tag in Storms Büro die ausführliche Beschreibung ihres Treffens vom vergangenen Abend. »Und er hat mich nicht einmal gefragt, ob er noch auf einen Kaffee mit hochkommen darf.«

»Dieser Schuft«, kommentierte Storm ernst.

Morgan starrte sie einen Moment lang an, dann kicherte sie. »Habe ich jetzt beleidigt geklungen?«

»Nur ein bisschen.«

»Na ja, ein bisschen bin ich es auch.« Sie saß auf Storms Schreibtisch, runzelte die Stirn und kraulte geistesabwesend Bear am Hals. »Nachdem ich endlich zu dem Schluss gekommen war, dass es wirklich dumm von mir wäre, ihm zu vertrauen, war er den ganzen Abend lang der perfekte Gentleman. Ich meine … wir haben nicht über Privates gesprochen. Wir haben darüber gesprochen, was Wolfe und die Wachen im Keller fanden, und diskutierten darüber, wie das alles zusammenhängen könnte, aber es war alles sehr ungezwungen – so ungezwungen, wie es eben sein kann, wenn man über einen Mord redet.«

»Ist einer von euch beiden auf eine Theorie oder eine Möglichkeit gekommen, die wir noch nicht in Betracht gezogen haben?« Storm war wie üblich in ihren Stuhl zurückgelehnt und hatte die Füße auf der Schreibtischplatte liegen.

»Ich nicht. Und falls er auf etwas gekommen ist, hat er es für sich behalten.« Morgan seufzte. »Das ist es eben mit Alex. Alles ist bei ihm unter der Oberfläche, versteckt, behütet, daher schwer zu durchschauen.«

»Glaubst du, er vertraut dir nicht? Oder ist es so, dass er weiß, dass du ihm nicht vertraust?«

»Sowohl als auch. Beides. Himmel, ich weiß auch nicht. Aber ich vertraue ihm. Irgendwie. Einem Teil von ihm. Bis zu einem gewissen Punkt.«

Storm fing zu lachen an. »Könntest du das ein wenig präzisieren?«

»Du beginnst, mein Problem zu verstehen.«

»Ich verstehe dein Problem schon lange«, entgegnete Storm und wurde wieder ernst. »Will er wieder mit dir ausgehen?«

Morgan nickte. »Heute Abend schon. Als ich sagte, ich hätte mich vor Wochen entschieden, nicht zu dieser Spendensammelparty zu gehen, die Ken organisiert hat, fragte er mich, ob ich meine Meinung ändern und ihn begleiten würde. Und ich habe mich Ja sagen hören, noch ehe ich eine Chance hatte, es mir zu überlegen.« Sie schüttelte den Kopf. »Weißt du, für jemanden, der offiziell erst seit Kurzem in San Francisco ist, hat er wirklich überall Zugang.«

»Ganz offenbar ein Mann, der vorausdenkt.«

»Ja – und das macht mich ganz schön nervös.« Mit einem Seufzer rutschte Morgan vom Schreibtisch und ging zur Tür, blieb jedoch davor stehen und warf Storm einen etwas verwirrten Blick zu. »Es ist wirklich, als habe er zwei unterschiedliche Persönlichkeiten.«

»Und du hast zu einer von den beiden eine ambivalente Haltung?«

»Oh nein, das ist nicht das Problem.« Morgan klang sehr bestimmt. »Ich finde sie beide zu faszinierend für meinen Seelenfrieden. Was mich wirklich beunruhigt, ist, dass der, dem ich am meisten traue … der ist, der eine Skimaske trägt.«

»Das«, konstatierte Storm, »ist in der Tat hochinteressant.«

»Es ist zermürbend, das ist es.« Mit einem Seufzer fügte Morgan hinzu: »Ich muss gehen und mich um die Ausstellung kümmern. Bis später.«

Der restliche Vormittag verlief relativ ruhig, ohne unerwartete Probleme und nur mit einem kleinen Stau vor einem der Schaukästen, der sich aber rasch auflöste, nachdem der Besucherstrom auf einem geringfügig abweichenden Weg durch die Ausstellung geleitet wurde. Danach hatte Morgan nicht mehr viel zu tun, außer verfügbar zu sein und die eine oder andere Frage eines Besuchers zu beantworten.

Kurz vor Mittag ging sie zu ihrem Büro zurück, ließ ihr Klemmbrett dort und wollte eine lange Mittagspause einlegen, wie sie es Max versprochen hatte. Durch die offene Tür des Computerraums sah sie Wolfe mit Storm sprechen und blieb stehen.

»Hallo.« Sie musterte ihn mit gerunzelter Stirn. »Wolltest du mit mir über etwas reden? Gestern in der Eingangshalle hatte ich den Eindruck, du wolltest mir vielleicht etwas sagen.«

Wolfe schüttelte den Kopf. »Nein, ich wollte nur vorschlagen, dass wir noch ein paar ›Nicht berühren‹-Schilder an den Schaukästen anbringen, vor denen immer der meiste Andrang herrscht, aber mit deiner Maßnahme heute Morgen, die Besucher anders durch die Ausstellung zu leiten, gab es dort kein Gedränge mehr.«

Morgan nickte, doch ihr Blick wanderte von ihm zu Storm und wieder zurück. »Okay – und was gibt es sonst noch? Ihr seht beide ein bisschen grimmig drein.«

»Ich sehe nie grimmig drein«, wandte Storm ein. »Nur … besorgt.«

»Weshalb?«, fragte Morgan.

Es war Wolfe, der ihr antwortete. »Gerade hat Keane Tyler angerufen. Letzte Nacht wurden die Carstairs-Diamanten gestohlen.«

Morgan lehnte sich an den Türpfosten und verschränkte die Arme, den Blick wieder stirnrunzelnd auf Wolfe gerichtet. »Das ist ja furchtbar, aber warum hat er dich deshalb angerufen?«

»Er wollte uns einfach Bescheid sagen, und der Diebstahl wird nicht öffentlich bekannt gegeben, weil die Familie Carstairs das nicht will. Das Collier lag in einem Safe im Haus der Familie, aber das Sicherheitssystem war erstklassig, vielleicht sogar besser als das, das wir hier für die Ausstellung haben – und der Dieb hat es problemlos geknackt, ohne einen einzigen Alarm auszulösen. Im Garten um das Haus waren sogar Wachhunde im Einsatz, und auch die haben nicht im Geringsten angeschlagen.«

»Klingt das nicht irgendwie vertraut?«, murmelte Storm.

»Ihr glaubt doch nicht, dass es Quinn war?«, fragte Morgan bestürzt.

»Nein«, antwortete Wolfe sofort. Doch er sah sie nicht an, als er das sagte, und runzelte die Stirn.

»Wir wissen alle«, erklärte Storm in einem unvoreingenommenen Tonfall, »dass San Francisco voll von Einbrechern ist. Vor allem zurzeit. Nur weil dieser Typ ein erstklassiges Sicherheitssystem geknackt hat, heißt das noch lange nicht, dass es Quinn war.«

»Natürlich nicht«, stimmte Morgan zu, doch sogar in ihren eigenen Ohren klang ihre Bemerkung ziemlich hohl.

Jetzt sah Wolfe, immer noch stirnrunzelnd, sie an. »Ziehen wir keine voreiligen Schlüsse. Dieses Collier war seit Jahren ein begehrtes Diebesgut, und das Sicherheitssystem ist einige Monate alt – Zeit genug für einen cleveren Kopf, um an die Pläne heranzukommen und eine Schwachstelle zu finden.«

»Stimmt«, pflichtete Storm ihm bei.

Mit einem Blick auf sie beide sagte Morgan: »Ja. Okay, also, lasst es mich wissen, wenn Keane etwas herausbekommt. Ich habe mein Handy dabei, und in ein paar Stunden bin ich wieder hier.«

Wolfe setzte an, etwas zu sagen, doch Storm begegnete seinem Blick und schüttelte warnend den Kopf. Als sie mit ihm eine Minute später allein war, sagte er: »Ich wollte sie fragen, ob sie mit uns zu Mittag isst.«

»Ich weiß.« Storm lächelte ihm zu. »Sehr gute Idee, aber schlechtes Timing.« Sie deutete mit einem Nicken auf den Monitor, und als Wolfe einen Blick darauf warf, sah er, was sie meinte.

In der Eingangshalle wartete Quinn.

Morgan war so überrascht, als sie ihn sah, dass sie für einen Moment die beunruhigende Nachricht vergaß, die sie eben gehört hatte. »Was machst du denn hier? Es ist doch erst Mittag.«

Er stand da in schwarzer Hose und schwarzem Pullover, fast unheimlich einem Einbrecher ähnelnd, und grinste achselzuckend. »Ich konnte nicht schlafen, und da dachte ich, ich komme mal vorbei und sehe nach, ob ich dich zum Mittagessen ausführen kann.«

Nur einmal möchte ich imstande sein, Nein zu ihm zu sagen. Nur einmal.

»Sicher«, sagte sie.

Ein paar Minuten später saß Morgan in seinem kleinen Sportwagen, und nun fiel ihr Wolfes besorgniserregende Nachricht wieder ein. Sie wollte sich nicht zu dem leisen Zweifel bekennen, den sie gespürt hatte, konnte jedoch nicht umhin, sich Quinn zuzuwenden und sein Profil zu studieren, während sie in einem ganz bewusst ungezwungenen Plauderton zu sprechen begann.

»Schon mal was vom Carstairs-Collier gehört?«

Etwas gleichgültig erwiderte er: »Na ja, so wie ich vom Hope-Diamanten auch schon gehört habe; wie jeder andere eben. Wieso?«

»Es wurde letzte Nacht gestohlen.«

Er pfiff leise durch die Zähne, und seine Miene verriet lediglich ein schwaches Interesse. »Ich würde gern wissen, wer das fertiggebracht hat.«

»Es … du warst es nicht«, sagte sie und versuchte, es nicht wie eine Frage klingen zu lassen, wiewohl es natürlich eine war.

Quinn warf ihr einen kurzen Blick zu und konzentrierte sich dann wieder auf die Straße. »Nein. Ich war es nicht.«

Morgan hatte das untrügliche Gefühl, dass sie ihn verärgert hatte. »Ich musste aber fragen.«

»Ich weiß.«

»Tut mir leid.«

Er sah erneut zu ihr, dieses Mal mit einem schiefen Lächeln. »Wieso? Wir wissen beide, was ich bin. Es wäre dumm von dir, mich nicht zu verdächtigen, Morgana – und du bist alles andere als dumm.«

»Ich wünschte nur …«

»Was?«

»Na ja, ich wünschte, Nightshade würde endlich zuschlagen und diese Geschichte zu einem Ende bringen. Ich glaube, ich halte das nicht aus, noch die nächsten zwei Monate lang hinzuwarten.«

»Irgendwie bezweifle ich, dass er so lange warten wird. Er kann der Sammlung Bannister nicht widerstehen, glaube mir. Es würde mich sehr überraschen, wenn er auch nur zwei Wochen zuwarten würde, bis er einen Versuch unternimmt.«

»Intuition? Oder Erfahrung?«

»Ein wenig von beidem, denke ich.« Quinn warf ihr neuerlich ein rasches Lächeln zu. »Deshalb bin ich hier, erinnerst du dich? Um die Meinung eines Experten abzugeben. Einen Dieb mithilfe eines anderen Diebs fangen, was?«

Sie seufzte. »Wenn du nur nicht so erfreut klingen würdest, was diese ganze Geschichte anbelangt.«

»Keine Bange«, meinte er mit einem leisen Lachen. »Nach dem Essen wird es dir besser gehen.«

Morgan nickte und sah sich um im Versuch, herauszufinden, wohin er fuhr. »Tony's?«

»Dachte ich – es sei denn, du würdest lieber woanders …«

»Nein, ist schon gut. Alex?«

»Hmm?«

»In der Nacht, als wir uns kennenlernten – hast du einen Dolch aus dem Museum gestohlen.«

»Ja«, stimmte er gelassen zu.

»Ich muss wohl annehmen, du hast ihn nicht wieder zurückgebracht?«

»Nein.«

Er klingt leicht amüsiert, dachte Morgan und fragte sich, ob sie ihm wohl unglaublich naiv vorkam. Aber sie musste ihn fragen. »Und seither? Wenn du seither noch etwas gestohlen *hättest* … würdest du es mir sagen?«

Quinn fuhr in den Parkplatz vor Tony's Restaurant ein, als er ihr antwortete, und er klang sehr sachlich. »Nein, Morgana, ich würde es dir nicht sagen.« Er stellte den Wagen ab, verharrte jedoch einen Moment, bevor er den Zündschlüssel drehte, und musterte sie mit einem leichten Lächeln. »Hast du noch immer Lust, mit mir zu essen?«

Morgan blickte in seine leuchtenden grünen Augen und hörte sich mit einem Seufzer sagen: »Sicher.«

Sie war nicht überrascht. Quinn ebenso wenig.

Mistkerl.

Da Storm sich mit einem beunruhigten Anruf von Ken Dugan abgeben musste – der sich seit der Entdeckung im Keller verständlicherweise um die Sicherheit des Museums sorgte –, ergriff Wolfe die Gelegenheit, dort hinunterzugehen und sich nach dem Stand der Dinge bei der Spurensicherung zu erkundigen. Die Beamten des Erkennungsdienstes waren so unauffällig und anonym wie möglich ins Haus gekommen und arbeiteten mit der offiziellen Anordnung, den Museumsbetrieb und die Ausstellung möglichst nicht zu stören. Wolfe bezweifelte, dass irgendeiner der Besucher überhaupt etwas von ihnen mitbekommen hatte.

Er kam gerade, als Inspektorin Gillian Newman die Entfernung des Messers aus der Faust der Marmorstatue beaufsichtigte.

»Keane ist noch nicht zurück?«

»Unser Chef hat ihn zu den Carstairs geschickt«, erklärte sie. »Jetzt drehen bald alle durch, suchen nach Verbindungen zu diesem Museum oder der Ausstellung, und nachdem Keane in dieser Stadt der Experte für Diebstähle ist …«

»… wollen sie seine Meinung.«

»Genau.«

Wolfe sah mit sorgenvoller Miene zu, wie zwei der Männer das Messer aus der Faust der Statue nahmen. »Wissen wir sonst irgendetwas Neues über das hier?«

»Nicht viel mehr. An der Klinge ist Blut, das wissen wir, aber es wird eine Weile dauern, es mit dem der Toten zu vergleichen. Keine Fingerabdrücke am Griff, natürlich. Die Spurensicherung hat zwar etwas Marmorstaub gefunden, aber wer immer das getan hat, hat danach gründlich sauber gemacht.«

»Morgan hatte also recht, als sie sagte, die Statue sei unbeschädigt zur Lagerung hier heruntergebracht worden.«

»Den Museumsunterlagen zufolge ja. Sean, Spuren von einem Bohrer?«

Der Techniker, der auf einer Trittleiter stand und mit einer Taschenlampe und einer Lupe die Faust des Kriegers begutachtete, nickte. »Definitiv. Und Sägespuren da, wo das ursprüngliche Messer war.«

»Dann lag Morgan auch in diesem Punkt richtig«, kommentierte Wolfe.

»Sieht so aus. Er hatte wohl eine ganze Tasche voller Werkzeug dabei. Was meiner Ansicht nach dafür spricht, dass er hier unten niemanden ermordet hat. Er hat hier lediglich dieses Messer angebracht.«

»Wie kommen Sie darauf? Weil er vorbereitet kam?«

»Weil es Sinn ergibt. Er hatte etwas, das wie eine Mordwaffe aussieht, und er wollte sie präsentieren … und dabei möglichst kreativ vorgehen.«

Noch immer stirnrunzelnd meinte Wolfe: »Aber was ich nicht verstehe, ist, warum ausgerechnet hier? Die Polizei hatte keinen Grund, hier unten noch gründlicher zu suchen, das war einfach nicht zweckdienlich. Wenn Max nicht ein paar der Wachleute und mich gebeten hätte, uns hier umzusehen, wäre seine Aktion womöglich erst in Monaten entdeckt worden. Wenn überhaupt.«

»Es muss einen Grund dafür geben«, sagte Gillian. »Ein Teil des Puzzles, das wir noch nicht haben.«

»Sie meinen, noch eines?«

»Es ist ein Bild, das wir sehen sollen – früher oder später«, erklärte sie sachlich. »Ansonsten würden wir hier nicht so viele auffällige Hinweise finden. Wir folgen einer Spur.«

»Vielleicht hatte Morgan aber auch in noch einem Punkt recht. Vielleicht werden wir wirklich alle an der Nase herumgeführt.«

Früher hatte Morgan immer gefunden, dass Wohltätigkeitspartys entweder schön oder entsetzlich langweilig waren. Und da ihr einziger Sinn der war, Geld für eine gute Sache zusammenzubringen (in diesem Fall, einem Privatmuseum zu helfen, in dem in jüngster Vergangenheit eingebrochen worden war), ging es logischerweise immer darum, die Kosten gering zu halten. Folglich war das Essen meistens entsprechend fade und die Unterhaltung eher bescheiden als inspirierend. Wenn man einen angenehmen Abend haben wollte, dann musste man so ein Event also einfach als Erfolg betrachten.

Die heutige Party war von einigen Museumskuratoren organisiert worden – Herren, die nicht gerade für ihren Abenteuergeist oder ihre Begeisterung für Außergewöhnliches bekannt waren –, sodass die Wahl ihres Entertainments, gelinde gesagt, eigentümlich war.

»Es hat ein gewisses Etwas«, kommentierte Quinn und beugte sich dabei zu Morgan, damit sie ihn in dem Lärm, der den großen Saal erfüllte, hören konnte. Seine Miene war ernst.

Sie zuckte zusammen, als wieder einmal ein schriller Akkord der Band aufpeitschte, die ansonsten wohl eher in Bierzelten oder bei Grillpartys ihr Bestes gab. »Oh ja, es hat etwas. Es hat einen Beat, und man kann dazu tanzen. Aber bitte fordere mich nicht auf.«

Er kicherte. »Na ja, unsere Pflicht haben wir getan. Wir haben uns die Reden angehört, wir haben gegessen und wir haben uns intelligent mit unseren Tischnachbarn unterhalten.« Er blickte über ihren Tisch, an dem wie an allen anderen im Raum zwölf Personen Platz gefunden hatten – und der nun bis auf sie beide und ein völlig mit sich selbst beschäftigtes Pärchen auf der anderen Seite verwaist war.

»Von denen die meisten sich vor einer halben Stunde abgeseilt haben«, bemerkte Morgan und kniff die Augen zusammen, als der Drummer begann, enthusiastisch sein Können zu präsentieren.

Quinn beugte sich noch näher zu ihr. »Ich glaube, die haben alle das einzig Richtige getan«, sagte er, und sie spürte seinen warmen Atem an ihrem Hals. »Warum tun wir es ihnen nicht nach? Die Nacht ist wundervoll, und ich kenne ganz zufällig ungefähr zwei Blocks von hier ein Café. Was meinst du? Wir könnten dieses mysteriöse Hähnchengericht auf einem Spaziergang verdauen und ein bisschen frische Luft schnappen – und dann ganz gemütlich einen Kaffee trinken.«

Morgan war dankbar über diesen Vorschlag, wenngleich sie sich etwas schuldig fühlte, sich dem allgemeinen Aufbruch anzuschließen. »Ich sollte Ken suchen und ihm sagen, dass er gute Arbeit geleistet hat«, sagte sie zu Quinn.

»Das kannst du auch morgen im Museum machen«, schlug er vor. »Dann hast du noch Zeit, dafür eine wirklich ernste Miene einzuüben.«

Sie musste lachen, als sie aufstanden. »Ist dir denn gar nichts heilig?«

Quinn lotste sie durch das Durcheinander von zurückgeschobenen Stühlen und ein paar vereinzelte Paare, die unerklärlicherweise tanzten. »Was Benehmen und Moral anbetrifft, meinst du?«, fragte er. »Durchaus. Ich glaube einfach nur, dass wir alle vollkommen ehrlich mit uns sein sollten – vor allem, wenn man lügen muss, um zu anderen höflich zu sein.«

Auf dem Weg aus dem Hotel, in dem die Party stattgefunden

hatte, dachte Morgan über diese Aussage nach. Sie dachte über Lügen nach. Und sie fragte sich, welcher der beiden sie mehr belogen hatte – Alex oder Quinn.

Solange sie ihren Instinkten und Gefühlen folgte, zögerte sie nur wenig, Quinn zu vertrauen. Was Alexander Brandon anbetraf, war sie nicht so sicher – zum Teil, dachte sie, weil sie noch nicht ganz davon überzeugt war, dass er real war. Ein Psychologe hätte das zweifelsohne ebenso interessant gefunden wie Storm, aber die Wahrheit war, dass Quinn, nachdem sie jahrelang von ihm gehört und mehrere dramatische nächtliche Begegnungen mit ihm gehabt hatte, für sie der realste Mann war, den sie je getroffen hatte.

9

Du bist sehr still, Morgana. Stimmt etwas nicht?«

Sie blickte auf ihre leicht auf seinem Arm liegende Hand, atmete tief die klare Nachtluft ein und schaute dann nach vorn, während sie beide die Straße entlang zu dem Café spazierten. »Nein. Ich habe nur nachgedacht. Bist du immer ehrlich mit dir selbst, Alex?«

»Das muss jeder sein, der ... mit seiner Identität spielt.«

»Der mit seiner Identität spielt«, wiederholte sie. »Ist es das, was du tust?«

Er schwieg einen Augenblick und antwortete ihr dann in ungewöhnlich ernstem Ton. »Ich könnte sagen, als ich ein Junge war, konnte ich mich nie entscheiden, was ich einmal werden wollte – aber das entspräche nicht der Wahrheit. Wahr ist eher, dass ich schon damals über gewisse ... Talente verfügte, die für eine durchschnittliche Karriere nicht eben hilfreich waren.«

»Zum Beispiel?« Sie dachte, er würde jetzt etwas über das Aufbrechen von Schlössern oder das Verschwinden in finsterer Nacht erzählen, doch seine Antwort war wesentlich komplexer.

»Die Fähigkeit, mich neu zu erfinden, wann immer ich es musste. Die Fähigkeit, unter ... ungewöhnlichen Arten von Druck gut zu funktionieren. Die Fähigkeit, ganz und gar auf mich allein gestellt zu arbeiten – und eine gewisse Vorliebe dafür.« Er zuckte die Achseln. »Ich weiß nicht, was ich vielleicht alles getan hätte, aber im College hat ein Freund mich herausgefordert, eines Nachts etwas aus dem Haus des Dekans zu ... organisieren. Ich tat es. Und ich fand es toll.«

Morgan blickte verwundert zu ihm hoch. »Ein Streich im College ist von professionellem Einbruch Welten entfernt.«

Er lächelte. »Stimmt.«

»Gab es etwas, das diese Distanz … überbrückte? Etwas, das dir widerfahren ist, meine ich.«

»Eine Tragödie, die mich in ein Leben als Verbrecher gestürzt hätte?«

Morgan konnte nicht anders, sie musste lächeln. »So etwas habe ich schon einmal gesagt, stimmt's?«

»Ja. Und du hattest recht damit, daran zu zweifeln.« Inzwischen hatten sie das Café erreicht. Quinn blieb auf dem Gehsteig stehen und blickte mit einem leicht mitleidigen Lächeln zu Morgan. »Es war nichts dergleichen … nichts Romantisches oder Idealistisches, Schönes, keine Entscheidung, die mit einer hitzigen, schmerzhaften Emotion verbunden gewesen wäre. Sondern ein bewusster, sorgfältig überlegter, geflissentlicher Entschluss. Keine Entschuldigung. Keinerlei Bedauern.«

Mit einem tiefen Seufzer ließ Morgan seinen Arm los. »Ich brauche eine Tasse Kaffee.«

Sein Lächeln wurde noch schiefer. »Ich mache es dir nicht leicht, wie?«

»Nein. Aber du hast ja auch nie gesagt, dass du es mir leicht machen würdest.« Sie versuchte, es humorvoll klingen zu lassen.

Quinn blickte einen Moment lang auf ihr ihm zugewandtes Gesicht, dann beugte er sich zu ihr und küsste sie. Es war ein kurzer, aber kein flüchtiger Kuss, und Morgan wäre dahingeschmolzen, hätten nicht seine Hände auf ihren Schultern sie davon abgehalten. Als er ziemlich abrupt den Kopf wieder anhob, hatte sie den verschwommenen Eindruck, dass er etwas leicht Gemeines vor sich hinflüsterte, doch sie verstand ihn nicht.

Er drehte sie kurzerhand zur Tür hin und sagte: »Du hast es vielleicht nicht gemerkt, aber es ist schon fast elf.«

Morgan ließ sich von ihm manövrieren, doch sie hörte die verräterische Frustration in ihrer Stimme, als sie ihn fragte: »Kannst du nicht eine Nacht freinehmen?«

»Nicht heute – aber ich sehe mal, was ich in nächster Zeit tun kann.«

Sobald sie in dem gut gefüllten Café an einem kleinen Tisch Platz genommen hatten, überlegte Morgan unsicher, welchen Verlauf das Gespräch nun nehmen könnte, doch Quinn hatte das schon entschieden. Zu ihrer Überraschung wollte er über sie sprechen.

»Meine Familie?« Sie blickte ihn verwundert an. »Warum fragst du danach?«

»Das gehört einfach dazu«, meinte er in ernstem Ton. »Mir ist gerade klar geworden, dass ich praktisch nichts über deine Herkunft weiß.«

Also begann Morgan, noch immer ein wenig perplex, kurz ihr Leben zu skizzieren, das ihr immer ganz normal erschienen war: Eine Erziehung als Einzelkind in einer bürgerlichen Familie, der Tod ihrer Eltern bei einem Autounfall, als sie achtzehn Jahre alt war, und das bescheidene Erbe, das ihr den Besuch eines College ermöglicht hatte; archäologische Grabungen während der Sommermonate in unterschiedlichen Teilen der Erde und schließlich die Jobs, die sie über die Jahre gehabt hatte.

»Du bist seit langer Zeit allein«, bemerkte er.

Sie nickte. »Ich denke schon – sechs Jahre, seit dem College.« Und während sie ihren Blick auf ihm ruhen ließ, fügte sie versonnen hinzu: »Einmal war ich für kurze Zeit verlobt, im Sommer vor meinem Abschluss.«

»Was ist passiert?«

Morgan hatte darüber noch nie mit jemandem gesprochen, doch nun stellte sie fest, dass es ihr nicht schwerfiel, sondern sogar überraschend leicht. »Er hat auch Archäologie studiert, wir schienen sehr vieles gemeinsam zu haben. Zumindest dachte ich das. Aber es gab Warnzeichen – und die hätte ich beachten sollen.«

»Warnzeichen?«

»Mhm. Er hatte es gern, wenn ich mich auf eine bestimmte Art und Weise kleidete – eng anliegende Pullover zum Beispiel, und kurze Röcke. Seine Gedanken und Meinungen schienen wichtiger zu sein als meine. Er wollte wirklich nie über irgendetwas sprechen, das mir wichtig war – nicht einmal über Archäologie. Er sagte mir, ich solle die Haare hochgesteckt tragen oder mehr Augen-Make-up benutzen oder ein anderes Parfüm.«

Morgan schüttelte den Kopf und brachte ein Lächeln zustande. »Allmählich habe ich gemerkt, dass es für ihn gar keine Rolle spielte, wer ich war – nur, wie ich aussah. Und wie ich an seinem Arm wirkte. Er dachte, alle seine Freunde würden ihn beneiden, weil ich …«

»Weil du sexy aussahst?«, beendete Quinn den Satz für sie.

»Ich nehme es an. Ich wollte nicht wahrhaben, dass er so … oberflächlich war. Aber als wir im Herbst wieder an die Uni kamen, mussten wir alle einen IQ-Test machen.«

»Und du hast besser abgeschnitten als er?«, erriet Quinn.

Mit einem leichten Stirnrunzeln blickte Morgan, in Erinnerung versunken, auf ihre Kaffeetasse. »Ich hatte zwanzig Punkte mehr. Zuerst hat er es nicht geglaubt. Er sagte andauernd, jemand müsse den Test manipuliert haben. Schließlich verlor ich die Fassung und sagte ihm, dass ich schon bei einem früheren Test praktisch das gleiche Ergebnis erzielt hatte und dass es an den Tests nichts zu beanstanden gebe. Daraufhin … starrte er mich nur schockiert an. Seine Augen wanderten vollkommen ungläubig an mir herauf und herunter, und er brachte kein Wort heraus. Mir erging es ebenso. Ich gab ihm seinen Ring zurück und sagte Tschüs.«

»Morgana?«

Sie blickte ihn über den Tisch hinweg an.

»Jeder Mann, der dich ansieht und nicht die Intelligenz und Vitalität in deinen Augen bemerkt, ist entweder blind oder unglaublich dumm.« Plötzlich lag ein Lachen in seinem Blick. »Natürlich müsste er ebenso blind oder aber aus Stein sein, wenn ihm nicht auffallen würde, dass du in eng anliegenden Pullovern hervorragend aussiehst.«

Morgan musste lachen, doch sie antwortete ihm ernst, denn sie spürte, dass auch das, was er gesagt hatte, ernst gemeint war.

»Diese Erfahrung hat mich vorsichtig gemacht – aber nicht besonders verbittert. Das Aussehen eines Menschen wahrzunehmen ist schließlich etwas, das man nicht steuern kann, also kann ich die Leute kaum dafür tadeln, meines zu bemerken. Zum Problem wird die Sache offensichtlich erst dann, wenn die anderen nicht über das Aussehen hinauskommen.« Nach einer Pause fügte sie hinzu: »Aber du musst zugeben, dass sich bei mir … die innere und die äußere Frau mehr widersprechen als im Normalfall.«

Quinns Miene war nachdenklich. »Was erste Eindrücke anbelangt, mag das zutreffend sein. Aber glaube mir – das ist ein flüchtiger Augenblick. Sobald du zu sprechen beginnst, sind dein Kopf und deine Intelligenz sehr offenkundig.«

»Na, wenn du das sagst.«

»Ich bin sicher«, fuhr er lächelnd fort, »wenigstens ein paar der Männer, die du seit dem College kennengelernt hast, würden mir recht geben.«

»Ein paar, denke ich schon. Max zum Beispiel. Und Wolfe. Keiner von beiden hat mir je das Gefühl gegeben, nur so etwas wie Beiwerk zu sein.«

»Und ich? Habe ich dir jemals dieses Gefühl gegeben?«

»Nein.« Wehmütig fügte sie hinzu: »Keiner von euch beiden. Wenngleich Alex dem näher gekommen ist als Quinn. Der Don Juan hat gesessen.«

»Das tut mir leid. Falls es dir hilft, ich habe nur …«

»Eine Rolle gespielt?«

»Mehr oder weniger.«

»Ja, das habe ich verstanden. Tu uns beiden einen Gefallen und hör damit auf, ja?«

»Ich will sehen, was ich tun kann.«

Sie misstraute ihm, doch in den darauffolgenden Tagen stellte Morgan überrascht fest, dass Alex seine Don-Juan-Rolle offenbar tatsächlich abgelegt hatte. Er erschien jeden Tag im Museum, meist spätnachmittags, und irgendwie endete es immer damit, dass er sie zum Essen oder auf ein Glas Wein ausführte. Einmal gingen sie ins Kino. Er blieb ein angenehmer, amüsanter Begleiter – und ein perfekter Gentleman.

Die Frage war, was führte er im Schilde?

Erst spät am Freitagabend begann eine dunkle Ahnung in Morgan aufzusteigen. Ihr Zusammensein mit Alex hatte ein wenig früher als sonst geendet, weil er noch »ein paar Sachen zu erledigen« hatte. Deshalb war sie zu Hause und hing grübelnd ihren Gedanken nach.

Sie saß auf ihrer bequemen Couch, noch immer in dem Rock und dem Pullover, die sie zur Arbeit getragen hatte, aber ohne Schuhe und die Füße hochgezogen, und blickte finster auf den Fernseher, der ohne Ton lief. Und langsam, aber unerbittlich, überkam sie eine feine, unverfälschte Wut. Es fühlte sich wundervoll an. Ihr Kopf war klar, ihre Sinne scharf, und zum ersten Mal seit Tagen wusste sie, dass sie etwas direkt vor Augen hatte, das zu verbergen er sein Möglichstes getan hatte.

Mistkerl! Dieser lausige, verdorbene Nichtsnutz von einem Dieb hatte es wieder einmal fertiggebracht. Mit der perfekten Täuschung eines meisterhaften Magiers hatte er sie von der Realität einer Illusion überzeugt. *Alex* hatte sie so sehr fasziniert – und verführt –, dass sie den nächtlichen Aktivitäten von *Quinn* kaum mehr Beachtung geschenkt hatte.

Ja, sie hatte hin und wieder eine kleine Frage gestellt, doch wirklich überlegt hatte sie sich das Ganze nicht. Und das hätte sie besser tun sollen. Und zwar gründlich.

Es war typisch für Morgan, dass sie, wenn sie sich einmal ärgerte, nicht damit aufhörte, um darüber nachzudenken, was sie tun sollte. Stattdessen schlüpfte sie in ein Paar schwarze Sportschuhe, nahm ihre Handtasche und verließ die Wohnung, sogar ohne daran zu denken, den Fernseher auszuschalten.

Anstatt jedoch auf schnellstem Wege zum Museum zu hasten, überquerte sie die Straße, hielt sich im Schatten und bewegte sich in aller Heimlichkeit vorwärts. Den Riemen ihrer Handtasche schlang sie quer über den Oberkörper, damit sie beide Hände frei hatte, doch sie war so sehr darauf fixiert, Quinn zu finden, dass sie nicht einmal wie üblich eine Hand griffbereit an ihrem Pfefferspray liegen hatte.

Sich unbemerkt dem Museum zu nähern, war ein leichtes Spiel, aber dort angekommen, musste sie herausfinden, wo Quinn auf der Lauer lag. Ihre Kenntnisse als Archäologin und Leiterin der Ausstellung konnten ihr in Bezug auf mögliche gute Aussichtspunkte für Einbrecher natürlich absolut nicht weiterhelfen, sie konnte sich nur auf ihren gesunden Menschenverstand verlassen – und womöglich diesen »sechsten Sinn«, mit dem sie gelegentlich seine Präsenz erspürte.

Er war ganz sicher in der Nähe, das wusste sie. Denn sie spürte ihn tatsächlich. Seltsam vielleicht, aber wenn sie sich mehr konzentrierte, wurde dieses Gefühl schwerer fassbar. Der Trick, fand sie schnell heraus, bestand darin, sich zu entspannen und sich einfach nur zu fragen, wo Quinn war. Wenn sie das tat, wurde das Gespür für ihn stärker.

Er musste natürlich irgendwo möglichst weit oben sein, mit einem unverstellten Blick auf das Museum – allerdings nicht so hoch, dass er bei Bedarf nicht in aller Eile herunterkommen konnte, überlegte Morgan. Sie studierte die Gebäude um das Museum herum und verließ sich auf ihren sechsten Sinn. Da. Da war er. Es war ein Haus, das nur ein paar Stockwerke höher war als das Museum und weniger als einen halben Block davon entfernt.

Sobald sie das Gebäude erreicht hatte, erkannte sie, dass es vom Standpunkt des gesunden Menschenverstandes aus ein perfekter Beobachtungsposten war. Ein Wohnblock mit einer leicht erreichbaren Feuerleiter, der gerade renoviert wurde und derzeit offenbar leer stand.

Fünf Etagen. Morgan biss die Zähne zusammen, begann leise zu klettern und fluchte innerlich auf sich selbst, weil sie vergessen hatte, eine Taschenlampe mitzunehmen. Der Mond schien zwar, doch auf der Feuerleiter bewegte sie sich im Schatten des Gebäudes die meiste Zeit in völliger Dunkelheit. Was, so dachte sie später, der Hauptgrund dafür war, dass er sie so überrumpeln konnte.

Es ging so schnell, dass Morgan nicht einmal schreien konnte. Plötzlich wurde sie gepackt und gegen einen harten Körper gedrückt, ihre Arme wurden festgehalten, und ein unangenehm süßlich riechendes Tuch wurde ihr auf Mund und Nase gepresst. Sie versuchte, den Atem anzuhalten und sich freizukämpfen, und bekam noch halb mit, dass ihre schwere Tasche gegen das Eisen der Feuerleiter schlug mit einem Geräusch, das ihr unglaublich laut vorkam.

Inzwischen japste sie bereits nach Luft, ihre Fingernägel krallten sich in jeden Teil ihres Angreifers, den sie erreichen konnte, und ein plötzlich aufflammender Schmerz in einem Fußknöchel sagte ihr, dass sie gegen die Feuerleiter getreten hatte und dafür bestraft worden war. Dann übermannte sie ein Schwindel, und während ihre Kräfte nachzulassen begannen, war sie sich eines letzten, absolut wütenden Gedankens bewusst.

In all diesen Schauerromanen, erinnerte sie sich, ging die Heldin immer allein und unbewaffnet in die Nacht hinaus, weil sie einen verdächtigen Laut gehört oder eine Erkenntnis sie überkommen hatte. Und sie kam dabei nicht nur immer in Schwierigkeiten, nein, sie war unvermeidlich auch immer lediglich mit einem hauchdünnen Nachthemd oder etwas ähnlich Unbrauchbarem für eine Wanderung durch die Nacht bekleidet.

Morgan hatte über diese Heldinnen immer gespöttelt und sich gesagt, *sie* würde sich nie derart unvorbereitet in eine Gefahrensituation begeben. Und bislang hatte sie sich sagen können, dass ihre Bemühungen in dieser Hinsicht zumindest teilweise von Erfolg gekrönt waren. Schließlich war sie vor einiger Zeit, als sie (allein und praktisch unbewaffnet) Quinn aus der Hand dieser Diebesbande gerettet hatte, wenigstens vernünftig angezogen gewesen. Und dass sich dabei weder ihr Handy noch ihr Pfefferspray als hilfreich erwiesen hatten, das war schließlich nicht ihr Fehler gewesen.

Dieses Mal, überlegte sie gereizt, war sie jedoch nicht nur losgerannt, ohne irgendetwas zu ihrer Verteidigung mitzunehmen, sondern sie hatte nicht einmal genügend Verstand aufgebracht, wenigstens ihre Jeans anzuziehen.

Sie spürte den Körper ihres Angreifers hinter sich, beeindruckend hart, spürte die unbarmherzige Kraft eines Armes, der sie zu zerquetschen schien, und sie hatte den vagen Eindruck – eine so seltsame wie tröstende Gewissheit –, dass es nicht Quinn war, der ihr das antat. Dann setzte die Wirkung des Chloroforms ein, und als sie in seinen Armen zusammensackte, spürte sie noch, wie sich ihr Rock an den Schenkeln hinaufschob.

Verdammt, ich hätte mir die Jeans anziehen sollen …

Sie hörte Stimmen. Zwei, beide männlich. Sie kannte sie. Sie lag auf etwas sehr Hartem, das kalt und unbequem war, aber anscheinend war sie in eine Decke eingewickelt, und darin fühlte sie sich sonderbar sicher. Sie konnte weder die Augen öffnen noch sich sonst irgendwie bewegen, doch ihr Gehör funktionierte ausgezeichnet.

»Kommt sie wieder auf die Beine?«

»Ja, ich denke schon. Es war Chloroform; das Tuch lag auf der Feuerleiter neben ihr.«

»Was zum Teufel hat sie da oben gesucht?«

»Sie war schon ohnmächtig, als ich sie fand, deshalb konnte ich sie noch nicht fragen.«

»Also gut – dann versuchen wir es mal so. Was ist passiert?«

»Weißt du, ich kann auch nur raten. Vielleicht habe ich seinen Verdacht erregt, und er ist heute Nacht aufgekreuzt und hat nach mir gesucht – entweder, um mich zu beobachten, oder um mich loszuwerden. Er hatte das Chloroform dabei, und ich bezweifle, dass er das Zeug immer bei sich hat, wenn er auf Tour geht. Offensichtlich hatte er geplant, jemanden zu betäuben. Morgan muss ihn überrascht haben, als sie die Feuerleiter hochkam. Er konnte ihr nicht ausweichen, also musste er sie loswerden. Wenn ich nicht etwas gespürt – gehört – hätte und hinuntergeklettert wäre, um nachzusehen, hätte er vielleicht Zeit genug gehabt, die Sache zu beenden. Sie hatte verdammtes Glück, dass er sie nicht über das Geländer geworfen hat.«

»Schon gut, schon gut – beruhige dich.«

»Ich bin absolut ruhig«, erklärte Quinn in einem messerscharfen Ton.

Jared seufzte oder schnaufte irgendwie. »Ja. Okay, darüber reden wir später. Ich nehme an, ich bin hier, um dich abzulösen?«

»Wenn es dir nichts ausmacht.« Auch Quinn seufzte – wenngleich es bei ihm etwas rau klang. »Ich nehme an, dass heute Nacht nichts Großartiges mehr passiert, aber ich möchte das Museum trotzdem lieber nicht unbeobachtet lassen. Ich werde Morgan in ihre Wohnung zurückbringen und mich vergewissern, dass ihr nichts fehlt.«

»Kein Problem.«

»Danke.«

»Schon gut.« Mit einem Mal klang Jared amüsiert. »Wie willst du sie nach Hause schaffen?«

»Ich trage sie.«

»Fünf Stockwerke runter, vier Blocks weit und dann wieder drei Stockwerke hoch?«

»So schwer ist sie ja nicht«, erwiderte Quinn etwas geistesabwesend. Seine Stimme klang jetzt klarer, denn er kniete neben ihr.

An diesem Punkt hätte Morgan die Augen nicht mehr geöffnet, selbst wenn es ihr möglich gewesen wäre. Ganz und gar bei Bewusstsein, aber vollkommen kraftlos, spürte sie, wie sie aufgehoben und von Armen gehalten wurde, die sie sofort erkannte – einfach durch die Art, wie er sie anfasste. Sie hörte, wie ihr ein schwacher Laut entschlüpfte, der auf eine fast peinliche Weise sinnlich, ja geradezu urtümlich klang, und fragte sich unbehaglich, ob Jared es gehört hatte. Schlimm genug, falls Quinn es mitbekommen hatte …

Sie merkte, dass es nach unten ging, obwohl sie nichts hörte, und erkannte, dass Quinn sich selbst über eine Feuerleiter und mit ihr auf den Armen fast lautlos bewegen konnte. Es gab ihr ein sehr eigenartiges Gefühl, so ohne Anstrengung von ihm getragen zu werden, und das führte wahrscheinlich dazu, dass es gute fünf Minuten oder noch länger dauerte, bis sie sich von der Wirkung des Chloroforms erholt hatte.

Als Morgan es dann endlich schaffte, ihre schweren Lider zu öffnen, hatten sie die Feuerleiter bereits hinter sich gelassen, und Quinn schritt geradewegs den Gehsteig entlang. Mit aller Konzentration, derer sie fähig war, brachte sie es fertig, den Kopf von seiner Schulter abzuheben, und obwohl ihr schrecklich übel war, gelang es ihr, sich nicht zu übergeben.

»Ich – ich glaube, ich kann laufen«, stieß sie hervor, aber selbst in ihren eigenen Ohren klang es sehr schwach.

Quinn sah sie an, ohne stehen zu bleiben. Im Licht der Straßenlampen wirkte seine Miene vollkommen ausdruckslos, und seine Stimme klang ungewöhnlich dünn. »Das bezweifle ich. Dein rechter Knöchel hat ziemlich etwas abgekriegt.«

Da Morgan in eine Decke eingewickelt war, konnte sie ihre Füße nicht sehen. Sie versuchte, den rechten zu bewegen, und spürte sofort einen heftigen Schmerz. Ihr fiel wieder ein, dass sie sich beim Kampf mit ihrem Angreifer heftig an der Feuerleiter angeschlagen hatte.

Geschützt in Quinns Armen liegend, blickte sie auf sein Profil und wünschte sich sehnlichst, sie hätte sich nicht von ihrem Ärger hinreißen lassen und sich so leichtsinnig und überstürzt auf die Suche nach ihm gemacht. Teufel, ja, sie war mit vollem Recht wütend auf ihn gewesen, aber nun war *dies* passiert. Und wie er sie so nach Hause trug – ein kleines Häufchen Elend –, fühlte sie sich auf eine lächerliche Weise schuldig. Doch trotz dieser in ihr aufsteigenden Gefühle kam ihr dann ein Gedanke, der sie sich besser fühlen ließ.

Wenn sie *nicht* über diesen Kerl auf der Feuerleiter gestolpert wäre, wer immer das auch gewesen sein mochte, hätte der es vielleicht fertiggebracht, Quinn zu überwältigen – und ihn, den Einbrecher, hätte er womöglich nicht einfach nur betäubt.

… entweder, um mich zu beobachten, oder um mich loszuwerden.

Morgan zitterte und spürte, wie sich seine Arme fester um sie legten.

»Wir sind gleich da«, sagte er.

Sie legte den Kopf wieder an seine Schulter und schloss die Augen, weil ihr so übel war. Und offenbar war dies nicht die einzige Nachwirkung des Chloroforms, denn sie nickte auch wieder ein. Dieses Mal allerdings nur ein paar Minuten; als sie die Augen wieder öffnete, sperrte Quinn gerade ihre Wohnungstür auf. Irgendwann hatte er wohl die Schlüssel aus ihrer Handtasche geholt, dämmerte ihr.

Im Wohnzimmer legte er sie vorsichtig auf die Couch, aber dennoch hielt sie kurz den Atem an, als ihr verletzter Knöchel auf die Kissen zu liegen kam. Der Schmerz war nicht wirklich schlimm, aber er setzte abrupt jedes Mal dann ein, wenn sie versuchte, den Fuß zu bewegen, oder wenn der Knöchel irgendetwas berührte.

Quinn richtete sich auf und betrachtete sie. Seine Miene war noch immer eigenartig hart. Im dezenten Licht der Wohnzimmerbeleuchtung hielt er die grünen Augen halb geschlossen. Er trug sein Einbrecheroutfit, schwarz vom Scheitel bis zur Sohle, und als sie zu ihm aufblickte, warf er die Wohnungsschlüssel auf den Beistelltisch, öffnete dann seinen Werkzeuggürtel und legte ihn dazu.

Er blickte auf den Fernseher, der immer noch ohne Ton lief, schaute dann wieder zu ihr und sagte lediglich: »Ich hole etwas Eis für deinen Knöchel.«

Allein in ihrem stillen Wohnzimmer schaffte es Morgan, sich aus der Decke herauszuschälen, sodass sie die Arme frei bekam. Sie bemerkte, dass der Riemen ihrer Handtasche noch immer quer über ihren Oberkörper verlief. Mit Mühe nahm sie die Tasche ab. Dem Gewicht nach fehlten nur die Schlüssel. Ihr Angreifer hatte also offenbar nicht versucht, sie auszurauben. Morgan warf die Tasche auf das Tischchen. Sie landete auf Quinns Gürtel.

Ein Blick auf die Uhr ihres Videorecorders sagte ihr, dass es kurz nach ein Uhr war. Sie war überrascht. Wie konnte in so kurzer Zeit so viel geschehen?

In der Küche hörte sie Quinn die Eiswürfel aus der Form brechen. Morgan beugte sich vorsichtig nach vorn, öffnete die Decke um ihre Beine herum und zuckte beim Anblick ihres Knöchels zusammen. Sogar durch ihre etwas zerrissene Strumpfhose war die Schwellung und Verfärbung zu sehen. Als sie das Bein sehr vorsichtig bewegte, schoss ein heißer Schmerz hinein, aber zumindest konnte sie es bewegen, was bedeutete, dass nichts gebrochen war. Ihr Kopf war jetzt wieder klar, und ihr war auch nicht mehr schlecht; das war definitiv eine Erleichterung.

Quinn kam mit einem Eisbeutel und einem Kaffee aus der Küche zurück. »Du hast die Kaffeemaschine angelassen«, sagte er und reichte ihr die Tasse.

»Ich war wütend«, räumte sie ein und wich seinem Blick aus. Auch ihre Stimme hatte sie Gott sei Dank wieder gefunden. Sie hasste es, wie ein Schwächling zu klingen.

Ohne sofort auf ihre Worte einzugehen, legte Quinn erst einmal ihr verletztes Bein so auf eines der Kissen am anderen Ende der Couch, dass Fuß und Knie hochgelagert wurden. Dann platzierte er vorsichtig den Eisbeutel auf dem Knöchel und holte anschließend eine Tasse Kaffee für sich aus der Küche.

Als er zurückkam setzte er sich neben das Kissen an Morgans Schenkel, sodass sie einander in die Augen sahen. Er beugte sich etwas über ihre Beine, einen Ellbogen auf die Lehne der Couch gestemmt, und keilte Morgan so wie zufällig ein. Der Druck seiner Hüfte gegen ihr Bein lenkte sie von der himmlischen Erleichterung des Eisbeutels auf ihrem Knöchel ab, und sie fragte sich, mit welchem Zauber er bewirkt hatte, dass ihr Körper mit einem solchen Verlangen auf ihn reagierte.

Quinn nippte an seinem Kaffee, stellte die Tasse auf den

Tisch und fixierte Morgan. Dann fragte er sie in einem wohlüberlegten Ton: »Macht es dir etwas aus, mir zu sagen, was zum Teufel du heute Nacht da draußen wolltest? Und ist dir klar, wie nahe du an deinem Tod vorbeigeschrammt bist?«

»Das war nicht mein Plan.«

»Oh, du hattest einen Plan?«

»Sei nicht so sarkastisch, Alex – das passt nicht zu dir.«

»Und als ein armseliges Häufchen Elend auf einer Feuerleiter zu liegen, passt nicht zu dir.« Seine Stimme wurde rauer und härter. »Was hat dich dazu getrieben, Morgan? Was zum Teufel hattest du auf dieser Feuerleiter zu suchen?«

»Ich habe ganz offenbar dich gesucht. Ich kenne sonst niemanden, den man mitten in der Nacht auf dem Dach eines leer stehenden Gebäudes finden würde.«

Quinn ging auf ihren Versuch, selbstironisch zu sein, nicht ein. »Warum hast du mich gesucht?«

»Das habe ich dir gesagt. Weil ich wütend war.«

»Worauf?«

»Auf dich.«

Seine harte, unbewegliche Miene veränderte sich; er runzelte die Stirn. »Auf mich? Warum? Was habe ich getan?«

Morgan suchte Zuflucht bei ihrem Kaffee. Sie konnte sich nicht dahinter verstecken, doch zumindest gab ihr das einen Augenblick, um zu überlegen. Nicht, dass das geholfen hätte, denn als sie ihm antwortete, platzten ihr die Worte mit wenig Anmut und viel zu viel Kränkung heraus.

»Du hast gesagt, du würdest mich nicht mehr benutzen. Dass du mich an deiner Seite brauchen würdest. Weißt du das noch?«

Er betrachtete sie noch immer stirnrunzelnd. »Morgana, ich habe nicht versucht, dich zu benutzen.«

»Ach nein? Kannst du mir in die Augen sehen und mir sagen, dass du mich seit der Nacht auf Leos Party, als du dich mir als Alex Brandon offenbart hast, nicht ganz bewusst abgelenkt hast? Dass du die Person Alex – diesen charmanten, aufmerksamen Gentleman – nicht benutzt hast, um mich daran zu hindern, zu viel danach zu fragen, was Quinn Nacht für Nacht treibt?«

»Du redest, als sei ich wirklich zwei verschiedene Personen.« Sein Ton war eigenartig, fast zögerlich.

»Du sagst ja praktisch, dass du das bist«, gab sie prompt zurück. »Mit einer netten, sauberen Linie, die euch beide trennt. Nacht und Tag, schwarz und weiß, Quinn und Alex. Zwei völlig unterschiedliche Männer. Nur, dass es so einfach gar nicht ist. Du hast keine gespaltene Persönlichkeit, und du *bist nicht* zwei Männer – was du bist, ist einfach ein ziemlich genialer Schauspieler.« Genau davor hatte Max sie zu warnen versucht, erinnerte sich Morgan.

»Bin ich das?«

Sie nickte. »Oh ja. Ein begabter Schauspieler. Soll ich dir sagen, wie dein Gedankengang meiner Meinung nach verlief?«

»Nur zu.« Seine Stimme klang etwas sarkastisch.

»Ich saß heute Abend hier und habe darüber nachgedacht und versucht zu verstehen, was du tust – und schließlich habe ich es kapiert.«

Er wartete ab, schweigend und ausdruckslos, den Blick auf ihr Gesicht gerichtet.

»Ich glaube, als du den Entschluss gefasst hast, dich öffentlich zu zeigen, gab es ein kleines Problem, das du wirklich nicht eingeplant hattest. Mich.« Sie hielt seinem Blick stand, entschlossen zu sagen, was sie loswerden wollte. »Es *war* etwas zwischen uns, etwas, das du nicht ignorieren konntest, und du konntest auch nicht so tun, als würde es nicht existieren. Etwas Reales.«

Vielleicht hatte Quinn ihre versteckte Frage mitbekommen; jedenfalls nickte er und antwortete ernst: »Ja. Es war etwas.«

Morgan versuchte, ihre Erleichterung zu verbergen. Sie war sich fast sicher gewesen, dass er etwas für sie empfunden hatte. Fast. Ruhig fuhr sie fort: »Weil du wusstest, dass wir häufig zusammensein würden, hattest du Angst, ich könnte ein paar

Dinge herausbekommen, von denen du nicht willst, dass ich sie weiß. Aus welchem Grund auch immer.«

»Zu deinem eigenen Besten vielleicht?«, fragte er und sagte ihr damit mehr oder weniger, dass sie auf der richtigen Spur war.

»*Darüber* reden wir später«, erklärte sie, unbeirrbar beim Thema verharrend. »Der Punkt ist, du hast beschlossen, dass es eine gute Idee sein würde, mich abzulenken, damit ich nicht zu viel über den Part nachdenke, den Quinn nachts spielt.«

»Morgana ...«

»Warte. Die Verteidigung kann ihre Argumente nachher vorbringen.«

Er lächelte ein wenig und nickte.

Morgan seufzte. »Vielleicht siehst du es ja wirklich nicht so, dass du mich und meine Gefühle benutzt, aber genau das tust du. Ich weiß nicht, ob die Gründe eine Rolle spielen. Ich weiß nicht, ob deine Gründe gut genug sind, um dein Verhalten zu rechtfertigen. Ich weiß lediglich, dass du meine Gefühle benutzt hast, um zu verbergen, was du hier wirklich tust.«

10

Was ich *wirklich* tue?«

»Du hast einmal etwas gesagt – dass es bei dir Zeiten gibt, in denen du jeden belügen musst. Und jetzt ist so eine Zeit, glaube ich. All dies ist nicht annähernd so geradeheraus, wie du uns glauben machen möchtest, dieser clevere Plan, Nightshade zu fangen. Auf irgendeine Weise lügst du bei diesem Thema. Vielleicht belügst du Jared, wahrscheinlich Max und Wolfe – und ganz sicher mich.«

»Du glaubst, dass ich hinter der Sammlung her bin«, konterte er unumwunden.

»Nein.«

»Nein?«

Sie musste über seine Ungläubigkeit lächeln. »Nein. Trotz allem, einschließlich meines gesunden Menschenverstands, glaube ich nicht, dass du das bist. Ich kann nicht mit Sicherheit wissen, was du zu tun versuchst und wie du es versuchst – aber ich wette, dass dein letztendliches Ziel ist, Nightshade dingfest zu machen. Ich höre es aus deiner Stimme, jedes Mal, wenn du über ihn sprichst. Ich glaube, du willst ihn wirklich zur Strecke bringen, unbedingt. So sehr, dass du dich von nichts und niemand davon abbringen lassen willst.«

»Das ist es, was du glaubst?«

»Das ist, was ich *fühle*. Vielleicht denkt Interpol, du könntest Nightshade erwischen, aber das ist nicht der Grund, weshalb du hier bist. Du tanzt vielleicht nach ihrer Pfeife, aber nur aus deiner freien Entscheidung heraus. Und niemand zieht bei dir die Fäden, Alex. Niemand. Dies – dies alles, dieser ganze Plan mit der Falle, das war deine Idee, nicht wahr?«

Quinn starrte sie einen langen Augenblick lang an, atmete

dann tief ein und ließ die Luft langsam ausströmen. »Du denkst zu viel«, murmelte er, und dann fügte er mit einem Lächeln hinzu: »Und du denkst zu gut.«

»Also habe ich recht damit.«

Er zögerte und nickte dann kaum merklich. »Die Falle war meine Idee. Jared war nicht glücklich darüber, aber die Chance, Nightshade zu erwischen, konnte er nicht außer Acht lassen. Seine … Vorgesetzten bei Interpol wissen, dass wir es auf Nightshade abgesehen haben, aber nicht, wie wir ihn kriegen wollen.«

Das war eine echte Überraschung, und Morgan merkte, dass man es ihr ansah. »Das wissen sie nicht? Du meinst, all das ist inoffiziell?«

Quinn rieb sich mit einem gequälten Blick den Hals. »Morgana, Interpol stellt nun mal keine Fallen mit unbezahlbaren Ködern. Tatsache ist, dass wir, Jared und ich, wohl beide im Gefängnis landen würden, wenn herauskäme, was wir tun. Es sei denn, wir fassen ihn, natürlich. Denn wenn wir Erfolg haben, wird niemand außer jenen von uns, die direkt beteiligt sind, je erfahren, dass es eine Falle war.«

»Und Interpol hat sich bereit erklärt, euch so viel Freiheit einzuräumen, dich auf dieser Seite des Atlantiks laufen zu lassen mit nur einem … Betreuer, nennt man das wohl, der die Leine hält?«

»Sagen wir einfach … Jared hat auf seinen kleinen Bruder gesetzt. Seine Vorgesetzten glauben, wir sind hier, um Informationen zu sammeln, zu versuchen, Nightshade ausfindig zu machen, und einen Weg zu finden, ihn zu fassen. Jared hat die Verantwortung für mich.«

Morgan musterte ihn gedankenvoll. »Ich hatte den Eindruck, dass ihr beide kaum miteinander redet. Ich nehme an, diesen Eindruck habt ihr vorsätzlich erweckt?«

Quinn schaute anstandshalber etwas schuldbewusst drein. »Ich habe dir gesagt, dass vieles von dem, was ich tue, gespielt ist. Jared war verständlicherweise wütend, als er herausfand, wer Quinn wirklich ist, aber er ist ein Mann, der nach vorn blickt – nicht zurück. Er glaubt, ich kann meine Fehler wiedergutmachen, indem ich jetzt Interpol helfe. Und er ist bereit, dabei mitzuwirken. Im Übrigen ist er wirklich wütend auf mich – er hält mich für leichtsinnig und meint, ich würde zu viele Risiken eingehen.«

»Das siehst du natürlich ganz anders.«

»Sarkasmus passt auch nicht zu dir, Morgana.«

Sie blickte ihn stirnrunzelnd an. »Mmmm. Du warst es also, der Max dazu überredete, seine Sammlung tatsächlich aufs Spiel zu setzen.«

»Das war ich, ja.«

»Also, ich muss schon sagen, ich bin beeindruckt. Ich wusste, dass er für einen Freund etwas auf sich nimmt, aber du musst schon jemand ganz Besonderes für ihn sein.«

Er setzte eine beleidigte Miene auf. »Du glaubst das offenbar nicht?«

»Lass das. Du weißt genau, was ich meine.«

Quinn lächelte. »Ja, ich weiß. Und die Wahrheit ist ... Max und ich kennen uns schon seit ewig. Außerdem, als er erfuhr, was Nightshade alles auf dem Kerbholz hat, dachte er, es sei eine großartige Idee, den Bastard zu fangen.«

Morgan war noch immer skeptisch. Dass Quinn nun ehrlich mit ihr war, erschien ihr ziemlich sicher, doch das bedeutete nicht, dass er ihr alles gesagt hatte. Er besaß eine unheimliche Fähigkeit, gerade so weit mit der Wahrheit herauszurücken, dass alles sinnvoll klang, ohne etwas preiszugeben, das er nicht wirklich preisgeben wollte.

Ein beunruhigendes Talent – und es half Morgan nicht, ihn so zu verstehen, wie es für sie wichtig gewesen wäre. Das Problem war, dass sie nach wie vor herausfinden musste, was diesen Mann antrieb, was ihn zu dem machte, der er war. Jeder hatte schließlich eine Motivation, eine innere Kraft, die ihn durch das Leben führte und ihn Entscheidungen treffen und Chancen ergreifen ließ. Was war die seine? Sie glaubte, alles würde sich sinnvoll fügen, wenn sie nur dieses Geheimnis lösen konnte.

Langsam, nach der Antwort auf diese Frage forschend, sagte sie: »Ich glaube, ich habe schon einmal vermutet, dass du einen persönlichen Grund dafür hast, hinter Nightshade her zu sein – jetzt bin ich mir sicher. Und es ist nicht, weil er auf dich geschossen hat. Weshalb, Alex? Was hat er dir getan, um dich so entschlossen zu machen? Auf welche Weise hat sein Weg den deinen gekreuzt?«

Quinn sagte einen Moment lang kein Wort. Seine Miene war unbewegt, ohne jeglichen Ausdruck, und als er schließlich redete, klang seine Stimme leise und gequält. »Vor zwei Jahren hat Nightshade einen Menschen ermordet, der einfach nur aus Zufall zur falschen Zeit am falschen Ort war – etwas, das bei seinen Raubzügen nicht ungewöhnlich ist. Nur dass sein Opfer dieses Mal jemand war, der mir sehr viel bedeutete.«

Vom Fenster eines Gebäudes, das mehrere Stockwerke höher war als das Museum für Historische Kunst, studierte sie die Umgebung. Zuerst das Museum und dann das Haus nicht weit davon, von dem aus der Interpolagent beobachtete.

Keine gute Nacht, um herumzuschleichen, zumindest in dieser Gegend, dachte sie.

Hier waren wirklich eine ganze Menge Einbrecher unterwegs.

Und Bullen.

Quinn, dieser Mistkerl, hätte sie fast erwischt.

Stirnrunzelnd senkte sie das Fernglas. Die Zeit verging zu schnell für ihren Seelenfrieden. Und für ihr Bankkonto. Fast alles war am richtigen Platz, bislang funktionierte ihr Plan wirklich gut. Natürlich musste sie sich noch um ein paar Kleinigkeiten kümmern, bevor sie zum Zugriff bereit war.

Und dann war da noch er.

Quinn.

Nach dem heutigen Abend war sie mehr denn je davon überzeugt, dass Morgan West sein Schwachpunkt war, die Stelle, an der man ihn am leichtesten treffen konnte. Einerseits war das gut: Wenn seine Aufmerksamkeit hauptsächlich auf Morgan gerichtet war, würde er leichter einen Fehler machen – oder zumindest weniger aufpassen.

Sie konnte ihn lahmlegen, diese Zerstreutheit.

Andererseits blieb er wegen seines Interesses an Morgan an der Ausstellung dran und an jenen, die damit zu tun hatten. Er war Insider und wusste bestens, was vor sich ging.

Man musste ihn bewundern, diesen Mistkerl. Er hatte den Vogel abgeschossen und schlief auch noch mit ihr.

Was sie für einen unglücklichen Zwischenfall gehalten hatte – nämlich, Morgan auf dieser Feuerleiter anzutreffen –, hatte stattdessen etwas bestätigt, das sie sich schon vor Wochen gedacht hatte. Diese beiden konnten einander irgendwie spüren, und nach dem heutigen Abend war es fraglich, ob Quinn zulassen würde, dass Morgan sich noch einmal weit von ihm entfernte.

Gut. Das war sehr gut.

Je mehr er von seiner Arbeit abgelenkt war, desto besser für sie. Es war zwar etwas enttäuschend, gegen Quinn anzutreten, wenn er gerade nicht in Bestform war, aber dafür würden sich auch noch andere Gelegenheiten bieten.

Viele andere Gelegenheiten.

Sie trat von dem Fenster zurück und verstaute das Fernglas in ihrem Rucksack. Jetzt hatte sie erst einmal diesen Job zu erledigen, und alles, was das für sie leichter oder einfacher machte, war gut.

Sogar die Liebe.

Sie hörte sich lachen und war nicht überrascht.

»Wen hat er ermordet?«, fragte Morgan.

»Ihr Name war Joanne. Joanne Brent. Sie war auf einer Party in einem Privathaus in London und ging offenbar sehr spät in die Bibliothek des Gastgebers, um sich etwas zu lesen zu suchen. Dabei überraschte sie Nightshade bei der Arbeit – und er tötete sie. Und hinterließ auf ihrer Leiche eine verwelkte Rose.«

»Das ist ja entsetzlich«, murmelte Morgan.

»Ja.« Seine Stimme war wie versteinert. »Sie war zweiundzwanzig.«

Morgan erforschte seine so harten wie schönen Gesichtszüge und spürte plötzlich, wie quälend die Erinnerung für ihn war. »Du … du hast sie geliebt.« Es war keine Frage.

Er schüttelte ein wenig den Kopf, und die rigide Selbstkontrolle in seiner Miene ließ etwas nach. »Nicht so, wie du meinst. Ich hatte nie eine Schwester, aber Joanne war wie eine Schwester für mich. Bis ich hierher in die Staaten kam, um aufs College zu gehen, lebten wir in England nicht weit voneinander entfernt. Sie war noch ein Kind, als ich meinen Abschluss machte – acht Jahre jünger –, und danach bin ich ziemlich viel gereist, sodass wir uns nicht oft sahen. Als sie ermordet wurde, hatte ich sie fast ein halbes Jahr lang nicht gesehen.«

»Wusste sie, dass du Quinn bist?«

»Nein. Ich vertraute ihr, aber …«

Seinen Gedanken erratend, fragte Morgan: »Du hast es ihr nicht gesagt, weil sie sich sonst Sorgen gemacht hätte?«

»So in etwa.«

Morgan dachte einen Augenblick nach und nickte dann. »Ich muss dir nicht sagen, dass Rache häufig den Menschen mehr bestraft, der sie sucht, als den, gegen den sie gerichtet ist.«

Quinn lächelte, doch plötzlich waren seine Augen so hart und kalt wie Smaragde. »Ich will keine Rache, Morgana. Ich will Gerechtigkeit.«

»Welche Art von Gerechtigkeit?«

»Die beste. Ein Mann wie Nightshade verbringt sein Leben damit, schöne Dinge zu sammeln, von denen er die meisten im Verborgenen hält, damit nur er sie betrachten kann. Er sitzt inmitten seiner Schätze und weidet sich daran, dass er besitzt, was niemand hat außer ihm.« Er lächelte erneut. »Und deshalb nehme ich ihm das alles weg. Ich bringe ihn ins Gefängnis, wo er von nacktem Beton umgeben ist, und von Menschen, die für Schönheit kaum etwas übrighaben. Und ich werde verdammt nochmal dafür sorgen, dass er dort verrottet.«

Morgan zitterte unwillkürlich ein wenig, doch sie versuchte, die Situation etwas zu entspannen. »Du scheinst sehr entschlossen.«

Er musterte sie einen Moment, und dann verzog sich sein Mund zu einem Lächeln, das weitaus echter war. »Da hast du recht.«

Sie blickte auf die Tasse mit dem schon abkühlenden Kaffee, die sie mit beiden Händen umfasst hielt, und erwiderte dann erneut seinen Blick. »Dein Plan. Du hast beschlossen, Nightshade zu fassen, und hast die anderen – Jared, Max und Wolfe – überredet, mitzumachen.«

Nachdenklich sagte Quinn: »Ich glaube, Max hat Wolfe überzeugt. Was ihn anbelangt, war ich nie sehr gut. Wir hatten immer … Kommunikationsprobleme.«

»Er mag keine Diebe«, erinnerte ihn Morgan nüchtern.

»Das ist das Eine, natürlich. Und er ist ein bisschen borniert, wenn es um Menschen geht, die sich ab und zu etwas außerhalb der Legalität bewegen. Ich dachte immer, Max ist auch so, aber er hat mich überrascht.«

»Du bist ein gefährlicher Mann«, erklärte Morgan. »Du hast diese seltsame Fähigkeit, die ungeheuerlichsten Dinge zu sagen und sie vollkommen vernünftig klingen zu lassen.«

»Ein gewisses angeborenes Talent und eine ganze Menge Übung«, erwiderte Quinn ernst.

»Mhm. Das ist beileibe nicht dein einziges Talent. Du hast auch ein sehr unaufrichtiges Wesen. Beantwortest du mir eine Frage? Ehrlich?«

»Ich muss sie zuerst hören.«

»Okay. Interpol hat dich erwischt – wann? Im Lauf des letzten Jahres?«

»Ja. Das ist keine Frage, deretwegen ich lügen würde, Morgana.«

»Es ist auch nicht die Frage, die ich beantwortet haben will. Sondern diese: Sie haben dich erwischt, weil du dich erwischen lassen wolltest. Stimmt's?«

»Morgana ...«

»Du brauchtest die Möglichkeiten, die Interpol dir bietet. Dein vertrautes Territorium ist Europa, wo du alle deine Kontakte hast. Aber du hast erfahren, dass Nightshade wahrscheinlich von den Staaten aus operiert. Also brauchtest du ihre Hilfe, um ihn zu finden. Du musstest Teil einer internationalen Polizeibehörde werden, die legal bei US-Behörden um Information und Hilfe anfragen kann.«

»Und deshalb habe ich der Polizei erlaubt, mich zu fangen und möglicherweise wegzusperren? Morgana ...«

»Du hast es riskiert. Vorhin hast du gesagt, dass Jared auf seinen kleinen Bruder setzte, aber er war nicht der Einzige, der das tat. Du hast darauf gesetzt, dass du ihn überreden könntest, sich auf deine Seite zu stellen, dass es eine gute Idee sei, auf einen Dieb einen zweiten anzusetzen. Du hast darauf gesetzt, dass er imstande sein würde, seine Vorgesetzten zu überreden, dass es besser sein würde, dein Wissen und deine Talente zu nutzen, als dich einzusperren. Du hast deine Freiheit riskiert. Vielleicht sogar dein Leben.«

Er schwieg.

»Keine Frage, die du aufrichtig beantworten kannst?«

»Du denkst zu viel«, wiederholte er sich.

»Und zu gut? Du hast dich von ihnen erwischen lassen. Das war der erste Schritt in deinem Plan. In diesem Plan, dem Plan, Nightshade festzusetzen.«

Wieder atmete er tief ein und ließ die Luft langsam ausströmen. »Bei dir klingt das alles viel dramatischer, als es war.«

»Wirklich?«

»Ja.«

Morgan erwiderte nichts. Sie sagte nur: »Es muss jetzt schon fast zwei Uhr sein. Erwartet Jared dich heute Nacht noch zurück?«

»Wir haben beide Handys. Wenn er mich braucht, ruft er an.«

»Erwartet er dich heute Nacht noch zurück?«, wiederholte sie unbeirrt.

»Nein, wahrscheinlich nicht. Er weiß, dass ich mir Sorgen um dich mache, dass ich dich nicht allein lassen möchte.«

»Mit mir ist schon alles in Ordnung«, sagte sie ruhig.

»Ja. Trotzdem.«

Sie nickte; im Augenblick wollte sie nicht noch weiter fragen. »Okay. Mir täte jetzt eine heiße Dusche gut, um den Schmutz von dieser Feuerleiter und die Nachwirkungen des Chloroforms loszuwerden.«

Falls er zögerte, war es nur für einen kurzen Moment. »Dann mache ich inzwischen frischen Kaffee.« Er setzte ihre Tasse auf dem Beistelltischchen ab und stand auf. »Wie geht es deinem Knöchel?«

»Frag mich, wenn ich stehe.«

Quinn half ihr auf die Beine und stützte sie, bis klar war, dass der verletzte Knöchel ihr Gewicht tragen konnte, dann ließ er sie los – war jedoch bereit, sie jederzeit zu stützen.

Morgan humpelte zu ihrem Schlafzimmer und stellte erleichtert fest, dass der Schmerz bereits etwas nachgelassen hatte. »Bin in ein paar Minuten wieder da«, rief sie über die Schulter Quinn zu.

»Ich bin hier«, antwortete er.

Wenigstens das entsprach der Wahrheit, dachte sie.

Als Jareds Handy summte, stellte er etwas überrascht fest, dass es Keane Tyler war, der ihn anrief. »Ja?«, fragte er vorsichtig zurückhaltend.

»Noch spät bei der Arbeit, was?«

»Wie du auch. Was gibt cs?«

»Unsere Tote ist noch immer nicht identifiziert, aber das Labor hat bestätigt, dass das Blut an dem Messer aus dem Museumskeller von ihr stammt. Und der Bericht bestätigt, dass es die Mordwaffe ist. Keine wirklichen Überraschungen also.«

»Warum rufst du mich dann nachts um zwei an?«

»Weil der, der uns an der Nase herumführt, uns schon wieder einen Hinweis gegeben hat. Ich habe den Pathologen gebeten, die Tote noch gründlicher als sonst toxikologisch zu untersuchen. Und er hat etwas Unerwartetes gefunden: Eine kleine Menge Gift, die nach Eintritt des Todes unter die Haut eingespritzt wurde. Da sie bereits tot war, sollte sie das Gift ja offenbar nicht töten. Dazu hätte es ohnehin nicht ausgereicht.«

»Also ein Zeichen für uns.«

»Sieht so aus.«

»Was für ein Gift ist es?«

»Von einer Spinne. Einer Schwarzen Witwe.«

Als Morgan etwas mehr als eine halbe Stunde später ins Wohnzimmer zurückkam, fühlte sie sich körperlich bereits wesentlich besser. Sie hatte den Schmutz der Feuerleiter und die Erinnerung an das Chloroform abgewaschen, sich den Knöchel sorgfältig eingerieben (die Haut war unverletzt, aber sie hatte einen hässlichen Bluterguss) und über alles nachgedacht, was Quinn ihr in dieser Nacht erzählt hatte.

Doch die einzige, klägliche Gewissheit, die sie erlangt hatte, war, dass sie sich in einen extrem schwierigen Mann verliebt hatte, den sie womöglich nie ganz verstehen würde, selbst wenn sie ein Leben lang mit ihm zusammen sein sollte. Andererseits war er aber auch der faszinierendste und der rätselhafteste, der unerträglichste und der aufregendste Mann, den sie je kennengelernt hatte, und unglaublich sexy noch dazu.

Natürlich war nichts von all dem eine Offenbarung, ausgenommen die Tatsache, dass sie ihre Gefühle nun akzeptierte. Dieser Kampf war also vorüber. Welchen Sinn sollte es schließlich auch haben, sich über etwas aufzuregen, das ohnehin nicht zu ändern war? Sie war vielleicht die letzte Frau auf der Welt, die sich in einen berühmten Einbrecher verliebte, aber so war es nun einmal.

Und jetzt ging es darum, mit den Dingen, so wie sie waren, fertig zu werden.

Nach reiflicher Überlegung zog Morgan eine bequeme Trainingshose und ein weites Sweatshirt an und dazu ihre Hausschuhe – lachhaft flauschige Dinger. Kaum ein sexy Outfit also. Sie hatte nicht vor, sich ihm erneut an den Hals zu werfen, und vertraute darauf, dass er diese Botschaft verstehen würde.

Und natürlich tat er das.

»Wo hast du eigentlich die Decke herbekommen?«, fragte sie ihn gelassen, während sie wieder ins Wohnzimmer humpelte. Die Decke hing zusammengefaltet über einer Stuhllehne und fiel ihr ins Auge, als sie hereinkam.

Er saß auf der Couch, sah sich mit ziemlich bedrückter Miene einen alten Schwarzweißfilm im Fernsehen an und stand bei ihrem ersten Wort sofort auf. Sein Blick musterte sie vom Scheitel bis zur Sohle, und in seinen grünen Augen regte sich ein schwaches Leuchten.

»Jared brachte sie mit, als ich ihn anrief und bat, mich abzulösen«, antwortete er.

»Ah. Wollte ich nur wissen.«

»Geht es dir besser?«

»Wesentlich. Sieht man das nicht?«

»Fishing for Compliments, Morgana?«

»Neugierig.«

Er lächelte. »Ich verstehe, dass du dich das fragst. Aber ich denke, ich sollte dir sagen, dass du sogar in Sackleinen sexy aussehen würdest.«

Sie ließ sich auf das andere Ende der Couch sinken und sah ihn ausdruckslos an. »Ich habe mich immer gefragt, was das eigentlich ist. Sackleinen, meine ich.«

»Ein sehr rauer, grober Stoff.«

»Das dachte ich mir. Aber ich war mir nicht sicher. Hast du zufällig einen College-Abschluss in Modedesign?«

»Nein.«

Morgan wartete ab, und eine ihrer Brauen wanderte nach oben. Plötzlich musste Quinn lachen.

»Du wirst es vielleicht nicht glauben, aber ich habe Jura studiert.«

Im ersten Moment hätte Morgan fast gelacht, doch es gelang ihr, sich zu beherrschen. »Ah ja. Na, dann hast du zumindest die Gesetze, die du gebrochen hast, auch vollständig verstanden.«

»Ich hole den Kaffee«, bemerkte Quinn und verließ den Raum.

Morgan lächelte in sich hinein, dann suchte sie zwischen den Kissen auf der Couch nach der Fernbedienung und schaltete den Fernseher aus. Als Quinn mit dem frischen Kaffee zurückkam, reichte er ihr eine Tasse, und sie nippte vorsichtig daran. »Morgen bin ich zu nichts zu gebrauchen«, meinte sie, während er ein Stück von ihr entfernt wieder auf der Couch Platz nahm.

»Du meinst heute.« Mit einem Blick auf sie fuhr er fort: »Während du in der Dusche warst, habe ich mit Jared gesprochen und ihn gebeten, am Morgen die anderen zu verständigen. Sie werden also wahrscheinlich nicht von dir erwarten, pünktlich zu erscheinen. Wenn überhaupt.«

»Ich nehme an, sie müssen es alle wissen, hm?«

»Ich denke schon.« Quinn starrte in seine Kaffeetasse, als stünden darin die Geheimnisse des Universums geschrieben. »Wenn das Nightshade *war,* der dich betäubt hat, dann wird er entweder nervös oder misstrauisch – und beides könnte bedeuten, dass er wohl bald zuschlagen wird.«

Morgan hatte zwar noch einige Fragen – Dinge, die sie auf eine unklare, unbestimmte Weise beschäftigten –, doch sie entschied sich dafür, sie jetzt nicht an ihn zu richten: erstens, weil sie sich lieber auf ihre Beziehung konzentrieren wollte, und zweitens, weil sie das Gefühl hatte, dass er ihr mehr erzählen würde, wenn sie ihn nicht drängte.

Während ihr all dies durch den Kopf ging, beugte er sich vor, setzte seine Tasse auf dem Beistelltisch ab und wandte sich ihr halb zu.

»Morgana?«

Sie sah ihn an und bemerkte, dass er sehr ernst war.

»Ich habe nicht versucht, deine Gefühle auszunutzen, um dich abzulenken. Zumindest … nicht bewusst. Ich wollte nicht unbedingt, dass du danach fragst, was ich nachts alles treibe, ja, aber wir wissen beide, dass ich fähig bin zu lügen, wenn ich muss.«

»Also hättest du mich angelogen.«

»Ja«, erwiderte er, ohne zu zögern. »Wenn ich glauben würde, dass es etwas ist, das du nicht wissen musst, oder, schlimmer noch, das dich in Gefahr brächte, wenn du es wüsstest.« Er atmete tief durch. »Es erschien mir am sichersten, dich tagsüber beschäftigt zu halten, und da das absolut nicht schwierig war …«

»Es muss dich viel Schlaf gekostet haben. Jede Nacht Quinn zu sein und tagsüber Alex.«

»Ein wenig, aber mit so etwas werde ich fertig. Morgan, ich hoffe, du verstehst das. Es gibt Dinge, die ich dir lieber nicht erkläre – noch nicht, zumindest –, und ich wusste einfach, dass du, wenn du dich mit deinem scharfen Verstand darauf stürzt, was ich nachts mache, mehr herausfinden würdest, als meiner Meinung nach gut für dich ist.«

»Vielen Dank für das Kompliment«, erwiderte sie. »Aber ich habe das Gefühl, dein kleiner Plan ist ohnehin so verdreht, dass ich ihm noch nicht einmal mit einer Anleitung folgen könnte.«

Er lächelte zaghaft. »Vielleicht nicht. Ich glaube, ich habe selbst blindlings ein paar Haken geschlagen. Das passiert, wenn man ohne Vorwarnung improvisieren muss.«

»Ist es das, was du getan hast? Du hast improvisiert?«

»Wie du sagtest – ich hatte nicht mit dir gerechnet. Ich hatte nicht mit irgendwelchen … Ablenkungen gerechnet. Trotzdem dachte ich, ich würde mit der Situation fertig werden. Als ich dann, nachdem ich angeschossen wurde, zu dir kam – nicht aus der Vernunft oder aus einer Logik heraus, sondern nur … weil ich ein überwältigendes Bedürfnis hatte, bei dir zu sein –, wusste ich, dass ich ein Problem hatte. Und ich wusste, ich konnte nicht im Geringsten darauf hoffen, dich in einer sicheren Nische meines Lebens zu behalten – nicht einmal, um dich zu beschützen.«

Morgan widerstand dem Drang, ihn zu bitten, seine Gefühle für sie doch etwas näher zu definieren. Sie war entschlossen, ihn nicht dazu anzutreiben, etwas zu sagen, das er nicht von sich aus preisgeben wollte. »Mich zu beschützen wovor?«

»Vor all den Risiken, die mit dem, was ich tue, einhergehen.« Er klang frustriert. »Verdammt nochmal, Nightshade *tötet* Menschen, verstehst du das denn nicht? Er bringt skrupellos und ohne zu zögern jeden um, der ihm in die Quere kommt. Ich will nicht, dass *du* ihm in die Quere kommst, Morgana. Ich will nicht, dass ihm auch nur die Idee kommt, dass du ein Problem sein könntest. Es ist schlimm genug, dass du in der Öffentlichkeit mit mir in Verbindung gebracht wirst. Je näher du mir bist, desto näher bist du auch ihm – er hat dich im Blickfeld, und seine Aufmerksamkeit ist auf dich gelenkt. Außerdem, wenn man bedenkt, wie oft du schon in gefährliche Situationen gekommen bist …«

»Nur das eine Mal, als ich diesen Typen folgte, die dich in ihrer Gewalt hatten«, widersprach sie. »Das erste Mal kannst du nicht mitzählen, denn ich war rein zufällig im Museum. Peter hatte mich völlig arglos dorthin mitgenommen.« Dann runzelte sie die Stirn. »Na ja, völlig arglos vielleicht nicht – aber du weißt schon, was ich meine.«

»Und was ist mit heute Nacht?«

»Das war noch nicht passiert, also benutze das nicht als Rechtfertigung.«

Er brachte einen Ton heraus, der fast nach einem Lachen klang, obwohl er eher nahe an der Verzweiflung war.

»Also gut, aber trotzdem ist es doch mehr als offensichtlich, dass du dir mit deiner Impulsivität leicht selbst schadest. Und ich kann mich ja wohl kaum auf *meinen* gesunden Menschenverstand verlassen, wenn du beteiligt bist. Ich wusste ja, dass ich nicht fähig sein würde, mich von dir fernzuhalten. Dich als Alex Brandon in der Öffentlichkeit zu sehen, war also der beste Weg. Aber das bedeutete, Nightshade musste wissen, dass ich mich für dich interessiere, und dass er das wusste, war schon Risiko genug. Ich wollte nicht, dass du mit meinen – meinen nächtlichen Aktivitäten in Berührung kommst. Deshalb dachte ich, am Tag Alex und offen interessiert an dir zu sein, würde sowohl dich für Nightshade unbedrohlich machen, als auch dich davon ablenken, was ich nachts treibe.«

Morgan blinzelte. Mehrere der Punkte, die er jetzt genannt hatte, beschäftigten sie, doch an vorderster Stelle in ihren Gedanken stand eine Erkenntnis. »Warte mal. Soll das heißen, du hast nur meinetwegen deine Anonymität aufgegeben? Das war nicht Teil deines Plans, Nightshade zu finden?«

»Ich hatte Nightshade bereits gefunden«, räumte er widerstrebend ein. »Und sag das um Gottes willen nicht Jared – er würde mich erschießen.«

Sie fühlte sich etwas benommen. »Du hattest Nightshade bereits gefunden. Und Alex zu sein, hilft nicht dabei, ihn in die Falle zu locken?«

»Tatsächlich war Alex einer der improvisierten Haken, die ich vorhin ansprach – und das hat die Situation komplizierter gemacht, als ich es beschreiben möchte.«

Morgan starrte ihn fassungslos an und meinte dann fast beiläufig: »Also weißt du, wenn ich herausfinde, dass du nicht wirklich Alex heißt, dann …«

Er wartete nicht ab, um zu hören, was sie tun würde. »Ich gebe dir mein Ehrenwort, dass meine Mutter mich Alexander genannt hat. Zufrieden?«

»In diesem Punkt, ja. Aber der ganze Rest verwirrt mich noch sehr«, gab sie zu. »Und ich habe das komische Gefühl, dass du mich schon wieder abgelenkt hast.«

Ernst bemerkte er: »Wenn wir miteinander sprechen, handeln wir immer gleich ziemlich viele Punkte ab, meinst du nicht auch?«

»Sieht so aus. Aber wir kommen auch immer wieder auf eines zurück. Das, was zwischen uns ist.«

»Morgan, wenn du in der Öffentlichkeit weiterhin zurückhaltend sein willst ...«

»Nein, ich meine nichts, was die Öffentlichkeit betrifft. Ich rede von uns privat. Von dem, was zwischen uns ist. Davon, weshalb du abgelenkt und zerstreut bist, und ich auch. Ich spreche von dem heißen Brei, um den wir ständig herumreden. Was sollen wir diesbezüglich unternehmen, Alex?«

Er grübelte einen Moment und antwortete dann langsam: »Das wäre keine gute Idee, das weißt du. Ohne Vertrauen zwischen zwei Liebenden ...«

Sie konnte es kaum fassen. »Vertrauen? Alex, denk erst mal eine Minute nach. Ich bin eine vernünftige, rationale, gesetzestreue Frau, die sich noch nicht einmal um Parkgebühren herumgedrückt hat – bis ich dich traf. Und was geschah in der Nacht, in der wir uns kennenlernten? Ich belog die Polizei und sagte ihnen nicht, dass du diesen Dolch gestohlen hast. Und was geschah in der Nacht, als diese Bande dich schnappte? Ich habe nicht nur Kopf und Kragen riskiert, um dir zu helfen, sondern dann verriet ich mehr oder weniger auch noch Max, meinen guten Freund und meinen Chef, indem ich dich warnte, dass die Ausstellung *Geheimnisse der Vergangenheit* eine Falle ist – zumindest dachte ich das. Und ich habe auch nicht die Polizei geholt, als du blutend bei mir auf dem Boden lagst. Sagen dir all diese Dinge nicht irgendetwas? Oder zum Beispiel auch, dass es mir offenbar an einem gewissen Beurteilungsvermögen mangelt, wenn es um dich geht?«

Seine Augen waren noch etwas lebhafter als sonst, und seine

Lippen verformten sich zu einem angedeuteten Lächeln. »Aber vertraust du mir?«

Mit einem tiefen Seufzer gab Morgan ihren letzten Rest an Würde preis. »Ich liebe dich, das wird ja wohl reichen.«

Befriedigt stellte sie fest, ihn zumindest überrascht zu haben. Mehr konnte sie in seiner plötzlich unbewegten Miene und seinen leuchtenden Augen jedoch nicht erkennen.

»Sag das noch mal«, murmelte er.

»Ich liebe dich.« Sie sagte es ruhig und ohne großes Pathos, aber mit äußerster Gewissheit. »Das weiß ich schon seit Wochen.«

11

Es ist gefährlich, mich zu lieben«, sagte er.

»Glaubst du, das spielt eine Rolle?«

»Morgana, ich will nicht, dass du am Ende irgendetwas bedauerst.«

»Das werde ich nicht. Ich verspreche es dir, Alex, das werde ich nicht.«

Quinn beugte sich langsam vor, nahm sie in die Arme, zog sie an sich, und sein warmer, harter Mund fand ihre Lippen. Morgan gab einen leisen Laut von sich, ganz ähnlich dem, als er sie hochgehoben hatte, und ihre Arme schlangen sich begierig um seinen Nacken. Sie konnte ihre spontane, heißblütige Reaktion auf ihn ebenso wenig zügeln, wie sie ihren immer schneller werdenden Herzschlag verlangsamen konnte.

Ihr Körper schien auf ihn, auf seine Berührung, eingestimmt zu sein. Noch nie hatte sie etwas Vergleichbares gefühlt. Dies war nicht einfach nur Leidenschaft. Was er in ihr entflammte, war eine Sehnsucht so elementar und absolut wie das Bedürfnis ihres Körpers nach Nahrung. Sie hatte das undeutliche Gefühl, dass sie ohne ihn emotional verhungern würde.

Schließlich hob er den Kopf und blickte sie an mit Augen, die so dunkel waren, dass von ihrem Grün nur mehr wenig zu sehen war. »Ich habe mir geschworen«, sagte er mit belegter Stimme, »dass ich nichts … Unwiderrufliches zwischen uns geschehen lassen will, bis ich absolut ehrlich mit dir sein kann. Bis du die Wahrheit erfahren kannst, die ganze Wahrheit. Morgana …«

Sie zog ihn an seinem dichten, goldenen Haar zu sich, küsste ihn und murmelte an seinem Mund: »Alex, ich will dich – und das ist die einzige Wahrheit, die für mich im Moment etwas zählt.«

Quinn zögerte noch einen weiteren Moment, sein ganzer Körper war angespannt, doch dann entwich ihm ein rauer, kehliger Laut, und er küsste sie begierig. Seine Hände wanderten über ihren Rücken, erforschten ihren Körper durch das Sweatshirt, und seine Zungenspitze glitt über die sensible Innenseite ihrer Lippen. Morgan hörte, wie sie erneut ein urtümliches Wimmern von sich gab, wortlos, doch voll von drängendem Verlangen, und dann spielten alle ihre Sinne verrückt.

Wie schon zuvor war das unbändige Bedürfnis, das sie nach ihm empfand, einfach unwiderstehlich – doch dieses Mal merkte sie, dass er mit jeder Faser seines Körpers ebenso beteiligt war wie sie. Er hielt sich nicht zurück, war nicht distanziert und versuchte auch nicht, sie abzulenken. Und er musste erst gar nicht versuchen, sie für sich zu gewinnen.

Morgan hatte nicht damit gerechnet, dass dies heute Nacht geschah, und sie spürte nur ein einziges Zögern – sie wollte, dass er sie nicht wieder verlassen würde wie schon einmal. »Bleib bei mir«, drängte sie ihn fast verzweifelt, als seine Lippen über ihre Wange und ihr Kinn entlang streiften. »Bleib heute Nacht bei mir.«

»Bist du sicher, meine Süße?«, fragte er heiser und zog sich nur so weit von ihr zurück, dass sie ihn ansehen konnte. Sein schönes Gesicht wirkte angestrengt, in seinen Zügen stand sein Verlangen. »Ich bin auf so etwas nicht vorbereitet.«

Sie verstand, was er meinte, aber da sie, wenn es um ihn ging, ohnehin nie sachlich sein konnte, sah Morgan keinen Grund, jetzt zu versuchen, es anders zu machen. »Ich bin sicher. Ich will, dass du bleibst.«

Noch einmal blickte Quinn sie prüfend an, dann küsste er sie wieder, dieses Mal noch heftiger, fast, als sei dies allein schon ein Akt der Inbesitznahme. Und wieder spielten ihre Sinne verrückt, sie rang nach Atem und spürte die fieberhafte Hitze ihres Begehrens in sich aufsteigen, bis sie an gar nichts mehr dachte als daran, was er in ihr auslöste. Dann hob er sie auf seine Arme, und sie bemerkte, dass er sie mit der gleichen Leichtigkeit trug wie schon zuvor.

Da er mehrere Tage hier verbracht hatte und ihre Wohnung kannte, fand er den Weg in ihr Schlafzimmer blind. Sie blickte etwas benommen zu ihm auf, als er sie neben dem Bett auf die Füße stellte.

Er umschloss ihr Gesicht mit beiden Händen und betrachtete sie mit einer eigenartigen Intensität und Anspannung, als wollte er sich ihre Züge einprägen. »In dieser ersten Nacht im Museum«, murmelte er, »als du mich mit deinen Katzenaugen ansahst und so empört darüber warst, dich in der Gesellschaft eines Diebes zu befinden, da wusste ich bereits, dass dies passieren würde. Sogar damals wusste ich es schon.«

Morgan brachte ein Lächeln zustande. »Ich wusste nur, dass ich mich unheimlich über dich ärgerte. Und wie leer dieser Raum schien, als du weg warst.«

Sein Daumen streichelte rhythmisch über ihre Unterlippe. »Ich habe mich in dieser Nacht nicht weit von dir entfernt. Ich schaute zu, wie die Polizei kam, und als sie dich hierher zurückbrachten, folgte ich ihnen.«

»Wirklich?«

»Mhm. Und danach war ich ein paar Mal tagsüber im Museum. Um dich zu sehen.«

»Bevor ich wusste, wie du aussiehst … aber ich hatte dieses Gefühl, dass du irgendwie präsent warst.«

»Auch etwas, womit ich nicht gerechnet hatte. Diese Verbindung zwischen uns.«

»Was heute Nacht auf der Feuerleiter passiert ist – du hast nichts gehört, was dich aufmerksam gemacht hätte, nicht wahr? Du hast es gespürt.«

»Du warst in Gefahr«, murmelte er. »Jemand versuchte, dir etwas anzutun. Das habe ich gespürt.«

Morgan versuchte, ihren Atem zu beruhigen. »Glaubst du an Schicksal, Alex?«

»Jetzt schon«, antwortete er, und sein Mund verschloss heftig den ihren. Das aufgestaute Verlangen von Wochen loderte in ihm auf.

In ihr.

Blind schob sie seinen Pullover hoch, denn sie musste seine Haut berühren, öffnete halb die Augen, als er sie gerade lange genug losließ, um den Pullover abzustreifen und beiseite zu werfen. Ihr Blick wanderte sofort zu seiner linken Schulter, ihre Finger befühlten zärtlich die Narbe dort. Er hatte recht gehabt, die Wunde war rasch verheilt. Kaum zu glauben, dass ihn erst vor ein paar Wochen eine Kugel dort getroffen hatte.

Doch die Narbe *war* eine Erinnerung, ein Zeichen dafür, wie gefährlich es war, was er tat. Hatte er noch mehr Narben, andere bleibende Erinnerungen an Gewalt und Risiko an seinem Körper? In seiner Seele?

»Morgan?«

Sie blickte zu ihm auf, wissend, dass er ihr kurzes Zögern spürte und auch den Grund dafür verstand. Genauso, wie er es verstehen würde, wenn sie hier und jetzt aufgehört hätte.

Sie legte die Arme um seinen Nacken und drückte seinen Körper an ihren. »Worauf wartest du?«, murmelte sie.

»Auf dich. Ich habe immer schon auf dich gewartet.« Seine Arme umschlossen sie, und als sein Mund wieder auf den ihren traf, löste sich der Moment des Innehaltens in nichts auf, als habe es ihn nie gegeben.

Morgan gab einen leisen, verstimmten Laut von sich, als er sie ein wenig anrempelte, während er sie beide unter die Decken bugsierte, aber sie öffnete nicht die Augen, auch nicht, als er kicherte. Sie fühlte sich völlig entspannt und befriedigt, und als er sie dicht an sich zog, sobald sie zugedeckt waren, legte sie mit einem seligen Seufzer den Kopf auf seine Schulter.

»Morgana?«

»Hmm?«

»Hast du mir verziehen?«

Sie wollte die Augen noch immer nicht öffnen, aber sie war hellwach, wenngleich die Dämmerung nicht mehr in weiter Ferne war. Nach einer Weile antwortete sie: »Sag es nicht weiter, aber ich kann einfach nicht lange wütend auf dich sein, egal, was du tust.«

Seine Umarmung wurde fester, und eine Hand begann, sanft über ihr Haar zu streichen. »Ich weiß, dass du nicht mehr wütend bist – aber hast du mir verziehen?«

Sie hob den Kopf an und blickte zu ihm nieder. Sie merkte, dass er es ernst meinte. Sie stützte sich auf einen Ellbogen auf, um ihn besser zu sehen, und antwortete ihm mit derselben Ernsthaftigkeit. »Ich habe dir verziehen. Aber mach das nie wieder mit mir, Alex. Ich glaube, ich halte es besser aus, belogen zu werden als manipuliert.«

Er spielte noch immer mit ihrem Haar, und auf seiner Stirn erschienen kleine Runzeln. »Ich will dich nicht belügen«, sagte er leise.

»Nein – aber du bist noch nicht bereit, mir die ganze Wahrheit zu sagen.« Sie lächelte etwas gequält.

»Ich habe meine Gründe, Liebes. Und ich glaube, es sind gute Gründe. Kannst du das akzeptieren?«

Sie zögerte. »Ich möchte es. Aber es macht mich wahnsinnig, wenn ich mir vor Augen halte, wie viele Lügen du mir aufgetischt hast. Kannst du mir wenigstens versprechen, dass du mir irgendwann einmal die Wahrheit sagen wirst?«

Quinn nickte sofort. »Sobald die Falle zugeschnappt ist, ich schwöre es dir, sage ich dir alles.«

»Dann akzeptiere ich das.« Sie versuchte, unbeschwert zu klingen. »Aber … du lügst nicht, wenn es um uns geht, okay? Ich will keine falschen Liebesschwüre, Alex.«

Seine Hand glitt in ihren Nacken, und er zog sie zu sich und küsste sie langsam. »Keine Liebesschwüre«, murmelte er.

Morgan hatte geglaubt, erschöpft zu sein, doch als sich sein warmer Mund auf ihren legte, spürte sie neue Kraft – und neues Verlangen. Und auch Quinn schien plötzlich wieder hellwach zu sein. Seine Küsse wurden fordernder, und er presste sie auf die Kissen und schob die Decken zurück, damit er sie sehen konnte.

Trotz allem, was zuvor gewesen war, fühlte sich Morgan im ersten Moment ein wenig befangen. Die Art und Weise, wie er sie ansah, so direkt und aufmerksam, war irritierend. Aber dann drückte er ihr einen sanften Kuss auf den Bauch, und einen zweiten und noch einen in einer langsamen Linie nach oben zu ihren Brüsten, und seine Liebkosungen verschmolzen mit dem sinnlichen Vibrieren seiner Worte.

»Keine Liebesschwüre – nur die Wahrheit. Hast du eine Vorstellung davon, was du mit mir anstellst? Was du mit mir gemacht hast seit der Nacht, als ich nach dir griff und dich an mich zog? Seither hat es keinen Tag mehr gegeben, an dem ich nicht an dich gedacht habe, und die Nächte … die Nächte. Davor sind mir die Nächte nie lang vorgekommen, aber jetzt sind sie es. Jetzt sind sie lang und kalt.«

»Sogar diese?«, fragte sie mit belegter Stimme.

»Nein.« Er blickte zu ihr hinab, seine Augen verdunkelten sich. »Nicht diese.«

Morgan hatte keine Ahnung gehabt, dass sie zu so etwas überhaupt fähig war, aber sie kam so schnell zum Höhepunkt, als würde sie sich einer elementaren Kraft hingeben. Er war in ihr, er füllte sie aus, und ihr neu erwachter Körper reagierte wie elektrisiert.

»Du bist schön«, murmelte er mit rauer Stimme, den Blick aus zusammengekniffenen Augen auf ihr angespanntes Gesicht gerichtet. »Vor allem so wie jetzt, wenn du so lebendig bist und wenn du mich begehrst.«

Sie hätte darauf nichts erwidern können, und wenn es um ihr Leben gegangen wäre. Die sich windende Spannung in ihr hielt sie in einem Zustand der Glückseligkeit, der so heftig war, dass es an Schmerz grenzte; sie konnte nicht einmal genug Atem schöpfen, um zu stöhnen.

Quinns Augen wurden noch schmaler, als er sich langsam,

quälend langsam zu regen begann. Aus kleinen, wellenförmigen Bewegungen wurden tiefe, ausholende Stöße, und irgendwann konnte sich Morgan nicht mehr zurückhalten. Es fühlte sich an, als würde jede ihrer Nervenenden in rhythmischen Wogen der Lust aufbranden. Sein Mund fing ihren wilden Schrei auf, als er sie ungestüm küsste.

Auf dem Höhepunkt seiner Lust erschauderte sein mächtiger Körper, und ein rauer Laut drang über seine Lippen. Und dieses Mal, befriedigt und bis zum Äußersten verausgabt, schliefen sie beide ein.

Der Himmel verfärbte sich gerade hellgrau, als Quinn, darauf bedacht, Morgan nicht zu wecken, aus dem Bett glitt und ans Schlafzimmerfenster trat. Wie sie bemerkt hatte, war er daran gewöhnt, nachts zu arbeiten – mittlerweile so sehr, dass es für ihn schwierig war, bei Dunkelheit zu schlafen.

Wenn das noch lange so weiterging, dann würde er sich noch in einen Vampir verwandeln, dachte er ironisch.

Er stand am Fenster, schaute hinaus auf die stille Straße vor dem Haus und war sich dabei des leisen Atems der Frau in dem Bett hinter ihm bewusst. Wie sollte er sie schützen? Das war nun seine größte Sorge. Er hatte versucht, sie nicht merken zu lassen, wie sehr ihn der Vorfall auf der Feuerleiter mitgenommen hatte, aber die Wahrheit war, dass er jedes Mal einen Stich in seinem Herz spürte, wenn er an die Gefahr dachte, in der sie geschwebt hatte.

War es Nightshade gewesen? Oder jemand anderer?

Wer war in dieser Nacht das wirkliche Ziel gewesen: er – oder Morgan?

Das war die Frage, die er nicht beantworten konnte: War Morgan nur deshalb überfallen worden, weil sie jemandem in die Quere gekommen war, oder war sie von Anfang an das Ziel gewesen? Diese Frage ließ ihn jedoch kalt. Falls sie das wahre Ziel gewesen war, konnte er sich dafür nur zwei Gründe vorstellen: Jemand wollte die Leiterin der Bannister-Ausstellung in seine Gewalt bekommen, oder jemand wusste oder hatte erraten, wie wichtig sie einem Dieb namens Quinn war.

Und was nun? Die Zeit wurde knapp, verdammt knapp, er konnte es spüren. Von nun an musste er auf einem Drahtseil balancieren, und zwar ohne Netz, und er wusste nicht sicher, ob er die Balance würde halten können. Jetzt nicht mehr.

Denn jetzt war er auf diesem Drahtseil nicht mehr allein.

»Alex?«

Er wandte sich sofort um und ging durch den halbdunklen Raum zum Bett. Er glitt unter die Decke, zog Morgan an sich und kämpfte gegen den Impuls an, sie mit all seiner Kraft an sich zu drücken. »Tut mir leid, dass ich dich geweckt habe«, murmelte er.

»Stimmt etwas nicht?«, fragte sie leise und drängte ihren warmen Körper an seinen.

»Nein, Liebes, es ist alles in Ordnung«, log er. »Schlaf weiter.«

Innerhalb von Minuten war sie wieder eingeschlafen; er spürte sanft ihren Atem an seiner Haut. Bedacht darauf, sie nicht wieder zu wecken, strich er ihr zart über den Rücken und genoss das Gefühl ihrer seidigen Haut und die Wärme, die ihr Körper ausstrahlte.

Sie liebte ihn. Das hatte sie gesagt, mit ruhiger, fester Überzeugung. Obwohl sie wusste, dass er ein Dieb und Lügner war, liebte sie ihn. Das war bemerkenswert. *Sie* war bemerkenswert.

Es wurde hell. Quinn blickte an die Decke ihres Schlafzimmers hinauf und fragte sich, ob Morgan ihn auch dann noch lieben würde, wenn sie die Wahrheit wusste.

»Ich dachte, du sollst an den Wochenenden nicht arbeiten«, sagte Jared, als er in den Computerraum kam.

Storm nippte an ihrer dritten Tasse Kaffee an diesem Morgen und meinte achselzuckend: »Wolfe und ich sind beide zu unruhig, um zu Hause zu bleiben, wenn so viel passiert. Die

Ausstellung, die Falle, dieser mysteriöse andere Dieb. Wir sind beide schon seit Stunden hier.«

»Wo ist Wolfe?«

»Wenn er nicht in der Ausstellung herumspaziert, ist er im Keller. Und spaziert dort herum.«

»Die Polizei hat den Keller durchsucht.«

»Schon, aber wir wissen doch alle, dass diese Räumlichkeiten gigantisch groß sind. Und nachdem er Monate damit verbracht hat, sämtliche Winkel und Ecken ausfindig zu machen – sogar dort unten –, fühlt er sich nicht wohl, bis er nicht seine eigene Suche beendet hat.«

Mit einem Brummen setzte sich Jared auf den Besucherstuhl.

Sie musterte ihn. »Du siehst geschafft aus. Lange Nacht gehabt?«

»Ja.«

»Ich dachte, Alex hat die Schicht von Mitternacht bis zum Morgen übernommen.«

Jared berichtete kurz über die Ereignisse der Nacht zuvor, einschließlich Keanes Anrufs.

»Geht es Morgan gut?«

»Alex zufolge ja. Im Augenblick macht mir mehr Kopfzerbrechen, was der Leichenbeschauer bei unserer Toten gefunden hat.«

»Spinnengift. Das Gift einer Schwarzen Witwe. Hast du dieses kleine Detail schon an das FBI geschickt?«

Er nickte. »Keine vergleichbaren Fälle in deren Datenbank. Dem FBI zufolge gehört das Auffinden von Spinnengift in einem bereits anderweitig zu Tode gekommenen Mordopfer nicht zur Vorgehensweise irgendeines aktenkundigen Mörders.«

»Ich nehme an, du hast auch schon bei Interpol nachgefragt?«

»Ja. Gleiches Ergebnis.«

Storm lehnte sich zurück und legte die Füße auf den

Schreibtisch. »Ich frage mich noch immer, was all diese Hinweise sollen. Die müssen uns doch irgendwohin führen, aber man sollte meinen, weg vom Museum, anstatt hin zu ihm. Ich meine, es gibt ja noch andere wertvolle Dinge in der Stadt, aber nichts ist so gut geschützt, dass ein Dieb sich all die Arbeit machen müsste, uns von ihnen abzulenken. Die Sammlung Bannister muss einfach ein vorrangiges Ziel sein. Also, wieso werden wir dann immer wieder hierher geführt?«

»Das ist die Frage der Stunde.«

»Wir übersehen etwas.«

»Ja, das Gefühl habe ich auch.«

»Du hast Wolfe noch nicht von Keanes Anruf letzte Nacht erzählt, nicht wahr?«

»Keane wollte ihn als Erstes heute Morgen anrufen, hat er wahrscheinlich auch schon getan.«

»Wieso hat nicht einer von euch letzte Nacht angerufen?«

Jared zuckte die Achseln. »Ich habe keinen Grund gesehen, euch mit einem weiteren anscheinend nutzlosen Puzzleteil zu stören.«

»Das finde ich gut.« Storm lächelte. »Wolfe findet es auch gut.«

»Wolfe würde es noch nicht mal gut finden, wenn ich ihm die Gewinnzahlen im Lotto geben würde.«

»Doch, das würde ich schon«, konterte Wolfe, der in diesem Augenblick eintrat. »Nichts gegen dich, aber Geld ist nun mal Geld.« Er schloss die Tür hinter sich.

»Richtig«, murmelte Jared.

»Hast du etwas gefunden?«, fragte Storm ihren Verlobten.

»Nein. Keane hat angerufen. Ich nehme an, Jared hat es dir schon gesagt?«

»Gerade eben. Und es gibt noch mehr.«

Jared berichtete noch einmal, was Morgan in der Nacht durchgemacht hatte, und diese Nachricht verdüsterte sofort Wolfes Miene.

»Das gefällt mir ganz und gar nicht«, meinte er.

»Morgan ist wohlauf. Dieses Mal zumindest.« Jared runzelte die Stirn. »Aber etwas, das Alex letzte Nacht sagte, bereitet mir Kopfzerbrechen. Ich bin erst Stunden später daraufgekommen. Er sagte, Nightshade würde womöglich Misstrauen gegen ihn hegen und ihn beobachten.«

Einen Augenblick lang blickten die drei von einem zum anderen, dann sagte Wolfe langsam: »Das bedeutet nicht nur, dass Alex weiß, wer Nightshade ist, sondern auch, dass Nightshade weiß, dass Alex Brandon und Quinn ein und dieselbe Person sind.«

»Hat noch jemand gerade gespürt, wie ihm der Magen weggesackt ist?«, fragte Storm.

Ausnahmsweise waren Wolfe und Jared einmal absolut einer Meinung und hoben beide die Hand.

Es war hell im Zimmer, als Morgan endlich die Augen öffnete. Für einen Moment lag sie da, auf dem Bauch, in der Mitte des Betts, und blinzelte verträumt vor sich hin. Ihr Körper war warm unter der Decke, sie fühlte sich wundervoll. Irgendwie anders, allerdings. So entspannt und zufrieden, dass sie am liebsten geschnurrt hätte wie eine in der Sonne liegende Katze. Jeder Quadratzentimeter ihrer Haut schien auf eine seltsame, neue Art und Weise erhitzt zu sein, und sie hatte das eigenartige Gefühl, dass sie ihr Herz im ganzen Körper schlagen spürte.

Sie wollte sich nicht bewegen, um diesen glückseligen Zustand des Erfülltseins nicht zu beenden. Aber sie war keine Frau, die lange ruhig liegen konnte, wenn sie nicht schlief; die Verträumtheit ließ mehr und mehr nach. Langsam richtete sie den Blick auf die Uhr auf dem Nachtkästchen. Zwölf. Zwölf Uhr mittags.

Stirnrunzelnd stützte sie sich auf die Ellbogen auf und starrte auf den Wecker. Mittag? So lange hatte sie seit Jahren nicht mehr geschlafen. Wieso in aller Welt hatte sie … dann fiel es ihr ein.

Schlagartig kam ihr alles wieder ins Gedächtnis, und sie drehte sich rasch und sah sich im Schlafzimmer um. Niemand war da außer ihr. Aber … diese Kleider auf der Truhe am Fuß ihres Betts, waren das nicht seine? Schwarzer Pullover und schwarze Hose, ordentlich gefaltet … Ja, sie glaubte, es waren seine Sachen.

Morgan setzte sich auf, und erst jetzt vernahm sie eine leise Musik aus dem anderen Teil der Wohnung. Von Quinn war nichts zu hören, aber sie war sicher, dass er noch hier war. Sie konnte seine Nähe spüren, wie gewöhnlich. Sie rutschte an den Rand des Betts, und ein Stechen in ihrem Knöchel erinnerte sie an ihre Verletzung von letzter Nacht. Es sah nicht allzu schlimm aus, nur ein wenig geschwollen, und da war ein ordentlicher blauer Fleck. Als sie vorsichtig aufstand, spürte sie beim Stehen auf diesem Bein nur einen kleinen Schmerz.

Im Bad bemerkte sie, dass Quinn erst vor Kurzem geduscht hatte. Die Luft war noch feucht, und ein benutztes Handtuch hing über der Stange des Duschvorhangs. Wahrscheinlich hatte er auch den Elektrorasierer benutzt, der noch dalag aus der Zeit, als er bei ihr gewohnt hatte.

Das Duschen war nicht nur eine Wohltat für ihren Körper, sondern es machte auch ihren Kopf klar. Morgan fand noch ein paar kleinere Blutergüsse, die von ihrem Kampf auf der Feuerleiter herrührten. Sie fühlte sich ein wenig steif – angesichts ihrer Verletzungen und der ungewöhnlich aktiven Nacht kein Wunder, dachte sie.

Das heiße Wasser tat jedoch gut, und so ließ sie sich Zeit, wusch die Haare und lächelte in sich hinein bei dem Gedanken daran, wie seine Finger damit gespielt hatten. Als sie endlich mit einem Handtuch um den Kopf die Dusche verließ, fühlte sie sich viel besser. Aus einer der Schubladen im Badezimmer holte sie eine Flasche Bodylotion und rieb sich etwas davon in die Haut ein. Das Einmassieren lockerte ihre Muskeln und tat ihr gut – aber eine weiche, duftende Haut war auch ein willkommener Nebeneffekt, den eine Frau mit einem Liebhaber zu schätzen wusste.

Morgan wickelte sich ein Handtuch um die Hüften und begann, ihre Haare zu trocknen. Beim Fönen dachte sie darüber nach. Ein Liebhaber. War es das, was Quinn für sie sein würde? Sie wusste es nicht, sie wusste es wirklich nicht. Die Umstände und das Timing waren alles andere als gut, und selbst wenn sie gut gewesen wären – Quinn war kein Mann, den man irgendwie als berechenbar bezeichnen konnte.

Oder konventionell. In Anbetracht dessen, wer er war und was er tat, war es absolut unmöglich, dass dieses Intermezzo mit ihr mehr war als eine Art Atempause in einer angespannten Situation, in der er sich entspannen und durch den Sex seinen Stress loswerden wollte.

Das war ein deprimierender Gedanke, aber einer, den sie zumindest als möglich und vielleicht als wahrscheinlich betrachten musste, sagte sie sich. Schließlich war er ein ungewöhnlich gut aussehender, charmanter Mann Mitte dreißig – und auch wenn der mysteriöse Quinn nicht riskieren wollte, dass seine Identität durch sein Sexualleben aufflog, hatte er sich in Gestalt von Alex Brandon zweifellos im Lauf der Jahre der Gesellschaft so mancher weiblicher Wesen erfreut. Der Beweis dafür war klar; er hatte sich als ein sensibler Liebhaber erwiesen, und das erforderte Erfahrung und ein gründliches Wissen über den weiblichen Körper und darüber, was Frauen gefiel.

Diese Erkenntnisse schockierten Morgan allerdings kaum. In der Tat war sie nicht einmal sonderlich überrascht. Sie dachte sehr rational und hatte, seit sie Quinn kannte, wochenlang Zeit gehabt, über all diese Dinge nachzudenken. Tatsächlich hatte sie so viel über ihn und darüber, was eine Beziehung mit ihm mit sich bringen könnte, nachgedacht, dass sie ziemlich sicher war, jede Möglichkeit in Erwägung gezogen zu haben.

Nicht, dass ihr das wirklich geholfen hätte. Vielleicht wäre es in den letzten paar Wochen möglich gewesen, sich emotional so weit von ihm zu distanzieren, dass sie über die eventuellen Konsequenzen einer Affäre mit einem so berühmten wie rätselhaften Einbrecher hätte nachdenken können. Aber nun hatte sie mit ihm geschlafen, und damit hatte sich ihre Distanziertheit in Luft aufgelöst. Übrig waren nur Emotionen, und sie alle sagten ihr, was sie *fühlte.*

Sie liebte ihn. Aller Vernunft und Überlegung, allem gesunden Menschenverstand und jeglichen Konsequenzen zum Trotz, sie liebte ihn.

Das war es, was sie auszuhalten hatte, was immer die Zukunft auch bringen mochte.

Bis ihre Haare trocken waren, hatte Morgan mehr oder weniger beschlossen, bezüglich dieser neuen Wendung in ihrer Beziehung von Fall zu Fall zu entscheiden. Welche Alternative hatte sie schon? *Ihr* Leben war klar definiert und lag offen vor ihm. Es gab keine Geheimnisse, keine verdeckten Fakten, keine falschen Namen – keine Lügen. Wer und was sie war, war für ihn offensichtlich. Wer und was *er* war, das war andererseits noch immer etwas nebulös. Das Einzige, was sie mit Sicherheit wusste, war, dass das, was er tat, gefährlich war.

Ihr Instinkt sagte Morgan, dass sie, zumindest bis Quinns Falle für Nightshade zugeschnappt war, besser alles, was immer er ihr anbot, akzeptierte und sich so geduldig wie möglich verhielt. Wenn diese Sache einmal vorbei war und er ihr die Wahrheit sagen konnte, dann kam es vielleicht zu einer Diskussion über so etwas wie eine Zukunft für sie beide. Oder auch nicht.

Vielleicht würde Quinn nach Europa zurückkehren und zu dem Leben, das er so gut kannte und so sehr genoss. Ohne sie.

Jedenfalls konnte sie absolut nichts dafür tun, dass er sie liebte oder dass er bei ihr blieb. Es war leichter, ein Kamel durch das sprichwörtliche Nadelöhr zu bringen, als ihn zu »fangen«, und ihn in der Falle zu sehen wäre außerdem das Letzte gewesen, was sie gewollt hätte. Was immer er letzten Endes tat, es musste seine eigene Entscheidung sein, ohne jeden Druck von ihrer Seite.

Noch immer in Gedanken ging sie ins Schlafzimmer zurück, überlegte kurz und holte dann einen langen, goldfarbenen Morgenrock aus Seide aus dem Schrank – ein kostbares und elegantes Teil, das sich an den Körper schmiegte und große Sinnlichkeit ausstrahlte. Es war eines dieser Kleidungsstücke, die eine alleinstehende Frau wohl gerne für sich kaufte, aber dann nicht trug, einfach deshalb, weil es gemacht war, um männliche Blicke auf sich zu ziehen.

Nun ja, räumte sie schweigend ein, es gab solchen und solchen Druck. Schließlich würde keine Frau, die etwas auf sich hielt, einfach zusehen, wie der Mann, den sie liebte, seine Entscheidung traf, ohne ihn wenigstens an einige der Vorteile zu erinnern, die eine vernünftige und rationale Frau zu bieten hatte. Das war doch nur fair.

Dem würde wahrscheinlich sogar Quinn zustimmen.

12

Ohne eitel zu sein, wusste Morgan, dass sie in diesem trügerisch simplen Morgenrock bestechend aussah. Die Farbe stand ihr, und der glänzende Stoff lag an den richtigen Stellen eng an ihrem Körper an. Sie musste ein wenig lächeln, als sie den Gürtel umband, und dachte dabei an die Hose und das Sweatshirt, die sie gestern Abend getragen hatte – und diese flauschigen Hausschuhe. Was für ein Schritt, vom Lächerlichen zum Exaltierten!

Barfuß ging sie weiter ins Wohnzimmer. Es war leer; im Fernsehen liefen leise Musikvideos. In der Küche fand sie Quinn schließlich. Er hatte ihr den Rücken zugewandt und war damit beschäftigt, Pfannkuchen mit Früchten zuzubereiten.

Da er ihr während seiner Genesung ein paar Mal in der Küche geholfen hatte, überraschte es Morgan nicht, wie geschickt er sich dabei anstellte. Er trug Jeans und ein weißes Hemd, Sachen von ihm selbst, die er vor Wochen hier zurückgelassen hatte.

Sie wusste sehr gut, dass es etwas Gutes bedeutete, wenn er heute immer noch hier war, hatte sie doch mehr oder weniger schon erwartet, ihn nicht mehr zu sehen, wenn sie aufwachte. Doch zu viel Bedeutung wollte Morgan diesem Umstand nicht beimessen. *Ein Schritt nach dem anderen, das war das Beste, um voranzukommen.*

»Hallo«, begrüßte sie ihn lässig.

Er blickte über die Schulter zu ihr und öffnete den Mund, um etwas zu sagen, doch die Worte kamen nicht zustande. Stattdessen starrte er sie einen Augenblick lang an, seine leuchtenden grünen Augen musterten sie vom Scheitel bis zu den nackten Zehen, dann drehte er einen Schalter am Herd, legte den Pfannenwender weg und kam zu ihr.

»Ich vergesse immer, wie groß du bist, bis ich neben dir stehe«, sagte sie einige Augenblicke später etwas außer Atem. »Warum ist das so?«

»Ich habe keine Ahnung.« Er liebkoste sie am Hals und atmete langsam ein. »Du riechst wundervoll.«

Die Arme um seinen Hals gelegt – und die Füße vom Boden abgehoben, da er sie hochhielt –, murmelte Morgan etwas Unverständliches und fragte sich, wie sich sein Körper so hart und doch so angenehm anfühlen konnte. Er hatte beide Arme eng um sie geschlungen, sodass es nicht einen Quadratzentimeter ihres Körpers gab, der nicht an den seinen gepresst war, und da ihr seidener Morgenrock hauchdünn war, fühlte es sich an, als würde nur seine leichte Bekleidung sie trennen.

Dann hob er plötzlich den Kopf an und runzelte die Stirn, und Morgan spürte, wie sie wieder auf die Füße zu stehen kam.

»Das hat mir sehr gefallen«, protestierte sie.

Er lächelte, doch die gerunzelte Stirn blieb. Mit einer Hand schob er zärtlich ihre Haare hinter das Ohr. »Liebes, habe ich das gemacht?«

Sie spürte keinen Schmerz, als er sie leicht unter dem Ohr berührte, aber sie wusste, dass er einen kleinen Flecken bemerkt hatte, der im Spiegel auch ihr bereits aufgefallen war. »Nein, ich glaube, das war unser Freund auf der Feuerleiter. Wenn er keine Handschuhe getragen hätte, könntest du wahrscheinlich seinen Fingerabdruck von mir abnehmen. Das ist passiert, als er mir das Tuch aufs Gesicht drückte.«

Quinn nickte; dabei flackerte etwas in seinen Augen, das sie nicht zu deuten wusste. Er senkte den Kopf und küsste sie kurz, aber noch immer so begehrlich wie zuvor. »Ich habe die Dusche gehört und dachte, du bist bald bereit fürs Frühstück.«

Morgan lächelte. »Ich habe einen Bärenhunger. Aber du hast den Herd höher gedreht, anstatt ihn auszuschalten, und jetzt verbrennen deine Pfannkuchen.«

Fantasievoll fluchend rannte er zurück und scharrte die qualmenden Pfannkuchen aus der Pfanne. Morgan schaltete den Dampfabzug ein in der Hoffnung, dass der Rauchmelder vor ihrer Schlafzimmertür nicht losging, und öffnete zusätzlich das Küchenfenster.

Eine kühle Brise wehte herein, und der Rauch verschwand, ehe er etwas anrichten konnte.

»Zum Glück habe ich noch mehr Teig«, bemerkte Quinn wehmütig, während er die verkohlten Pfannkuchen in den Abfall beförderte. »Ich muss gewusst haben, dass du hier hereinkommen würdest wie die schöne Helena, als sie all diese Schiffe zu Wasser ließ.«

»Du Süßholzraspler, du«, kommentierte Morgan.

Er rührte in seinem Teig und lächelte ihr über die Schüssel hinweg zu. »Sag mir eines, Morgana. Glaubst du alles, was ich sage?«

»Ungefähr die Hälfte«, räumte sie ein und nahm sich eine Tasse Kaffee. »Wenn ich mehr glauben würde, müsste ich wohl dringend in Therapie gehen.«

Er lachte leise, doch dann blickte er sie wieder ernster an. »Bereust du es?«

Sie dachte an seine Worte, was passieren könnte, wenn sie ein Liebespaar würden, ohne sich gegenseitig zu vertrauen, und schüttelte lächelnd den Kopf. »Nein, ich bereue nichts. Ich wusste, was ich tat.«

Er wendete gekonnt die goldbraunen Pfannkuchen und sagte dann leise: »Wir sind beide leichtsinnig.«

Morgan hatte gewusst, dass das Gespräch auf diesen Punkt kommen würde, und war entsprechend darauf vorbereitet. »Falls du von Verhütung redest, kann ich dich beruhigen. Mein Arzt hat mir vor ein paar Jahren wegen meines unregelmäßigen Zyklus die Pille verschrieben.«

Er blickte ihr sehr direkt in die Augen. »Um irgendetwas anderes brauchst du dir keine Sorgen zu machen.«

»Du auch nicht.« Morgan lehnte sich an die Küchenzeile

und lächelte etwas bedauernd. »Wie gefährlich die Welt doch geworden ist, nicht wahr? Sogar im Schlafzimmer.«

Quinn beugte sich zu ihr und küsste sie zärtlich. »Sie war schon immer so, Liebes. Der einzige Unterschied ist, dass die Gefahren heute nicht mehr so offensichtlich sind – und zu häufig tödlich enden.«

»Ja. Manchmal ist es wirklich das Letzte, erwachsen zu sein«, meinte Morgan. Doch dann schob sie in ihrer von Natur aus optimistischen Art jegliche Bedenken beiseite und schaute zu, wie er die Pfannkuchen auf zwei Teller verteilte. Ihr Blick wanderte über seine breiten Schultern, den Rücken hinunter zu seiner schlanken Taille, schließlich zu den schmalen Hüften und seinen langen Beinen. In Jeans sah er verdammt gut aus, ging es ihr durch den Kopf. Unwillkürlich seufzte sie laut. »Aber manchmal ist es auch wirklich gut.«

Ihre Stimme musste ihre Gedanken verraten haben, denn er grinste, ohne sie anzusehen, und sagte: »Du bist ein schlimmes Weib, Morgana.«

»Nein«, erwiderte sie etwas trocken, »einfach nur ein Mensch.« Dann half sie ihm Kaffee nachzuschenken und das Essen an den kleinen Küchentisch zu bringen.

Erst später, als sie ihr spätes Frühstück beendet und die Küche aufgeräumt hatten, versuchte Morgan, ihrem Gespräch wieder eine ernstere Wendung zu geben. »Alex … willst du mir nicht sagen, wer Nightshade ist?«

Er war ihr ins Wohnzimmer gefolgt, und als sie die Frage stellte, legte er die Hände auf ihre Schultern und drehte sie zu sich. »Wir haben das bereits besprochen, Morgana. Wenn du einem Mann gegenüberträtest, vom dem du wüsstest, dass er Nightshade ist, könntest du darauf vertrauen, dich nicht diesem Wissen gemäß zu verhalten?«

»Vermutlich nicht.« Sie blickte ihn unverwandt an. »Aber ich würde gerne wissen, wie sehr ich dadurch, dass ich letzte Nacht auf diese Feuerleiter stieg, die Dinge verkompliziert habe.«

Er zögerte nur einen Moment. »So gut wie gar nicht – *falls* ich Nightshade davon überzeugen kann, dass du da hinaufgestiegen bist, um Alex Brandon zu besuchen und ohne eine Idee, dass ich auch Quinn bin.«

»Weshalb sollte ich denken, dass ich Alex mitten in der Nacht auf einem Dach antreffen würde?«

»Hilf mir, einen Grund dafür zu finden, ja? Das Letzte, was ich will, ist, dass Nightshade anfängt, sich zu fragen, ob du weißt, dass ich Quinn bin. Denn sobald er das tut, könnte er sich auch fragen, wieso eine für ihre Ehrlichkeit und Integrität bekannte Frau wie du sich darüber ausschweigt.«

»Und eine Falle riechen?«

»Ich würde eine Falle vermuten, wenn ich er wäre.«

Morgan biss sich auf die Unterlippe, dann löste sie sich von ihm und setzte sich auf den Sessel anstatt auf die Couch. Es fiel ihr schwer, die Dinge klar zu sehen, wenn er sie berührte, und sie wollte über diese Sache nachdenken.

Quinn setzte sich nahe zu ihr ans Ende der Couch und beobachtete sie ernst.

»Alex … *er* weiß, dass du Quinn bist. Ich meine, er weiß, dass Alexander Brandon Quinn ist.« In ihrem Ton lag eine leichte Frage, obwohl sie sicher war, in diesem Punkt recht zu haben.

»Er weiß es.«

»Dann verstehe ich etwas nicht. Er weiß, dass du Quinn bist, und du weißt, dass er Nightshade ist – und ihr werdet beide in mehreren Ländern von der Polizei gesucht. Ihr habt beide ein Auge auf die Ausstellung geworfen, weil die Sammlung Bannister etwas ist, das jeder Dieb gerne hätte – und jeder von euch beiden weiß um das Interesse des anderen daran. Wie wird daraus eine Falle?«

Quinn zögerte und erklärte dann mit einem Seufzer: »Eigentlich ist es mehr eine List. Ich wusste, dass Nightshade zumindest ein wenig zögerlich sein würde, die Sammlung Bannister selbst anzugehen, auch wenn er sie noch so sehr will.«

»Weshalb?«

»Zum einen, weil er technisch gesehen kein Experte ist. Zumindest ist er nicht gut genug, um ein Top-Sicherheitssystem zu knacken.«

Morgan begann sich ein wenig unwohl zu fühlen. »Was du aber bist.«

»Ja.«

»Alex, soll das heißen, dass du – dass Nightshade einen Partner braucht, um an die Sammlung Bannister heranzukommen. Und dieser Partner bist du?«

»Ja.«

Morgan stützte die Ellbogen auf die Knie und vergrub das Gesicht in den Händen.

Quinn räusperte sich. »Es erübrigt sich wohl zu sagen, dass die anderen diesen Teil der Geschichte nicht kennen. Nicht einmal Jared.«

»Oh, das erübrigt sich natürlich«, nuschelte sie durch die Finger hindurch. Dann richtete sie sich auf und musterte ihn. »Denn wenn sie es wüssten, würden sie dich umbringen!«

»Deshalb habe ich es ihnen nicht gesagt.«

»Mein Gott, Alex!«

»Morgana, es wird funktionieren. Es funktioniert schon jetzt. Es ist bekannt, dass neueste elektronische Sicherheitssysteme meine Spezialität sind. Mein Steckenpferd, sozusagen. Nightshade schafft es vielleicht ins Museum hinein – aber nicht in die Ausstellung. Nicht ohne mich und mein Wissen und Können. Ich habe ziemlich viel Zeit und Mühe darauf verwendet, ihn davon zu überzeugen.«

Morgan versuchte, sich nicht von Angst überwältigen zu lassen, sondern überlegt zu bleiben. »Okay. Aber wieso kann Quinn sich die Sammlung nicht allein holen? Ich meine, warum braucht Quinn Nightshade?«

»Aus verschiedenen Gründen«, antwortete er bereitwillig. »Wie du selbst gesagt hast, sind die Staaten für Quinn … nicht vertrautes Territorium. Aber selbst ein Dieb, der offenbar allein arbeitet, ist auf Kontakte angewiesen: Insiderinformationen oder zuverlässige Quellen, vertrauenswürdige Leute, die Materialien und Ausrüstung zur Verfügung stellen, schnelle und sichere Transportmöglichkeiten, sobald die Arbeit getan ist. Ich habe nur Kontakte in Europa – und es wäre ein höllischer Aufwand für mich, die Sammlung dorthin zu transportieren. Aber ich bin trotzdem hergekommen, weil die Sammlung Bannister unwiderstehlich ist, wie du selbst sagst.

Also ... wenn ich beim Auskundschaften des Museums auf einen Kollegen treffe, folge ich ihm natürlich, bis ich weiß, wer er ist. Er ist natürlich sauer, weil ich ihn aufgespürt habe, aber ich mache ihm klar, dass es mir ziemlich gleichgültig ist, wer er ist, und dass ich nicht vorhabe, ihn anzuzeigen oder mich in sein Gebiet hineinzudrängen. Nein, ich gehe zurück nach Europa – aber ich will unbedingt ein Stück der Sammlung Bannister mitnehmen.«

»Den Bolling?«, riet sie.

Quinn lächelte breit. »Machst du Witze? Der verdammte Diamant ist mit einem Fluch belastet. Jedes Mal, wenn er in seiner langen, bewegten Geschichte gestohlen wurde, hat er dem Dieb Unglück gebracht.«

»Ich wusste nicht, dass das der Fluch war«, bemerkte sie verblüfft.

»Oh ja, das ist alles bestens dokumentiert. Der Bolling kam irgendwann um 1500 in die Hand der Bannisters – auf legitime Art und Weise. Ein gewisser Edward Bannister fand den ungeschliffenen, unpolierten Stein in einem Flussbett in Indien. Er lag einfach da, ganz offen.«

»Das nenne ich Glück«, sagte Morgan, sich sehr wohl bewusst, dass Quinn die Absicht verfolgte, sie abzulenken. Allerdings war sie sich nicht sicher, ob sie es ihm durchgehen lassen sollte.

»Ja. Jedenfalls, er ließ den Stein polieren – nicht facettieren – und schenkte ihn seiner Braut zur Verlobung. Der erste Versuch, ihn zu stehlen, fand während ihrer Flitterwochen statt. Aber der Möchtegerndieb brach sich das Genick, als er durch ein Fenster fliehen wollte. Einem Gerücht nach stand Edward über der Leiche mit nichts als einem Tuch bekleidet, das er in der Hast vom Ehebett genommen hatte, und erklärte, dem Diamant sei es offensichtlich bestimmt, seiner Familie zu gehören, und er werde von nun ein Amulett sein. Dann gab er dem Stein den Namen Bolling-Diamant.«

»Warum Bolling?«

Quinn lächelte. »Na ja, Edward konnte ihn nicht den Bannister-Diamanten nennen, denn einen Stein dieses Namens besaß er bereits. Also musste er sich einen anderen ausdenken. Und wie es scheint, hatte er einen etwas seltsamen Sinn für Ironie. Der Dieb, der versuchte, den Stein zu stehlen, und sich dabei das Genick brach, hieß Thomas Bolling.«

»Und der Stein, den er nicht stehlen konnte, trug fortan seinen Namen. Das ist in der Tat sehr ironisch. Und eine seltsame Art von Ruhm.«

»Thomas Bolling würde es wahrscheinlich gefallen. Den Berichten nach war er dumm und etwas liederlich und wäre wahrscheinlich nie bekannt geworden, wenn er nicht auf diesen schönen gelben Stein getroffen wäre.«

Morgan musterte Quinn. »Bist du sicher, dass du diese Geschichte nicht erfindest? Sie kommt mir allzu spontan von deiner beredten Zunge.«

»Ich schwöre es. Frag Max.«

»Mhm. Okay, also, was ist dann passiert?«

»Nun ja, er sagte das und dachte wohl, es sei eine Art Warnung, die zumindest abergläubische Diebe abschrecken würde, doch der alte Edward scheint damit ein solides Fundament für den Fluch gelegt zu haben. Vielleicht hat ihn ja das Schicksal dabei belauscht. Oder womöglich folgte darauf einfach eine lange Reihe erstaunlich vom Pech verfolgter Diebe. Jedenfalls erwarb sich der Bolling-Diamant einen beachtlichen Ruf. Damals hatte er wahrscheinlich noch mindestens hundert Karat, wenn nicht mehr, und war damit ein äußerst herausforderndes Beuteobjekt. Und später, als er facettiert und schließlich eingefasst wurde, war er so atemberaubend, dass ihm nur wenige widerstehen konnten.

Während der nächsten vierhundert Jahre gab es Dutzende Versuche, ihn zu stehlen, einige davon waren bemerkenswert genial. Aber niemand hat es geschafft, ihn der Familie Bannister zu entwenden. Alle diese Diebe kamen ums Leben – die meisten auf ausgesprochen schmerzhafte Weise. Einige wurden gefasst und starben im Gefängnis, aber alle segneten das Zeitliche wegen dieses Steins.«

Morgan erschauderte ein wenig. Sie war nie abergläubisch gewesen, aber diese Geschichte ging ihr definitiv an die Nieren – zweifellos, weil sie in einen Dieb verliebt war, der sich auf Schmuck spezialisiert hatte. Sie räusperte sich und bemerkte eine Spur zu heftig: »Du lässt die Finger von diesem Ding!«

Mit einem Lächeln glitt er plötzlich von der Couch und kniete vor ihr nieder. Ehe sie etwas unternehmen konnte, waren seine Hände auf ihren Knien und drückten sie auseinander. Ihr Atem stockte, als seine warmen Finger ihre Schenkel entlang strichen, dann sehr langsam nach oben glitten, unter den Seidenstoff ihres Morgenrocks, bis er ihren Po umfassen und sie zu sich ziehen konnte.

»Ich stehle den Bolling-Diamanten nicht, Morgana«, murmelte er und blickte sie aus halb geschlossenen Augen fest an. Er küsste sie seitlich am Hals, dann an der Kehle, und ihr Kopf sank auf die weiche Lehne zurück. Seine Lippen wanderten langsam am Revers ihres Morgenrocks nach unten, und seine Stimme wurde heiser. »Ich bin auf den Talisman-Smaragd aus.«

Morgan ließ die Finger in sein dichtes, goldblondes Haar gleiten, zog zärtlich daran und betrachtete ihn leicht benommen, als er zu ihr aufsah. Er lenkte sie schon wieder ab, verdammt. »Du bist auf ihn *aus?*«

»Ich meine – Nightshade *glaubt,* ich sei auf den Talisman-Smaragd aus. Können wir darüber später reden?« Er biss sie zärtlich in die Unterlippe und küsste sie plötzlich mit unverhüllter Gier.

Er schaffte es, mit einer Hand zwischen ihre Körper zu gleiten, um an ihrem Gürtel zu ziehen, und Morgan spürte, wie sich der Morgenmantel öffnete, als sei er dafür gemacht, über hitziges Fleisch zu gleiten. Ihre Brüste drückten sich an seinen Oberkörper; das Gefühl seiner Kleidung auf ihrer nackten Haut machte sie halb wahnsinnig.

Sie wollte ihn jetzt, jetzt sofort. Dieses primitive Bedürfnis überwältigte alles andere mit einer fast erschreckenden Unvermitteltheit. Sie merkte nicht einmal, dass ihre Hände an seinem Hemd zerrten, bis sie sich zurücklehnte, um an die Knöpfe heranzukommen, und in diesem Moment sagten ihr seine angespannten Gesichtszüge und das flammende Verlangen in seinem Blick, dass er es ebenso wenig erwarten konnte wie sie.

Quinn half ihr, sein Hemd auszuziehen, und warf es beiseite. Er knöpfte seine Jeans auf und schob sie samt Unterhose so weit, wie es notwendig war, nach unten und Morgan hörte sich unkontrolliert aufschreien, sobald sie ihn in sich spürte.

Der Höhepunkt war so rasch und abrupt wie der Weg dorthin. Quinn schlang die Arme um sie und presste sie an sich, und sie erschauderten beide gleichzeitig unter der Macht der ekstatischen Wogen, die sie durchbrandeten – und mit kaum mehr Kraft als der zurückließen, sich aufrecht zu halten.

Morgan begrub das Gesicht zwischen seiner Schulter und seinem Nacken und sog seinen herben, männlichen Geruch ein, während ihr hämmerndes Herz langsam wieder zu seinem normalen Rhythmus zurückfand. Sie wollte sich nicht bewegen, nicht einmal die Augen öffnen. Sie wollte nur ihn halten, während er sie hielt, und in diesen Empfindungen schwelgen.

Doch langsam wurde ihre Stellung, so erotisch sie auch sein mochte, nun, da sie sich zumindest zum Teil in aller Leidenschaft verausgabt hatten, unbequem. Morgan war plötzlich versucht zu kichern. Auf einem Sessel im Wohnzimmer, du lieber Himmel, und mitten am Tag! Trotz des Teppichs schmerzten ihm wahrscheinlich höllisch die Knie, und sie hatte in ihrem ganzen Leben noch nie so über sich selbst gestaunt.

Plötzlich hob er den Kopf und sah sie an, lächelnd, aber mit wildem Blick. »Wenn du jetzt lachst, ich schwöre es dir, dann erwürge ich dich«, erklärte er mit noch immer belegter Stimme.

Entweder hatte sie sich irgendwie verraten, dachte sie, oder aber die Verbindung zwischen ihnen wurde stärker.

Sie räusperte sich und versuchte, nicht zu lächeln. »Tut mir leid, aber ich kann nicht anders. Ich mache mich nicht über irgendetwas lustig, ich bin einfach nur irgendwie … verblüfft. Was ist passiert? Ich meine, eben haben wir uns noch absolut ernst und vernünftig unterhalten, und in der nächsten Minute waren wir …«

»Ja. Waren wir. Waren wir ganz sicher.« Er küsste sie, dann schob er sie vorsichtig von sich und zog seine Jeans wieder an, ohne sie jedoch zu verschließen. »Machen wir's nochmal.«

»Warte.« Morgan versuchte, klar zu denken, aber etwas störte sie, und sie tippte in einem nutzlosen Bemühen, seine volle Aufmerksamkeit zu gewinnen, mit dem Zeigefinger auf seine Brust. »Was du mir über deine – deine List erzählt hast. Du bist hier in den Staaten nur deshalb, um Nightshade zu fangen, das ist dein Plan, nicht wahr?«

»Mhm«, stimmte er zu und liebkoste sie am Hals.

»Warum …« Sie keuchte, als er sie zärtlich ins Ohrläppchen biss, und spürte, dass sie zu schielen begann. »Warum hast du dann in der Nacht, als wir uns kennenlernten, diesen Dolch gestohlen?«

»Tarnung«, murmelte er, doch er schien für dieses Thema kein Interesse aufbringen zu wollen. »Du hättest dich doch gewundert, wenn ich in dieser Nacht nicht wenigstens irgendetwas hätte mitgehen lassen.«

»Oh. Äh … Alex? Ich weiß, ich habe das schon einmal gefragt, aber … hast du die Carstairs-Diamanten gestohlen?«

»Nein.« Er hörte auf, ihren Nacken zu liebkosen, hob sie auf seine Arme, küsste sie, während er in Richtung Schlafzimmer losging, und fügte fröhlich hinzu: »Ich habe sie nur ausgeborgt.«

»Warum kann man sie nicht identifizieren?«

Wolfe und Jared blickten zu Storm, und Jared fragte zurück: »Du meinst, unsere Tote?« Sie waren noch immer im Computerraum und versuchten, gemeinsam eine Lösung zu finden.

»Ja. Warum kann man sie nicht identifizieren?«

»Keine Fingerabdrücke, zum einen«, begann Jared, dann hielt er inne und nickte langsam, als er erkannte, was Storm eigentlich meinte. »Warum will der *Mörder* nicht, dass sie identifiziert wird.«

»Das ist doch eine wichtige Frage, nicht wahr? Ein Teil des Puzzles. Er setzt alles daran, dass sie nicht identifiziert werden kann, aber andererseits liefert er uns überall Hinweise, die auf das Museum deuten.«

»Also«, meinte Wolfe, »würde uns ihre Identität entweder weit vom Museum wegführen, oder sie würde uns einen Riesenschritt weiter voranbringen in unserem Bemühen, einen großen Teil des Puzzles zu erkennen. Wieder eine Annahme, aber eine, die nicht von der Hand zu weisen ist.«

»Die Polizei arbeitet noch immer daran, sie zu identifizieren«, bemerkte Jared.

»Aber arbeiten sie auch an der richtigen Stelle?« Wolfe musterte den Interpol-Agenten skeptisch. »Der Mörder ging so weit, ihr die Fingerspitzen mit einer Lötlampe zu verbrennen. Das sagt mir, er wusste oder hatte zumindest guten Grund zu glauben, dass die Fingerabdrücke irgendwo gespeichert sind.«

»Kriminelle, Polizei oder Militär«, sagte Storm. »All denen werden routinemäßig die Fingerabdrücke abgenommen. Die KFZ-Behörden mancher Bundesstaaten nehmen inzwischen die Abdrücke der Fahrzeughalter, das ist jedoch bislang nicht sehr verbreitet. Es gibt sicher noch in anderen Bereichen Datenbanken mit gespeicherten Fingerabdrücken, aber diese sind die wichtigsten. Und sie beinhalten eine Unmenge an Daten.«

»Aber sie schränken unser Suchgebiet ein«, meinte Jared. »Das gibt der Polizei etwas an die Hand, wo sie suchen kann. Falls sie je brauchbare Abdrücke bekommen, die sie abgleichen können.«

»Das Militär gibt nicht gern Informationen heraus«, bemerkte Wolfe. »Da muss Max vielleicht ein paar Fäden ziehen. Aber eben immer vorausgesetzt, die Rechtsmedizin bringt tatsächlich brauchbare Fingerabdrücke zustande.«

»Es könnte auch wieder ein Hinweis für uns sein«, meinte Storm. »Damit wir weiter nach etwas suchen, was gar nicht da ist. Ich meine, er hat sich schon so viel Arbeit gemacht – denkt nur an die Statue im Keller mit dem Messer, zum Beispiel –, dass die Fingerkuppen seines Opfers mit einer Lötlampe zu verbrennen vielleicht nur ein weiterer kleiner Trick ist.«

»Wir verschwenden zu viel Zeit darauf, seine Absichten durchschauen zu wollen, das ist unser Problem«, erklärte Jared.

»Du bist doch schon lange Bulle«, sagte Wolfe. »Was sagt dir denn dein Gefühl?«

»Dass es uns ein großes Stück weiterbringt, wenn wir wissen, wer diese Tote ist«, erwiderte Jared prompt.

»Dann würde ich sagen, dass wir das weiter verfolgen sollten«, erklärte Wolfe überraschend. »Was meint Alex?«

»Über die Tote? Über die hat er nicht viel gesagt. Er ist sehr auf Nightshade fokussiert. Vielleicht zu sehr.«

»Nimm ihn kürzer an die Leine«, schlug Wolfe unverblümt vor.

»So einfach ist das nicht.«

»Vielleicht sollte es das aber sein.«

Storm bemerkte sofort, dass der brüchige Friede zwischen den beiden Männern wegen dieses Punktes abrupt enden könnte, und intervenierte gelassen: »Alex ist sicher besser als jeder andere in der Lage, einen weiteren Dieb zu verfolgen. Solange wir nicht absolut sicher sind, dass unsere Tote oder ihre

Ermordung mit dem Museum in Zusammenhang stehen, ist es wahrscheinlich das Beste, seine ›Fokussierung‹ nicht zu stören.«

»Das hat Morgan bereits getan«, murrte Jared.

»Also, dann eben nicht noch einmal zu stören.« Storm lächelte. »Gegen die menschliche Natur kommt man nun einmal nicht an, das wissen wir doch alle, was, Jungs? Vielleicht ist es eine ungünstige Zeit für die beiden, sich zu finden, aber solche Dinge kann man eben nicht steuern.« Sie lächelte Wolfe zu. »Stimmt's?«

Seine Miene wurde weicher. »Nein. Nein, das können wir nicht.«

Was immer Jared dazu sagen wollte – er kam nicht mehr dazu, denn ein schüchternes Klopfen an der Tür unterbrach sie, und Chloe Webster steckte den Kopf herein, ohne eine Aufforderung abzuwarten.

»Storm … Oh, tut mir leid. Ich dachte, Sie sind allein.«

»Macht nichts, Chloe. Was gibt's?«

»Inspektor Tyler rief eben Mr Dugan an, um ihm zu sagen, dass sich die Spurensicherung noch einmal den Keller ansehen will. Mögliche Einstiegsstellen, sagte er, glaube ich. Ich dachte, das sollten Sie wissen.«

Storm nickte. »Okay, Chloe. Danke.«

Die neue stellvertretende Kuratorin zog den Kopf ein und schloss leise die Tür hinter sich.

»Werde ich jetzt paranoid«, bemerkte Jared, »oder war das ein ziemlich fadenscheiniger Vorwand dafür, zu erfahren, was hier im Zimmer vor sich geht?«

»Du wirst paranoid«, meinte Wolfe, verzog das Gesicht und blickte fragend zu Storm.

»Sie steckt überall die Nase rein, aber das ist normal«, erklärte Storm. »Versucht, Erfahrungen zu sammeln. Ich habe jedenfalls nichts gefunden, was uns misstrauisch machen sollte. Ihre Überprüfung hat nichts Auffälliges ergeben, das wisst ihr beide auch.«

Jared seufzte. »Noch ein anderer abwegiger Gedanke, wahrscheinlich. Ich sehe schon jeden als verdächtig an. Oh Gott, ich wünschte, Nightshade würde endlich zuschlagen und diese Geschichte zu einem Ende bringen.«

»Pass auf, was du dir da wünschst«, warnte Storm ihn ernst.

Erst am späten Nachmittag konnte Morgan wieder die Energie aufbringen, ihr früheres Gespräch mit Quinn fortzusetzen. »Ausgeborgt. Du hast dir die Carstairs-Diamanten also ausgeborgt«, begann sie in einem Ton der Verwunderung. »Du bist schlicht und einfach verrückt, weißt du das?«

Er lachte leise.

»Du bist ein immenses Risiko eingegangen, als du diese Halskette gestohlen hast«, fuhr sie unbeirrt fort. »Du hättest von der hiesigen Polizei gefasst werden können, und die scheren sich einen feuchten Dreck darum, ob du für Interpol arbeitest oder nicht. Und du hättest ebenso gut dabei ums Leben kommen können!«

»Ich brauchte die Kette, Morgana. Nightshade forderte ein … eine Geste des guten Willens.«

»Du hast sie für ihn gestohlen?«

»Ich habe sie *geliehen,* damit er glaubt, ich hätte sie für ihn gestohlen. Die Familie Carstairs bekommt sie zurück, keine Sorge.«

»Wenn du das sagst.« Morgan stützte sich auf die Ellbogen auf, blickte in sein entspanntes Gesicht und stellte verwirrt fest: »Es ist vier Uhr nachmittags, und wir liegen hier gemütlich im Bett.«

Er öffnete ein Auge, schloss es wieder, schlang seinen Arm fester um sie und stieß einen wohligen Seufzer aus. »Ganz meine Vorstellung eines idealen Nachmittags.«

Sie begann, mit den goldbraunen Haaren auf seiner Brust zu spielen. »Ja, aber ich habe nicht einmal mit jemandem im Museum gesprochen. Was soll ich ihnen sagen? Ich habe mir ohne jede Erklärung einen ganzen Tag freigenommen – das ist sehr ungewöhnlich für mich. Und ich habe das noch nicht einmal gemacht, weil ich gestern Nacht auf einer Feuerleiter Nightshade begegnet bin.«

Quinn öffnete die Augen und betrachtete Morgan mit einem intensiven Blick. Dann lächelte er kaum merklich. »Macht es dir etwas aus, wenn sie wissen, dass wir ein Paar sind?«

Sie schüttelte ungehalten den Kopf. »Nein, natürlich nicht. Aber bringt das – dass wir ein Paar sind – bringt es für dich Probleme mit sich? Mit Nightshade, meine ich.«

Nach einer Weile antwortete er: »Nicht, wenn ich ihn davon überzeugen kann, dass ich dich verführte, um an Informationen über die Ausstellung heranzukommen.«

Morgan war sich seines aufmerksamen, suchenden Blicks sehr bewusst. Sie lächelte. »Ist das der Grund dafür, dass du mich nie nach Einzelheiten über die Ausstellung gefragt hast? Damit ich sichergehen konnte, dass du *nicht* auf Informationen aus bist?«

Er strich ihr eine Strähne ihres glänzenden, schwarzen Haars aus der Stirn, und seine Finger streichelten ihre Wange. »Vielleicht. Ich tue so etwas nicht, Morgana. Ich möchte, dass du das weißt.«

Es mochte seltsam sein, aber sie glaubte ihm. All seinem Charme und seinem zweifellos bewegten Liebesleben zum Trotz war er nicht die Sorte Mann, der eine Frau verführte, nur um ihr Informationen zu entlocken. Nicht, weil das niederträchtig gewesen wäre, überlegte sie scharfsinnig, sondern weil das relativ vorhersehbar gewesen wäre – und Quinn war immer darauf bedacht, widersprüchlich und unvorhersehbar zu sein.

»Liebling?«

Morgan bemerkte, dass sie zu lange geschwiegen hatte. »Ich weiß – und ich glaube dir«, sagte sie. »Ich hoffe nur, Nightshade kommt nicht dahinter, dass der Versuch, auf irgendeine Weise Informationen aus mir herauszubekommen, nutzlos wäre. Ich verstehe das Sicherheitssystem nämlich gar nicht.«

»Er weiß, was dein Verantwortungsbereich ist, wie jeder, der mit dem Museum vertraut ist, aber ich glaube, ich kann ihn davon überzeugen, dass du mir ein paar sehr wichtige Informationen geliefert hast. Das heißt – falls du damit einverstanden bist.«

»Ich höre.«

Quinn runzelte etwas die Stirn. »Lass mich das zuerst durchdenken. Wollen wir uns nicht anziehen und mal im Museum vorbeischauen? Ich weiß doch, dass du nicht zufrieden bist, bis du sicher sein kannst, dass das Dach nicht eingestürzt ist, nur weil du nicht da warst.«

»Sehr witzig.« Doch sie lachte nicht. »Lass uns gehen.«

13

Sie gingen ungefähr einen Block von Morgans Wohnung bis zu Quinns Wagen. Der Weg zu der Stelle, an der er ihn in der Nacht zuvor geparkt hatte, war kurz genug, um Morgans verletzten Knöchel nicht zu überanstrengen. Als Quinn würde er nie in der Nähe des Museums parken, erklärte er ihr, damit man seinen Wagen nicht bemerkte.

»Deshalb hast du mich letzte Nacht die ganze Strecke tragen müssen«, bemerkte sie.

»Na ja, es war einer der Gründe.«

Morgan bohrte nicht weiter nach, sondern versuchte, ihre Unterhaltung oberflächlich zu lassen. Irgendwo in ihrem Hinterkopf waren all die Informationen, die sie über die letzten Wochen gesammelt hatte, langsam zusammengekommen. Manche Dinge verwarf sie, andere überprüfte sie noch einmal im Lichte neuer Erkenntnisse, und so versuchte sie, ein Puzzle zusammenzusetzen, von dem sie noch nicht wusste, was es am Ende zeigen würde.

Sie kam damit nur frustrierend langsam voran, gab jedoch nicht auf. Zum einen, weil Quinn nicht bereit war, ihr die ganze Wahrheit zu sagen – zumindest noch nicht –, zum anderen, weil sie zu neugierig war und nicht abwarten konnte, bis er ihr alles sagte. Sie hatte einen scharfen Verstand, und auch wenn sie sich um den Mann, den sie liebte, nicht Sorgen gemacht hätte, hätte sie mit Sicherheit dennoch viel über die ganze Situation nachgedacht.

Doch die meisten Teile des Puzzles in ihrem Kopf hatten ihren Platz noch nicht gefunden, als sie am Museum ankamen, und so schob Morgan die Sache für den Moment beiseite. Da in einer Stunde bereits geschlossen wurde, strömten jetzt weit mehr Menschen aus dem Gebäude heraus als hinein. Es sah aus, als wäre die Ausstellung heute gut besucht gewesen.

»Ich will im Überwachungsraum und im Computerraum nach dem Rechten sehen«, sagte sie in der Eingangshalle zu Quinn. »Nur für alle Fälle.«

Er nickte, dann fasste er rasch nach ihrer Hand und führte sie in einer so kurzen wie liebevollen Geste an seine Lippen. »Ich schaue mich ein bisschen um.«

Nach einem kleinen Zögern lächelte Morgan ihm zu, schritt dann in Richtung der Büros davon und fragte sich, was er wohl speziell in Augenschein nehmen wollte. Natürlich glaubte sie nicht eine Sekunde lang, dass er so interesselos war, wie er gesagt hatte. Nicht, dass sie einen ausgesprochenen Argwohn gegen ihn gehegt hätte; nein, aber sie hatte so etwas wie einen gesunden Respekt für seine angeborene Verschlagenheit entwickelt. Sie hatte das bestimmte Gefühl, er würde nie einen geraden Weg gehen, wenn er eine Biegung oder einen Winkel finden konnte.

Zuerst ging sie in den Überwachungsraum und sprach kurz mit zwei Wachleuten, die gleichgültig berichteten, der Tag sei friedlich und ohne besondere Vorkommnisse verlaufen, abgesehen von den üblichen vorübergehend den Eltern abhanden gekommenen Kindern und Kabbeleien von Liebespaaren. Morgan hatte schon vor Jahren festgestellt, dass eine erstaunliche große Zahl von Pärchen ihre Differenzen offenbar gerne in Museen austrug – sie schienen zu glauben, die riesigen, hallenden Räume und Korridore würden weit mehr Privatsphäre bieten, als es in Wirklichkeit der Fall war.

Angesichts der Sicherheitsmaßnahmen, die derart wertvolle Ausstellungsstücke schützten, der patrouillierenden Wachen und der Videokameras, denen nichts entging, sowie auch der anderen Besucher hielt Morgan Museen nicht unbedingt für romantische oder für Privates geeignete Orte.

Mit diesem Gedanken im Kopf ging sie weiter den Flur entlang zum Computerraum, wo sie Storm mit gerunzelter Stirn über ihren Rechner gebeugt vorfand.

»Hallo«, grüßte Morgan sie bewusst unbeschwert und lehnte sich an den Türpfosten. »Was gibt es?«

Die kleine Blondine hörte zu tippen auf und drückte die Eingabetaste, dann lehnte sie sich im Stuhl zurück und blickte mit ernstem Interesse auf Morgan. »Dazu kommen wir gleich. Was ist mit dir?«

Morgan war nicht so leicht in Verlegenheit zu bringen, und so wurde sie trotz des forschenden Blicks und der unverblümten Frage nicht rot. »Na ja«, antwortete sie, immer noch unbeschwert, »mir geht es heute besser als gestern.«

»Mhm. Trotz der Chloroform-Attacke?«

»Das war allerdings nicht gerade der Höhepunkt des Abends.«

»Das will ich hoffen. Alex?«

Morgan spürte, wie sie lächelte. »Merkt man es mir an?«

»Nur vom Kopf bis zu den Zehen.« Storm grinste zurück. »Ein bisschen verwirrend, wie?«

»Kann man sagen. Und mit all den anderen Dingen … Na ja, sagen wir einfach, ich nehme es, wie es kommt.«

»Das ist wahrscheinlich das Beste.« Dann wurde Storm ernster. »Jared sagte, sie glauben, es sei Nightshade gewesen, der dich überfallen hat.«

»Ja. Mein Glück, was? Hör mal, hat Max sich heute schon sehen lassen? Ich habe ein wahnsinnig schlechtes Gewissen, weil ich nicht zur Arbeit erschienen bin.«

»Er ist tatsächlich hier. Irgendwo im Museum.«

»Ich versuche, ihn zu finden. Äh … wo ist Bear?« Der kleine Kater war nirgends zu sehen.

»Bei Wolfe – und der ist auch irgendwo im Museum unterwegs.« In diesem Augenblick piepste der Computer. Storm setzte sich auf und fuhr mit ihrer Arbeit fort. »Er wird ein bisschen nervös. Wolfe, meine ich.«

Das überraschte Morgan, denn sie hatte noch kaum erlebt, dass sich der Sicherheitsexperte aus der Fassung hatte bringen lassen. »Wegen der Falle?«, fragte sie.

Storm gab einen kurzen Befehl ein und wandte sich dann mit einem Lächeln wieder Morgan zu. »Nein. Wegen einer kirchlichen Trauung in Louisiana. Er war ganz und gar dafür, dass wir einfach einen Pfarrer aufsuchen und es durchziehen, aber so geht es eben nicht. Nach sechs Söhnen begann meine Mutter schon vom Tag meiner Geburt an, Cents für meine Hochzeit zusammenzusparen, und das kann ich ihr nicht vermasseln. Schon jetzt werden zu Hause Pläne geschmiedet. Und wenn es darum geht, meine Familie kennenzulernen und feierlich zum Altar zu schreiten, ist Wolfe ein wenig schüchtern.«

Sie klang nicht wirklich besorgt, dachte Morgan amüsiert. Aber schließlich gab es dazu ja auch keinen Grund. Auch wenn ihn die »Prüfung«, die ihn in Louisiana vielleicht erwartete, noch so nervös machen sollte, war doch mehr als klar, dass Wolfe seine Storm so sehr liebte, dass es schon einiges mehr gebraucht hätte als den Fehdehandschuh irgendeines Verwandten, um ihn von ihrer Seite zu vertreiben. Dazu hätte es schon einer so gewichtigen Sache bedurft wie etwa eines Weltuntergangs.

»Da stehen nun sein Job und sein guter Ruf auf dem Spiel, und er macht sich Sorgen um ein bisschen Reis und ein paar Orangenblüten«, bemerkte Morgan etwas sarkastisch.

»Männer sind schon komisch, was?«

»Da hast du recht. Hör mal, gibt es sonst noch etwas, das ich wissen sollte – was die Arbeit anbetrifft?«

Storm berichtete über das Neueste von der Toten und was sie darüber dachte. »Keanes Forensikteam war eine Weile im Keller«, beendete sie ihre Ausführungen, »und sie haben versucht, mögliche Einstiegsstellen zu ermitteln, aber inzwischen sind sie schon wieder weg. Sie konnten nichts Stichhaltiges finden. Wir haben Videokameras und Alarmanlagen an allen Außentüren angebracht. Und Fenstern.«

»Klingt gut.« Morgan runzelte die Stirn. »Glaubt Keane, dass sie bei der Identifizierung der Leiche weitergekommen sind?«

»Ich denke nicht, aber er sagte, sie würden sich stark darauf konzentrieren, einen brauchbaren Fingerabdruck von ihr zu bekommen.«

»Ist das bei verbrannten Fingerspitzen überhaupt möglich?«

»Die Experten wollen es auf jeden Fall versuchen. Hoffen wir, dass sie erfolgreich sind.« Storm verzog das Gesicht. »Es ist tatsächlich leichter, eine vermisste Person zu suchen, als eine Leiche zu identifizieren, die irgendwo, nicht am Tatort, gefunden wird und deren Beschreibung mit keiner vermissten Person übereinstimmt. Macht auch Sinn, wenn man es sich richtig überlegt.«

»Ja. Man braucht eben etwas, womit man anfangen kann.«

»Genau das sagt Keane auch. Und er ist ganz schön frustriert deswegen. Jedenfalls, das ist für den Moment alles. Du bist auf dem Laufenden.«

»Danke.« Morgan verabschiedete sich mit einem Winken und ging den Flur hinunter zu ihrem Büro. Da ihr Klemmbrett nicht auf dem Schreibtisch lag, wo sie es gelassen hatte, machte sie sich auf zum Büro des Kurators am Ende des Korridors. Dort fand sie Chloe Webster an Ken Dugans Schreibtisch sitzen, stirnrunzelnd über Unterlagen gebeugt. Ihre angestrengte Miene verschwand, als sie Morgan in der Tür stehen sah.

»Hey, sind Sie wieder wohlauf? Ich habe gehört, Sie wurden letzte Nacht überfallen.«

Das war eine ziemlich verharmlosende Darstellung dessen, was in Wahrheit geschehen war, entschied Morgan. »Geht schon wieder. Eigentlich kommt es mir im Nachhinein fast wie ein Albtraum vor, als ob es gar nicht wirklich passiert wäre.«

»Sie hätten zu Tode kommen können.«

Dasselbe hatte Quinn gesagt, erinnerte sich Morgan. »Ich weiß nicht – es ging so schnell, dass zum Angsthaben gar keine Zeit war. Jetzt ist es ja vorbei.« Sie blickte sich in Kens vollgestopftem Büro um. »Haben Sie mein Klemmbrett gesehen? Es war nicht auf meinem Schreibtisch, deshalb dachte ich …«

Chloe schob einen Stapel Papier beiseite. »Ist es das?«

»Ja, danke. Offenbar hat Ken es gebraucht. Ich hätte heute wirklich zur Arbeit kommen sollen.«

»Ich habe gehört, wie Mr Bannister sagte, ein Tag, an dem man außerplanmäßig nicht erscheint, tut niemandem weh. Außerdem hat es heute, soweit ich weiß, keine Probleme gegeben.«

»Sie haben aber die Stirn gerunzelt, als ich hereinkam«, bemerkte Morgan.

Chloe schüttelte abwehrend den Kopf. »Oh, ich habe gerade mit Stuart Atkins gesprochen – vom Collier-Museum –, und er sagte mir, mehrere Museen in der Gegend hätten Probleme mit ihren Sicherheitssystemen. Alarme gehen ohne Grund los, solche Sachen. Aber hier scheint alles bestens.«

»Beschwören Sie es nicht«, sagte Morgan.

»Ich weiß, deshalb sage ich Mr Dugan und Mr Bannister wegen des Anrufs Bescheid. Nur für alle Fälle.«

Morgan nickte. Das war wohl das Beste. Sie ging wieder in ihr Büro zurück, legte das Klemmbrett auf den Schreibtisch und überprüfte die Statusprotokolle. Dann machte sie sich auf die Suche nach Quinn.

»Das gefällt mir nicht«, sagte Max.

»Das habe ich auch nicht erwartet.« Quinn seufzte und musterte sein Gegenüber vorsichtig. »Hör mal, wir wissen beide, dass Morgan impulsiv ist. Sie war sauer auf mich, und sie wollte mich ihren Zorn spüren lassen. Sie war so schlau, herauszufinden, wo ich auf der Lauer lag, und wütend genug, diese Feuerleiter hinaufzustürmen.«

»Das weiß ich, Alex.« Max bewegte etwas die Schultern, als wollte er seine verspannten Muskeln lockern. »Was ich nicht weiß – und worüber du dich ausschweigst – ist, was Nightshade auf dieser Feuerleiter wollte. Falls er es war, natürlich.«

Die beiden Männer standen in der Nähe der Ausstellung auf einer Galerie, damit sich ihnen niemand unbemerkt nähern konnte, und beide sprachen leise.

Quinn hatte sich auf dieses Gespräch nicht gerade gefreut, aber er hatte gewusst, dass es eher früher als später stattfinden würde. Max war viel zu klug, um die Bedeutung dessen, was sich letzte Nacht ereignet hatte, nicht zu erfassen.

»Hat Jared es dir nicht erklärt?«, fragte Quinn so beiläufig wie möglich.

»Nein. Er sagte, du seist gestern Nacht, als er kam, um dich abzulösen, zu verärgert gewesen, um darüber zu sprechen. Ich hatte das Gefühl, er hatte auch selbst ein paar Fragen.«

Quinn konnte ein Zusammenzucken gerade noch unterdrücken. Er dachte, dass Jared inzwischen wohl mehr als ein paar Fragen hatte, nachdem er Zeit gehabt hatte, über Quinns Worte nachzudenken: *Vielleicht habe ich seinen Verdacht erregt, und er ist heute Nacht aufgekreuzt und hat nach mir gesucht ...* Quinn konnte sich nicht erinnern, jemals zuvor in seiner gesamten Laufbahn so aus der Fassung gewesen zu sein wie in der Nacht zuvor Morgans wegen, dass er unbedacht gesprochen hätte. Und inzwischen war Jared sehr wahrscheinlich zu dem Schluss gekommen, dass Nightshades Identität für Quinn definitiv kein Geheimnis mehr war.

Doch Quinn schob diese Gedanken beiseite, räusperte sich und sagte dann mit überzeugend aufrichtiger Stimme: »Nun ja, so kompliziert ist es nicht, Max. Nightshade – falls er es war, natürlich – hat wahrscheinlich das Museum ausgekundschaftet – wenngleich ich nicht weiß, wie mir das entgehen konnte –, und er muss mich auf dem Dach gesehen haben. Ich kann natürlich nicht wissen, was er tun wollte, aber offensichtlich kam Morgan ihm in die Quere, und deshalb hat er sie für ein Weilchen betäubt. Ich hörte etwas und stieg herunter, bevor er noch etwas anderes tun konnte – und er verschwand. Das ist alles.«

Max ließ sein Gegenüber nicht aus den Augen. »Mhm. Sag mir eines, Alex: Trägst *du* nachts Chloroform mit dir herum?«

»Das ist schon vorgekommen«, räumte Quinn freimütig ein. »Es ist eine effiziente und nicht tödliche Art und Weise, mit unerwarteten Problemen fertig zu werden.«

»Trägt Nightshade welches mit sich herum?«

»Letzte Nacht schon.«

»Ist Morgan in Gefahr?«, fragte Max einen langen Augenblick später.

»Ich tue alles in meiner Macht Stehende, um sicherzustellen, dass sie es nicht ist«, antwortete Quinn aufrichtig.

Max runzelte die Stirn. »Du hast meine Frage nicht beantwortet.«

»Das ist die einzige Antwort, die ich dir geben kann. Max, es gibt bei dem Ganzen ein paar Dinge, die ich einfach nicht eingeplant hatte. Dazu zählt auch Morgan. Bei ihr scheint es mir ... schwieriger als sonst üblich zu sein, vorauszusehen, wie sie in einem bestimmten Moment reagiert, und darum kann ich auch nicht wissen, ob sie nicht wieder einmal eine gottverdammte Feuerleiter hinaufklettert. Aber ich lasse nicht zu, dass ihr etwas zustößt.«

»Hast du die Situation so gut im Griff, dass du das garantieren kannst?«

»Max ...« Quinn brach mit einem Seufzer ab. »Hör mal, nach der heutigen Nacht werde ich *wissen,* wie gut ich die Situation im Griff habe, aber bis dahin kann ich dir darauf keine Antwort geben. Du musst einfach darauf vertrauen, dass ich weiß, was ich tue.«

»Also gut«, lenkte Max schließlich ein. »Ich warte – bis morgen.«

»Mehr verlange ich nicht.« Mit etwas Glück würde er sich bis dahin etwas Plausibles ausgedacht haben.

Oder er würde eine Möglichkeit finden, Max aus dem Weg zu gehen, bis alles vorbei war. »Wenn du mich jetzt entschuldigst, ich mache mich auf die Suche nach Morgan.«

»Sag ihr schöne Grüße von mir.« Max wartete, bis Quinn sich umgedreht hatte, dann hakte er nach: »Alex? Hast du das Carstairs-Collier gestohlen?«

Quinn hatte sich genug unter Kontrolle, um keine beleidigte Miene aufzusetzen oder gekränkt zu klingen.

»Nein, Max, ich habe es nicht gestohlen.« Seine Antwort klang aufrichtig.

Max sagte nichts weiter. Er nickte lediglich und beobachtete, wie der jüngere Mann die Galerie verließ. Und er reagierte nicht überrascht, als einen Moment später Wolfe vom anderen Ende der Galerie her zu ihm trat. In der schwarzen Lederjacke und mit seiner leicht gerunzelten Stirn gab Wolfe nicht gerade das Bild eines Top-Sicherheitsexperten ab – und auch die kleine Katze auf seiner Schulter konnte diesen Eindruck nicht verbessern.

Doch Max war mit diesem Erscheinungsbild vertraut – einschließlich der Katze, die Wolfe in letzter Zeit häufig begleitete. Den Blick noch immer auf Quinn gerichtet, meinte er nachdenklich: »Allmählich fange ich an zu glauben, dass Alex mich belügt.«

»Dann weißt du jetzt, wie das ist«, kommentierte Wolfe, nicht überrascht und nicht ohne eine gewisse Befriedigung.

»Ich habe dich nie angelogen. Sondern dir nur nicht immer die ganze Wahrheit gesagt.«

»Jaja, na klar«, sagte Wolfe und fuhr etwas mürrisch fort: »Vielleicht macht Alex ja auch nichts anderes. Wir wissen doch beide, dass er nur lügt, wenn er sicher ist, dass er letzten Endes aus einer Sache herauskommt. Wenn er jetzt lügt, dann nur deshalb, wette ich, weil er tiefer in der Scheiße steckt, als er uns gesagt hat.«

»Die Wette würde ich annehmen«, stimmte Max zu und seufzte. »Und wir haben womöglich noch ein Problem. Mutter hat angerufen. Sie ist noch in Australien – aber sie ist im Anrollen.«

Wolfes Miene erhellte sich, um jedoch sofort wieder einem finsteren Blick zu weichen. »Das ist jetzt nicht gerade der beste Zeitpunkt, Max. Kannst du sie nicht hinhalten?«

»Mutter hinhalten?«, fragte Max mit höflicher Ungläubigkeit.

»Tut mir leid, ich habe mich wohl vergessen.« Wolfe schüttelte den Kopf. »Na ja, bis sie kommt, ist ja vielleicht schon alles vorbei.«

»Jaaah«, kommentierte Bear in einem ausgesprochen hämischen Ton.

Max warf einen Blick auf den kleinen Kater und seufzte erneut. »Bearchen, besser hätte ich es auch nicht sagen können.«

Die Eingangshalle war fast leer, als Morgan sie durchquerte und auf die Treppe zuging. Auf halbem Weg nach oben traf sie Leo Cassady. Der schlanke, gutaussehende Kunstsammler lächelte, als er sie sah, und blieb stehen, als sie beide dieselbe Stufe erreicht hatten.

»Hallo Morgan. Wie ich höre, habe ich auf meiner Party am letzten Samstag ganz unbeabsichtigt den Kuppler gespielt.«

Sie spürte einen kleinen Stich bei der Erinnerung daran, dass sie erst seit kaum einer Woche offiziell mit Alex Brandon bekannt war, doch sie brachte ein Lächeln zustande. »Sagen wir einfach, ich habe das Gefühl, dass mein Leben nie mehr ganz dasselbe sein wird.«

»Und ich bin daran schuld?«

»Na ja, es war Ihre Party, Leo. Aber … ich denke mal, früher oder später hätten wir uns so oder so kennengelernt. Die Ausstellung zieht scharenweise Sammler an.«

»Ja, ich schaffe es anscheinend auch nicht, mich davon fernzuhalten«, meinte er etwas spöttisch. »Ist Alex jetzt hier?«

»Er ist irgendwo im Museum unterwegs«, erwiderte Morgan beiläufig. »Max auch.«

»Mit Max habe ich oben gesprochen, aber Alex habe ich nicht gesehen. Sagen Sie ihm schöne Grüße von mir, ja?«

»Sicher. Und wir sehen uns später.«

Morgan setzte ihren Weg nach oben fort. Am Treppenabsatz angekommen, blieb sie stehen und beobachtete Leos vornehme Gestalt, wie er durch die Eingangshalle auf die Tür zuschlenderte. Auch sein langsamer Gang konnte die Leichtigkeit und Eleganz nicht wirklich verbergen, die von trainierten Muskeln herrührte, wie bei einem Tänzer oder Athleten.

Was hatte Quinn gesagt? *Wenn du einem Mann gegenüberträtest, vom dem du wüsstest, dass er Nightshade ist …*

Nightshade *war* jemand, den sie kannte. Wahrscheinlich sogar jemand, den sie gut kannte oder den sie regelmäßig traf, sonst hätte Quinn ihr vielleicht gesagt, wer er war. Konnte es Leo sein?

Sie hielt sich an der dicken Geländersäule fest und blickte, ohne wirklich etwas wahrzunehmen, in die Eingangshalle hinunter. Ihre Gedanken wirbelten durcheinander, und plötzlich war ihr sehr kalt. Leo? Sicher, er war ein Kunstsammler, und auch wenn er es oft verharmloste, hatte er selbst seine Gier nach seltenen und schönen Dingen als Obsession bezeichnet. Auf der Suche nach solchen Objekten hatte er die ganze Welt bereist, hatte unglaubliche Summen dafür bezahlt, zu besitzen, was niemand sonst besitzen konnte …

Leo … Nightshade?

Morgan wollte es nicht glauben. Sie wollte es nicht einmal als Möglichkeit in Betracht zu ziehen. Nightshade hatte Menschen getötet – unter anderem eine junge Frau von zweiundzwanzig Jahren, die Alex Brandon wie eine Schwester geliebt hatte. Nightshade hatte auf Alex – auf Quinn – geschossen.

Nightshade hatte sie – Morgan – mit Chloroform betäubt.

So sehr sie es auch versuchte, Morgan konnte sich an nichts erinnern, was den Mann, der sie mit eisernem Griff festgehalten hatte, bis sie ohnmächtig geworden war, irgendwie charakterisiert oder gar identifiziert hätte. Er war größer gewesen als sie, aber sie war sich nicht sicher, wie viel größer. Er war stark, schnell. Sie konnte sich an keinen Geruch erinnern außer an den des Chloroforms, und kein Geräusch und keinen Laut außer jenen, die sie selbst durch ihre Gegenwehr verursacht hatte.

Konnte Leo eine ihm gut bekannte junge Frau mit Chloroform betäuben und sie am nächsten Tag mit einem freundlichen Lächeln begrüßen?

Quinn hatte einmal etwas über die Fähigkeit gesagt, unter Stress überzeugend lügen zu können. Er hatte behauptet, dazu brauche man ein gewisses Maß an Nerven – oder man müsse gerissen sein. Besaß auch Leo diese Art von Verschlagenheit?

Das konnte sie natürlich nicht mit Sicherheit wissen. Mit einem leichten Schaudern drehte sich Morgan um und machte sich zur Ausstellung auf, wo sie Quinn zu finden hoffte. Sie fragte sich, ob er ihr die Wahrheit sagen würde, wenn sie ihn fragte, ob Leo Nightshade war. Sie fragte sich, ob sie ihn überhaupt fragen konnte.

Als Quinn sie an einem der Schaukästen in der Ausstellung stehen sah, hielt er für einen Moment inne und betrachtete Morgan nur. Er war sich vage bewusst, dass die Besucher über Lautsprecher bereits aufgefordert worden waren, das Museum zu verlassen, und es zweifellos klüger von ihm sein würde, zu verschwinden, um nicht noch einmal mit Max zusammenzutreffen. Doch er konnte sich nicht zur Eile antreiben.

Was dachte sie wohl? Ihr wunderschönes Gesicht war ernst, der Blick aus ihren großen, goldbraunen Augen gespannt, und so starrte sie, die Hände vor der Brust verschränkt, auf den Bolling-Diamanten. Sie war leger in Jeans und Pullover gekleidet, das üppige Haar fiel ihr schwarzglänzend über den Rücken, und schon allein ihr Anblick ließ sein Herz höher schlagen.

Er fragte sich, ob ihr klar war, was sie bei ihm auslöste. Wie sehr er körperlich von ihr angezogen wurde, war ihr sicherlich bewusst. Schließlich konnte er kaum verbergen, wie sehr er sie begehrte, und so hatte er es gar nicht erst versucht. Aber wusste sie, wie enorm diese Empfindung war? Ahnte sie auch nur, dass er sie wollte, sie brauchte, und zwar weit über jegliches vernünftige Maß hinaus?

Sein Leben hatte ihn, vor allem in den letzten Jahren, zu einem Meister im Verbergen oder Verstellen seiner Gefühle werden lassen, aber er war nicht sicher, ob er es schaffte, erfolgreich zu kaschieren, was er für sie empfand. Jared wusste sicherlich Bescheid nach der letzten Nacht. Und auch Max, wenngleich er seit der Nacht, in der Quinn angeschossen worden war, nichts dazu gesagt hatte.

Aber wusste Morgan es?

Er trat hinter sie, instinktiv lautlos, wie er es so oft sein musste, doch sie zuckte nicht zusammen, als er die Arme um sie legte. Sie hatte gewusst, dass er es war.

»Da ist eine Tafel«, sagte sie und ließ sich beinahe träge an ihn sinken. »Darauf steht die Geschichte des Bolling – aber du hast sie interessanter erzählt.«

»Danke, meine Süße.« Er vergrub die Nase in ihren Haaren und küsste sie in den Nacken. Dort war ihre Haut besonders zart, und er liebte es, wie sie sich unter seinen Lippen anfühlte.

»Mmmm. Ich habe es nicht einmal gelesen. Ich meine, ich habe mitgeholfen, die Tafeln anzubringen, aber ich hatte keine Lust, sie zu lesen.«

»Du warst mit anderen Aspekten der Ausstellung beschäftigt«, erinnerte er sie und küsste sie direkt unter dem Ohr. Weiche Haut … und ein blauer Fleck von einem grausamen Handgriff. Dieser kleine Fleck erfüllte ihn noch immer mit einer flammenden, fast mörderischen Wut – er hatte ihn zur Liste von Nightshades zahlreichen Verbrechen hinzugefügt –, und so ließ er seine Lippen sehr sanft darüber gleiten.

Morgan gab wieder einen kaum hörbaren Laut von sich, dann drehte sie sich in seinen Armen um, blickte ihn an und legte die Hände auf seine Schultern. Sie lächelte, doch ihre Lider hingen schwer über den goldbraunen Augen und verliehen ihr dieses sinnliche Aussehen, das er so sehr an ihr liebte. Und ihre Stimme war ein wenig belegt, als sie sagte: »Wir wissen beide, wie viele Überwachungskameras jetzt auf uns gerichtet sind. Ich weiß nicht, wie es dir geht, aber ich möchte lieber nicht das Wachpersonal unterhalten.«

Quinn küsste sie kaum merklich. »Nein, ich glaube, ich auch nicht.« Er trat einen kleinen Schritt zurück, ergriff jedoch ihre Hand und hielt sie fest. »Das Museum schließt gleich.«

Sie nickte und warf einen letzten Blick auf den leuchtend

gelben Bolling. Auf dem Weg zum Ausgang fragte sie dann: »Warum ist er bei Dieben so begehrt? Ich meine, wieso will jemand, der nicht geistesgestört ist, etwas stehlen, das eine Geschichte hat wie der Bolling?«

»Der Drang, etwas beweisen zu müssen, abgesehen von seinem doch ziemlich beträchtlichen Wert«, antwortete Quinn kurz und bündig. »Jeder Dieb, der es in der Vergangenheit versucht hat, glaubte, er würde triumphieren.«

»Und heute? Glaubt Nightshade an Flüche?«

Für die Antwort darauf ließ sich Quinn etwas mehr Zeit. »Nightshade glaubt, besitzen zu müssen, was andere Menschen zerstört hat. Und er glaubt, dass er gegen die Gefahr irgendwie immun ist. Er glaubt, es sei sein Recht, sein ... Schicksal ... unbezahlbare Schönheit zu besitzen.«

Morgan blickte ihn an. »Und was glaubst du?«

Er zuckte die Achseln. »Ich glaube, er versucht einfach nur, seine innere Leere zu füllen, Morgana. Er ist ein hohler Mensch, dem alles fehlt, was irgendwie von Bedeutung ist.« Quinn war sich ihres suchenden Blicks bewusst und fühlte sich plötzlich etwas befangen. In einem leichten Ton setzte er hinzu: »Psychologie, Lektion 101.«

Morgan erwiderte nichts darauf. Stattdessen amüsierte sie ihn einmal mehr mit ihrer einzigartigen, sich immer in den unglaublichsten Momenten regenden Entschlossenheit, alle ihre Fragen beantwortet zu bekommen, als sie sagte: »Vor einer Weile habe ich die Tafel des Talisman-Smaragds gelesen. Willst du – ich meine, will *Quinn* – ihn, weil er angeblich einmal Merlin gehörte?«

»Na ja, ein Smaragd mit hundertfünfzig Karat ist eine ganze Menge wert, unabhängig davon, wem er einmal gehört hat.«

»Du weißt schon, was ich meine.«

Er wusste es. »Tatsächlich hat sich Quinn einen gewissen Namen gemacht, sich Exponate mit ... ähh ... einer eigenartigen oder übernatürlichen Geschichte anzueignen. Nicht immer, wohlgemerkt, aber hin und wieder, hier und da, oft auch nur, um das Interesse an ihnen offensichtlich zu machen. Und das ist etwas, dessen sich auch Nightshade bewusst war. Es fiel ihm sehr leicht zu glauben, dass Quinn von so weit her kam, um an diesen kleinen Armreif dranzukommen.«

»Und den Bolling zu meiden?«

»Ich sagte ihm, ich sei abergläubisch und hätte große Angst vor Flüchen. Und ich bin ziemlich sicher, dass er mir das geglaubt hat.«

Sie ließen die Ausstellung hinter sich und gingen schweigend die Treppe hinunter. Auf halbem Weg nach unten begann Morgan wieder zu sprechen, doch sie klang etwas unsicher.

»Alex, wenn ich raten wollte, wer Nightshade ist …«

»Tu es nicht, Morgana.« Seine Stimme war ruhig und bestimmt, doch seine Finger umklammerten ihre Hand unbewusst fester. »Zu wissen, wer er ist, würde dir nicht helfen – und es könnte dir schaden. Es gibt keinen Grund für dich, das zu wissen, bevor du es wissen musst. Vertrau mir.«

Sie erreichten die Eingangshalle, Morgan schaute zu ihm hoch, und ein kleines Lachen entkam ihr. »Wir haben bereits ausgemacht, dass ich diesbezüglich keine Wahl habe.« Bevor er etwas erwidern konnte, fuhr sie im gleichen beiläufigen Ton fort: »Du hast bis Mitternacht frei, nicht wahr?«

»Mehr oder weniger«, stimmte er zu. »Ich dachte, wir gehen essen und dann in deine Wohnung.«

»Klingt gut.«

Danach tauchten die Ausstellung, Nightshade und andere besorgniserregende Themen nicht mehr in ihrer Unterhaltung auf, und darüber war Quinn froh. Er wusste, er hätte sich auf derlei Dinge konzentrieren sollen, ob sie nun besorgniserregend waren oder nicht, doch Morgan nahm all seine Aufmerksamkeit in Anspruch. Sie hatte ihn schon in der ersten Nacht fasziniert, in der sie sich gesehen hatten, und ihre darauffolgenden, ziemlich intensiven Begegnungen hatten diese Faszination immer weiter wachsen lassen und vertieft.

Für ihn war sie einfach großartig. Nicht nur ihrer äußeren

Schönheit wegen, obwohl schon diese allein eine Marmorstatue, wenn sie auch nur annähernd einen Mann darstellte, dazu hätte bringen können, vom Sockel zu springen und sehnsüchtig hinter ihr herzulaufen. Nein, was Morgan hatte, das war weit mehr als bloße Schönheit. Sie sprühte geradezu vor Leben, ihr inneres Feuer war so leuchtend stark, dass man es in ihren Augen sah, und es schien ihre makellose Haut zu erhellen. Ihre Stimme war reine Musik, der Ton gerade so, dass jedes Wort ihm zu einer Liebkosung wurde. Und ihr Kopf … ihr Charakter.

Intelligenz war nur *ein* Teil, wenngleich sie damit sicherlich bestens aufwarten konnte. Aber sie besaß auch einen manchmal ironischen oder ausgefallenen – und immer bissigen – Humor. Und eine hervorragende Auffassungsgabe. Dazu mehr Einfühlungsvermögen *und* Sensibilität, als sie zu zeigen bereit war. Und trotz ihres gesprächigen Wesens und ihres Charmes war sie auch noch sehr tiefgründig.

Quinn glaubte, dass sie in ihrem Leben sehr verletzt worden war – und zwar nicht nur von dem Verlobten, der so unaussprechlich dumm gewesen war, dass er nicht unter ihren äußeren Glanz sehen und das pure Gold darunter entdecken konnte. Sie hatte zu oft erleben müssen, nur aufgrund ihres Äußeren beurteilt zu werden, dachte er, und das hatte sie gelehrt, ihr verwundbares Herz zu schützen.

Was es umso bemerkenswerter machte, dass sie sich ausgerechnet in ihn hatte verlieben können. Er konnte es immer noch nicht richtig glauben. Er überlegte sogar, dass sie, wenn sie genug Zeit miteinander verbrachten, schließlich zu dem Entschluss kommen müsse, dass sie sich in ihren Gefühlen getäuscht hatte. Doch sein tiefstes Inneres erkannte in ihren Augen eine leuchtende Wahrheit.

Sie liebte ihn.

Und das würde sie noch teuer zu stehen kommen.

14

Spät am Sonntagabend quälte sich Quinn widerstrebend aus Morgans warmem Bett und zog sich an. Es war fast elf Uhr, und er musste noch kurz in sein Hotel zurück, bevor er seine Nacht als Quinn beginnen konnte. Sie hatten die meiste Zeit des Abends im Bett verbracht, und auch wenn er in den letzten Tagen nicht allzu viel Schlaf bekommen hatte, fühlte er sich doch eigenartig energiegeladen.

Morgan stopfte sich ein paar Kissen in den Rücken und zog geistesabwesend die Decke über ihre bloßen Brüste hoch, während sie ihn beobachtete. Im Licht der Lampe schienen ihre Augen unergründlich zu sein. Zum ersten Mal, seit sie früher am Tag darüber geredet hatten, sprach sie in aller Ruhe, aber fest und bestimmt, das Thema Nightshade an.

»Hast du dir einen Grund ausgedacht, weshalb ich erwartet haben könnte, Alex Brandon um Mitternacht auf einem Hausdach zu finden?«

»Nur einen«, gab er zu und setzte sich auf die Bettkante, um sich die Schuhe anzuziehen. »Wenn Alex dir gesagt hätte, dass er da zu finden sein würde – wobei er natürlich nicht erwartet hätte, dass du tatsächlich kommst.«

Morgan runzelte die Stirn, dann begriff sie. »Du hattest Quinns Kleidung an. Die schwarzen Einbrecherklamotten. Du hättest nicht gewollt, dass ich sie sehe, wenn ich nicht gewusst hätte, dass du Quinn bist.«

»Das ist ein kleines Problem bei dem Versuch, die Dinge zu erklären, ja.«

Noch immer stirnrunzelnd beobachtete sie ihn einen Moment lang und sagte dann: »Na ja, du kannst immer auf die Unberechenbarkeit der Frauen zurückgreifen. Du sagst mir, du bist da oben – die Sterne beobachten oder einfach, um das Dach eines Gebäudes anzusehen, das du zu kaufen oder zu mieten beabsichtigst …«

»Mitten in der Nacht?«

»Du hattest einen geschäftigen Tag und deshalb ansonsten keine Zeit.« Als er sie mit hochgezogenen Brauen anstarrte, lachte sie und sagte: »Die meisten Männer meinen, eine verliebte Frau glaubt alles, deshalb bin ich sicher, dass du es überzeugend darstellen kannst. Oder sag ihm, ich war *nicht* überzeugt, ich hätte geglaubt, eine andere Frau sei mit im Spiel oder so etwas, und danke ihm dafür, dass er mich ohnmächtig machte, bevor ich dich in deinem Quinn-Kostüm sehen konnte.«

»Das ist nicht schlecht«, bemerkte er. »Vor allem, weil ich vorhabe, ihn sofort in die Defensive zu drängen.«

Morgan dachte kurz nach. »Weil *er* nicht auf dieser Feuerleiter hätte sein sollen?«

»Richtig. Und schon gar nicht mit Chloroform. Da saß ich also auf diesem Dach, studierte das Museum und suchte für *ihn* einen Weg hinein, und er kommt daher – entweder um mich zu kontrollieren oder etwas mit mir anzustellen, das mehr von Dauer sein würde. Ich meine, er ließ einen erschreckenden Mangel an Vertrauen in seinen Partner erkennen, und das ist noch gelinde ausgedrückt. Ich denke, was das anbelangt, werde ich mich sehr entrüstet geben. So entrüstet in der Tat, dass ich gar nicht sicher bin, ob ich ihm die wichtige Mitteilung zukommen lassen will, die ich von dir bekam, meine Süße.«

»Ah, gut, dass wir darauf noch einmal zurückkommen.« Sie betrachtete ihn nachdenklich. »Falls du ihn auf diese Art und Weise ablenken willst, musst du dir etwas Gutes ausdenken. Da ich weder über die Sicherheitsvorkehrungen der Ausstellung noch über die des Museums viel weiß, was hätte ich dir denn sagen können?«

Er beugte sich zu ihr, um sie zu küssen; nicht, um einer Antwort auf ihre Frage auszuweichen, sondern weil sie zu küssen für ihn einfach so notwendig geworden war wie das Atmen. Als er den Kuss endlich widerwillig beendete, musste er gegen einen überwältigenden Impuls ankämpfen, sich die Kleidung vom Leib zu reißen und wieder zu ihr unter die Decke zu schlüpfen – und dieser verträumte, sinnliche Ausdruck in ihren Augen trug nicht eben dazu bei, seine Willenskraft zu unterstützen.

Quinn räusperte sich, aber dennoch klang seine Stimme belegt. »Du hast mir etwas gesagt, was nur ein paar Menschen wissen, meine Süße. Du hast mir gesagt, dass Max plant, seine Sammlung aufzuteilen – und verschiedenen Museen als Leihgaben zur Verfügung zu stellen –, noch bevor die Ausstellung offiziell beendet ist.«

Im ersten Moment war sie verdutzt, doch dann nickte sie bedächtig. »Ich verstehe. Sobald die Sammlung über das ganze Land verteilt ist – oder sogar weltweit –, wäre seine Hoffnung, an viele der Stücke heranzukommen, ziemlich zerschlagen.«

»Genau. Mit ein wenig Glück wird ihm diese Nachricht zumindest etwas zum Nachdenken geben. Und wenn meine Einschätzung richtig ist, könnte sie ihn dazu bewegen, ein bisschen rascher zuzuschlagen als ursprünglich geplant.«

Morgan nickte erneut, doch dann blickte sie ihn an und biss sich dabei auf die Lippe. »Alex, sei vorsichtig. Wenn Nightshade rascher zuschlägt, könnte das ein tödlicher Plan sein.«

Er küsste sie erneut und schaffte es dieses Mal, sich nicht hinreißen zu lassen. »Mach dir keine Sorgen, Liebes, ich passe schon auf mich auf. Außerdem, ich habe es dir schon einmal gesagt, ich lande immer auf den Füßen.«

Quinn wollte sie nicht verlassen, doch gleichzeitig drängte es ihn, Nightshade zu treffen und dessen Aufmerksamkeit von Morgan abzuwenden. Sie würde nicht sicher sein, bis diese gierigen Augen wieder ausschließlich auf die Sammlung Bannister fixiert waren.

Dieser Gedanke war es, der ihm die Kraft gab, das Bett zu verlassen, doch im Türrahmen musste er noch einmal stehen bleiben und sich zu ihr umdrehen. »Ich werde so gegen Morgengrauen nach einem Platz Ausschau halten, wo ich mein müdes Haupt betten kann. Hast du irgendwelche Vorschläge?«

Sie lächelte träge, und diese strahlende Aufrichtigkeit stand in ihren Augen. »Ich glaube, das Schloss der Wohnungstür ist leicht zu knacken. Und dann ist da auch noch das Fenster; mit dem hattest du ja auch keine Schwierigkeiten. Also, du hast die Wahl. Ich bin in jedem Fall hier.«

Angesichts dieser verlockenden Aussichten würde es Quinn zweifellos nicht schwerfallen, zurückzukommen. Wenn Morgan ihn erwartete, war es nur fraglich, ob er die langen Stunden bis zum Morgengrauen durchstehen würde.

»Irgendwelche Probleme?«, fragte er Jared leise, als sie sich ein paar Minuten nach Mitternacht trafen.

»Mir ist nichts aufgefallen.«

Da sie davon ausgehen mussten, dass Nightshade ihren früheren Aussichtspunkt inzwischen kannte, hatten sich Jared und Quinn früher am Tag telefonisch darauf geeinigt, sich in einem anderen Gebäude einen neuen zu suchen. So trafen sie sich nun in einem der vor Beginn der Ausstellung angemieteten leerstehenden Büros im dritten Stock eines Hauses, von dem aus das Museum zu überblicken war.

»Na gut«, sagte Quinn, »dann versuch du mal besser, etwas Schlaf zu bekommen.« Er versuchte, beiläufig zu klingen, obwohl er wusste, dass eine Konfrontation mit Jared nicht zu vermeiden sein würde.

»Nicht so schnell.« Jared setzte sich auf einen riesigen alten Schreibtisch, den die Vormieter zurückgelassen hatten, und machte damit klar, dass er noch nicht bereit war zu gehen. Der Raum war ziemlich dunkel, doch das Licht reichte aus, um seinen düsteren Gesichtsausdruck erkennen zu können.

Quinn lehnte sich an den Fensterrahmen und spähte durch die Jalousie auf das Museum auf der anderen Straßenseite. Es war auf allen Seiten hell erleuchtet und lag sehr friedlich da.

Keine Hilfe von dort, dachte er bedauernd und wünschte sich fast, ein paar bewaffnete Gangster würden es stürmen.

»Alex.«

»Ja?« Er blickte seinen Bruder an, noch immer scheinbar unbeschwert.

»Ich habe dich in dieser Sache von Anfang an unterstützt.« Jared klang sehr bestimmt. »Ich habe ein paar Gesetze missachtet und viele Bestimmungen verletzt, weil ich wusste, was es dir bedeutet, Nightshade hinter Gitter zu bringen. Bislang habe ich das nicht bedauert.«

»Freut mich«, murmelte Quinn.

»Moment. Ich ließ zu, dass du Max belogst; es hat mir nicht gepasst, aber ich konnte deine Gründe dafür verstehen. Ich ließ zu, dass du Wolfe belogst, obwohl ich ganz genau wusste, dass er uns wahrscheinlich beiden den Kopf abreißen wird, wenn er die Wahrheit erfährt. Aber ich lasse *verdammt noch mal* nicht zu, dass du mich belügst, kleiner Bruder.«

Quinn regte sich nicht und sagte kein Wort. Er wusste, wie es sich anhörte, wenn es unangenehm wurde, und er hörte genau das in Jareds Stimme. Und obwohl er ein paar Zentimeter größer war als sein Bruder und etwas breitere Schultern hatte, gab es niemanden auf der Welt, mit dem er sich weniger gern angelegt hätte als mit Jared.

Vor allem, wenn er wusste, dass er, Quinn, im Unrecht war.

»Ich will die Wahrheit, Alex.«

»Also gut«, sagte Quinn leise. »Ich hätte es dir ohnehin gesagt. Vielleicht nicht heute, aber … bald.«

Jared atmete tief ein und ließ die Luft langsam ausströmen. »Na dann leg mal los.«

Also sagte Quinn es ihm.

Fast alles.

Auch Quinns zweite Begegnung dieser Nacht war so etwas wie ein Hochseilakt. Sie fand in einem Privathaus weit weg vom Museum statt, und wie er es mit Morgan besprochen hatte, ließ er Nightshade keine Gelegenheit, unbequeme Fragen zu stellen.

»Was soll denn das, dass Sie mich beschatten?«, fragte er und nahm seine Maske ab.

»Sie beschatten? Was reden Sie denn da?«

»Ich rede von Ihrem kleinen Kraftakt letzte Nacht auf dieser Feuerleiter. Was wäre passiert, wenn Morgan Ihnen nicht in die Quere gekommen wäre, möchten Sie mir das vielleicht sagen? War das Chloroform für mich gedacht, oder haben Sie das Zeug gewohnheitsmäßig bei sich? Oder hatten Sie es auf Morgan abgesehen?«

Sein Gastgeber ging langsam zu einem Sessel am offenen Feuer und nahm Platz. »Alex, ich war letzte Nacht nicht draußen. Überhaupt nicht.«

Quinn erkannte die Wahrheit, wenn er sie hörte. Zuerst war er erleichtert, dann wurde ihm frostig kalt. Er setzte sich seinem Gastgeber gegenüber und sprach langsam, obwohl sein Verstand rasend schnell arbeitete. »Und Sie haben auch diese Frau nicht getötet, die die Polizei bislang nicht identifizieren konnte. Also haben wir noch einen Mitspieler.«

»Sieht so aus. Was hat Morgan auf einer Feuerleiter gemacht?«

»Sie hat nach mir gesucht. Nach Alex.«

»Und sie erwartete, Sie auf einem Dach zu finden?«

»Ich habe ihr nicht gesagt, ich würde auf einem Dach sein. Sondern, dass ich mich spätabends noch mit einem Immobilienmakler treffen wolle, um ein Gebäude anzusehen, das ich als Investition in Betracht ziehen würde. Ich wollte ihr eigentlich gar nicht sagen, welches Gebäude genau, aber anscheinend habe ich das getan. Und sie wollte mich offenbar mit einem Besuch überraschen. Entweder das, oder …«

»Oder sie vermutete, Sie würden jemand anderen treffen?«

»Ich hätte sie nicht als eifersüchtig eingeschätzt«, überlegte Quinn achselzuckend. »Aber jedenfalls, so ist Morgan nun einmal. Als sie die Vordertür verschlossen fand, hat sie es über die

Feuerleiter versucht.« Quinn war sich ziemlich sicher, eine plausibel klingende Geschichte zu erfinden, und das war bestimmt besser als die Wahrheit.

»Und jemand betäubte sie mit Chloroform. Eine interessante Alternative – statt sie einfach umzulegen. Das würde eher zu Ihnen passen als zu mir.«

Risikofreudig, wie er nun einmal war, bemerkte Quinn: »Mir kam der Gedanke, dass Sie sich Morgan vielleicht schnappen wollten, um zusätzlich etwas gegen mich in der Hand zu haben.«

»Alex, Sie überraschen mich. Was für ein Mangel an Vertrauen.«

Quinn ignorierte diese Bemerkung und fuhr fort: »Das ist immer noch eine Möglichkeit, falls wir tatsächlich einen weiteren Mitspieler haben. Aber wer immer es war, er konnte nicht gewusst haben, dass Morgan auf dieser Leiter sein würde. Es sei denn, er hat sie verfolgt.«

»Oder Sie.«

»Mir ist niemand gefolgt.«

Nightshade akzeptierte diese Behauptung. »Wo ist Morgan jetzt?«

»An einem sicheren Ort. Unter Aufsicht. Und da wird sie bleiben, bis diese Sache vorbei ist.«

»Ist das eine Warnung, Alex?«, fragte Nightshade mit einem leichten Lächeln.

»Wenn Sie so wollen.« Quinn begegnete dem Blick seines Gastgebers ungerührt. »Niemand wird Morgan etwas antun. Und niemand verwendet sie gegen mich.«

»Registriert.« Nightshade zuckte mit den Schultern. »Im Moment interessiert mich weit mehr, wer dieser neue Mitspieler ist und ob er unsere Pläne gefährdet. Es klingt zumindest so, als habe er Sie durchschaut und weiß, dass Morgan Ihre Schwachstelle ist.«

Quinn hätte mit ihm über die Wahl seiner Worte streiten können, doch er entgegnete lediglich: »Der Mord an dieser

Frau verweist direkt auf das Museum. Dort haben sie im Keller sogar die Tatwaffe gefunden, ziemlich … kreativ platziert.«

»Wer immer der Mörder ist, er hat es also geschafft, hineinzukommen, ohne einen Alarm auszulösen.«

»Und er verbrachte dort sogar beträchtlich viel Zeit. Vor Wochen. Bevor das neue Sicherheitssystem in Betrieb ging. Seither hat niemand mehr das System geknackt.«

»Sind Sie sicher?«

»Absolut.«

»Und Sie haben keine Ahnung, wer unser neuer Mitspieler sein könnte.«

Quinn schüttelte den Kopf. »Auch die Polizei nicht, falls Sie das irgendwie tröstet.«

»Tut es nicht.«

»Sie verfügen in dieser Stadt über mehr Beziehungen als ich. Nutzen Sie sie. Finden Sie heraus, was vor sich geht.«

»Wir haben einen Zeitplan. Das wissen Sie schon noch, oder?«

»Natürlich. Und bis Donnerstagnacht ist alles an Ort und Stelle. Das heißt, falls Sie einfach weitermachen wollen.«

»Natürlich will ich das. Ich kann doch nicht riskieren, dass dieser … neue Mitspieler … vor uns hineinkommt.«

»Es ist ein Risiko. Weiterzumachen, ohne zu wissen, wer sich da draußen tummelt. Aber es gibt noch ein Risiko.« Quinn sah keinen Grund, weshalb er nicht weitermachen und gewissermaßen noch Öl ins Feuer gießen sollte.

»Und das wäre?«

»Etwas, das Morgan mir erzählt hat. Max plant, die Sammlung aufzuteilen und als Leihgaben verschiedenen Museen der Welt zur Verfügung zu stellen. Er meint, die Zeit, in der nur ein Mensch oder eine Familie solche Schätze haben sollte, sei längst vorbei.«

»Tatsächlich«, kommentierte Nightshade grimmig.

»Ja, das passt zu ihm. Er will es bei der Finissage bekannt geben, aber er wird die anderen Museen wohl schon zuvor kontaktieren, um die Exponate offiziell zu überreichen.«

»Ich habe mich schon gefragt, weshalb er die Sammlung jetzt, nach all den Jahren, zeigen wollte. Ein letztes Hurra, sozusagen. Die letzte Gelegenheit, sämtliche Stücke zusammen sehen zu können.«

Quinn zuckte die Achseln.

»Das hat Ihnen also Morgan gesagt?«

»Bettgeflüster. Sie konnte ja nicht wissen, dass diese Information von besonderer Bedeutung ist.«

Ohne darauf einzugehen, sagte Nightshade: »Das ist also die letzte echte Chance, sich die vollständige Sammlung Bannister vorzunehmen.«

»Sieht so aus.«

Nightshade musterte Quinn. »Ihnen scheint das nicht allzu viel Kopfzerbrechen zu bereiten.«

»Ich will ja nur den Talisman-Smaragd, vergessen Sie das nicht. Wenn sie den an ein anderes Museum geben, könnte das die Sache für mich sogar erleichtern.«

»Aber nicht für mich.« Seine Lippen wurden dünn. »Ich lasse mich nicht gern drängen. Aber ich gehe nicht das Risiko ein, dass mir die Sammlung durch die Lappen geht. Wir schlagen am Donnerstag zu, wie geplant.«

»Obwohl wir nicht wissen, wer unser neuer Mitspieler ist?«

»Die Sammlung Bannister ist das Risiko wert. Manche Dinge sind jedes Risiko wert. Das glauben Sie doch auch, Alex, nicht wahr?«

»Ja«, antwortete Quinn. »Ja, das glaube ich auch.«

Während der nächsten Tage verspürte Morgan eine ungewöhnliche innere Ruhe – vor allem deshalb, weil sie jeden Morgen mit einem leidenschaftlichen Einbrecher im Bett aufwachte. Nicht, dass sie *dann* immer genug gehabt hätte, denn ihr Verlangen nach Quinn schien mit jedem Tag, der verstrich, größer zu werden. Doch wenn sie ihn widerstrebend schlafen ließ und später ins Museum ging, umgab sie eine heitere Gelassenheit wie ein Schutzmantel.

Niemand bemerkte, dass hinter ihrem Lächeln und ihrem nachdenklichen Blick ein sehr wacher und beobachtender Verstand arbeitete. Jedenfalls sprach sie niemand darauf an. Storm neckte sie wegen ihrer Verliebtheit, und Max und Wolfe gaben sich überrascht, dass sie plötzlich so ausgeglichen sei und im Museum auf einmal gar nicht mehr viel »geplaudert« werde. Und falls Alex dachte, sie habe sich verändert, erwähnte er es zumindest nicht.

Morgan war das nur recht. Sie versuchte nicht zu verbergen, dass sie in Alex verliebt war; sie redete einfach nur nicht darüber. In der Tat war sie diesbezüglich fast fatalistisch. Was sein sollte, das sollte sein.

Natürlich war das Ganze trügerischer Schein.

Er kam jeden Tag ins Museum, um sie nach Feierabend abzuholen – manchmal auch zum Mittagessen –, und sie verbrachten den Rest des Abends zusammen, bis er gehen musste, um sich in Quinn zu verwandeln. Er war immer da, wenn sie morgens aufwachte, aber er behielt seine Suite im Imperial und ging jeden Tag mindestens einmal dorthin zurück. Er schlug nicht vor, bei ihr einzuziehen, und Morgan brachte dieses Thema nicht zur Sprache.

Sie redete auf ihn ein, bis er anfing, ihr zu zeigen, wie man ein Schloss knackte, wenngleich er behauptete, er tue das nur, um sie damit zu beeindrucken, wie viel Geschick dazu notwendig sei. (Sie war beeindruckt.) Und wie immer sprachen sie viel miteinander. Morgan stellte nicht zu viele Fragen; sie überlegte sich stattdessen umso sorgfältiger, was genau sie wissen wollte, und achtete auf das richtige Timing. Sie tat das, weil er wegen der Falle – oder List – zunehmend angespannt war. Jedenfalls schien Quinn nicht zu bemerken, dass sie sehr diskret, aber methodisch Informationen sammelte.

Bis zum Donnerstag glaubte Morgan, zumindest einen Teil dessen herausgefunden zu haben, was vor sich ging – und weshalb. Wenn sie damit recht hatte, dann hatte sie endlich auch die wahren Motive von Quinn/Alex Brandon ermittelt, die innere Kraft, die ihn antrieb und so viele seiner Entscheidungen bestimmte.

Und damit hörte er auch auf, für sie *entweder* Alex *oder* Quinn zu sein. Sie sprach nicht mehr in der dritten Person von ihm, wenn sie über eine seiner beiden Rollen redeten. Sie glaubte, den Mann, den sie nun sah, zu verstehen, und Alex war nun endlich so real für sie geworden, wie es Quinn von Anfang an gewesen war.

Ferner war sie zu dem Schluss gekommen, dass ihr Geliebter bis zum Hals in Schwierigkeiten steckte – und zwar nicht nur wegen Nightshade.

Er vermied es sorgfältig, mit Max oder Wolfe allein zu sein, und als Jared an diesem Nachmittag plötzlich im Museum auftauchte, kurz nachdem Alex gekommen war, wurde offensichtlich, dass zwischen den beiden Brüdern eine ausgesprochen große Spannung herrschte.

Morgan stand in der Eingangshalle am Beginn des Flurs zum Bürotrakt und beobachtete aufmerksam, wie sich Alex in der Nähe des Ticketschalters mit Max unterhielt, während ein Stück entfernt Jared und Wolfe miteinander sprachen. Sie wirkten alle vier ungewöhnlich ernst – um nicht zu sagen grimmig –, und Morgan befiel ein äußerst seltsames Gefühl. Es war, als würde ihr Verstand ihr zurufen, dass hier etwas nicht stimmte, sie aber nicht *sehen* konnte, was …

Dann schwenkte ihr Blick an den Männern vorbei zu etwas, das sie im Augenwinkel bemerkt hatte, und sie beobachtete Leo die Treppe herunterkommen. Er war oben in der Ausstellung gewesen, das wusste sie; er kam regelmäßig etwa alle zwei Tage. Dann rief er Max etwas zu, winkte ganz beiläufig zum Abschied und verließ das Museum, offenbar ohne ihren prüfenden Blick zu bemerken.

»Morgan, hast du – Entschuldigung. Ich wollte dich nicht erschrecken.«

Sie drehte sich um, sah sich Ken Dugan gegenüber und brachte ein Lächeln zustande. »Schon gut, Ken. Ich habe nur gerade einen Haufen Sachen im Kopf. Was wolltest du mich fragen?«

Wie gewöhnlich wirkte der Kurator ein wenig zermürbt. »Hast du nicht eine Liste von Reparaturbetrieben erstellt, die wir während der Ausstellung bedenkenlos ins Haus holen können? Leute, die du überprüft hast?«

»Ja«, antwortete sie langsam. »Wieso?«

»Die Klimaanlage. Morgan, hast du noch nicht gemerkt, wie verdammt heiß es hier drinnen ist?«

Da ihr gewöhnlich immer fiebrig heiß wurde, wenn Alex in ihrer Nähe war, hatte Morgan tatsächlich nichts bemerkt. Doch nun, da Ken es erwähnte, fand sie auch, dass es ein wenig stickig war, sogar in der geräumigen, offenen Eingangshalle. »Ja, ich glaube, du hast recht.«

»Ich vermute, der Thermostat ist kaputt«, meinte Ken. »Und da das System praktisch so alt ist wie das Gebäude, sollten wir es wohl besser sofort überprüfen lassen.«

Morgan sah auf ihre Uhr und runzelte die Stirn. »Ich kümmere mich sofort darum – aber ich bezweifle, dass wir bis morgen jemanden herbekommen, Ken. Wahrscheinlich müssen wir die Anlage bis dahin abschalten.«

Ken nickte, doch er sah nicht glücklich aus. »Ja, ich denke, das wäre das Beste. Das Wetter draußen ist mild genug, und die Schaukästen haben ja alle eigene Temperaturkontrollsysteme, also sollte das in Ordnung sein. Verdammt – jedes Museum in dieser Gegend scheint momentan irgendein Problem mit der Elektronik zu haben.«

»Kobolde«, scherzte Morgan halbherzig.

Er stimmte ihr seufzend zu und sagte dann: »Ich sage Max und Wolfe Bescheid, nur damit wir auf der sicheren Seite sind.«

Morgan ging in ihr Büro zurück, erledigte die notwendigen Anrufe und war überrascht und erfreut, als der zweite Mechaniker, den sie erreichte, gutgelaunt zusagte, noch innerhalb der nächsten Stunde da zu sein. Er verlangte dafür zwar einen Zuschlag auf seinen Stundenlohn, aber wenn das Museum damit kein Problem hatte …

Ohne auf die Kosten Rücksicht zu nehmen, bat sie den Mann zu kommen. Nachdem sie aufgelegt hatte, saß sie da und schaute besorgt auf ihr Klemmbrett. Mit seinem dicken Stapel Papier war es unentbehrlich für Morgans Arbeit, enthielt es doch praktisch sämtliche Informationen, die sie zur Beaufsichtigung der Ausstellung brauchte, etwa einen Grundriss des Ausstellungsflügels, technische Beschreibungen der Schaukästen, eine Kopie des versicherten Inventars der Sammlung, eine lange Liste überprüfter Personen für diverse eventuell anfallende Reparaturarbeiten im Museum und anderes mehr.

Normalerweise achtete sie darauf, dass das Klemmbrett in ihrem Büro *und* in ihrem Schreibtisch weggesperrt war, wenn sie es nicht mit sich führte, auch wenn sie sich nie wirklich Gedanken darüber gemacht hatte, welche Informationen es für jemand anderen bereithielt.

Während Morgan es ansah, wurde ihr ungutes Gefühl immer stärker. Am Samstag, erinnerte sie sich, war das Klemmbrett in Kens Büro gewesen. Es war in Kens Büro gewesen, und er wie auch Chloe hatten an diesem Tag dort gearbeitet. Warum war es dort gewesen? Sie hatte vergessen, Ken oder Chloe danach zu fragen, doch nun, als sie darüber nachdachte, konnte sie sich keinen Grund vorstellen, weshalb einer der beiden es gebraucht haben könnte. Und … Ken war immer in der Nähe gewesen, wenn Alex jemanden beobachtet hatte, erinnerte sie sich.

Es schien lächerlich, auch nur darüber *nachzudenken* – aber als Alex gesagt hatte, dass Nightshade nicht allein an die Sammlung Bannister herankäme, hatte er auch gesagt, ein Grund dafür sei, dass er von Elektronik keine Ahnung habe. Was, wenn es noch einen anderen Grund gab? Was, wenn Nightshade es nicht wagte, sein Insiderwissen, seine eigene Karte mit dem Sicherheitsschlüssel und seine eigenen Alarmcodes zu nutzen, um an die Ausstellung *in seinem eigenen Museum* heranzukommen?

Oh Gott, welch eine Ironie! Einen derartigen Schatz vor der Nase zu haben und zu wissen, wenn er Hand daran legte, würde er riskieren, dass die Polizei sofort einen Insider als Täter vermuten würde. In einer solchen Situation, das konnte sich Morgan gut vorstellen, würde Quinns Auftauchen wohl einem Geschenk des Himmels gleichkommen. Das Wissen dieses so erfolgreichen Diebes zu nutzen, *ihn* einen Weg durch die Sicherheitssysteme finden zu lassen – und *ihn* am Ende für den Raub verantwortlich zu machen.

Und was würde Nightshades Risiko dabei sein? Quinn mochte seine Identität kennen, aber Nightshade wusste auch, wer Quinn wirklich war – und durch dieses gegenseitige Wissen waren sie beide relativ sicher voreinander, zumindest, was die Enthüllung ihrer Identität anbelangte.

Es war möglich, dachte Morgan. Es war definitiv möglich. Sie konnte sich zwar nicht vorstellen, dass sich Ken in aller Heimlichkeit an gestohlenen Kunstschätzen erfreute, ihr ein chloroformgetränktes Tuch auf das Gesicht drückte oder auf Quinn schoss, während sie beide durch die Nacht schlichen – aber von Leo konnte sie sich das alles ebenso wenig vorstellen. Tatsächlich konnte sie es sich von keinem Menschen vorstellen, den sie kannte.

Nach einer Weile schloss sie das Klemmbrett in ihrem Schreibtisch ein, verließ das Büro und sperrte auch dieses ab. Sie blickte über den Flur in Kens offenes Büro und blieb einen Augenblick lang reglos davor stehen. Dann ging sie langsam in Richtung Eingangshalle und bemühte sich auf dem Weg dorthin um einen gelassenen Gesichtsausdruck, um Ken zu sagen, dass der Reparaturdienst unterwegs sei.

Sie glaubte, es zu schaffen, sich nichts anmerken zu lassen. Sie hoffte es. Aber sie konnte nicht umhin, sich zu fragen, ob jemand außer ihr die Rose bemerkt hatte, die mit hängendem Kopf in einer Vase auf Kens Schreibtisch stand.

* * *

Es war erst kurz nach elf an diesem Abend, als Alex sich auf den Weg machte. Er hatte Morgan erklärt, er müsse noch kurz im Hotel vorbeischauen. Sie lag da und schaute ihm völlig unbefangen und mit bewunderndem Blick dabei zu, wie er sich anzog. Ein schöner Mann, dachte sie. Gleichzeitig merkte sie jedoch, dass er angespannt war, obwohl er sich mit ihr im Bett beträchtlich verausgabt hatte.

»Ist es heute Nacht?«, fragte sie ruhig.

Er setzte sich auf eine Seite des Betts und begegnete ruhig ihrem Blick. »Ich weiß es nicht, Morgana. Vielleicht.«

»Wenn du es wüsstest, würdest du es mir sagen?«

Er beugte sich zu ihr herüber, um sie zu küssen. »Wahrscheinlich nicht«, gab er mit einem schiefen Lächeln zu. »Es gibt keinen Grund, dass du dir Sorgen machst, Liebes. Absolut keinen.«

Morgan musterte ihn. »Ich nehme an, du hast gehört, wie ich Ken sagte, dass ein Mann für die Klimaanlage kommt?«

»Habe ich gehört.«

Es gelang ihr immer besser, ihn zu durchschauen, stellte sie fest. In seinen Augen hatte sie den Anflug eines Zuckens bemerkt. Plötzlich war sie sicher, dass heute Nacht etwas geschehen würde.

»Alex ...«

Er küsste sie erneut und stand dann rasch auf. »Ich bin am Morgen zurück. Schlaf gut.«

Morgan schaltete die Nachttischlampe nicht aus, obwohl sie müde war. Stattdessen starrte sie auf die Tür. Während sie schmerzlich seine Abwesenheit spürte, versuchte sie, ihre Gedanken zu ordnen.

Heute Nacht. Es war heute Nacht. Und irgendwie spielte die Klimaanlage im Museum eine Rolle. Weil sie nicht richtig funktioniert hatte? Weil sie repariert worden war? Das nahm sie zumindest an. Ken und Wolfe hatten beschlossen, bis zum Ende der Reparaturarbeiten im Museum zu bleiben. Aber wenn Ken Nightshade war ...

Morgan hatte das grässliche Gefühl, als würde sich ihr Magen zusammenziehen. Irgendetwas war ihr noch nicht klar, irgendetwas sehr Wichtiges. Es nagte schon seit dem Nachmittag an ihr, und nun wurde es stärker, geradezu unerträglich. Sie erinnerte sich, dass es angefangen hatte, als sie am Flur zu den Büros gestanden und in die Eingangshalle geschaut hatte. In diesem Moment hatte sie schlagartig und unerklärlich Gefahr gespürt, als wollten ihre Instinkte oder ihr Unterbewusstes sie warnen.

Was war es?

Sie schloss die Augen, konzentrierte sich und versuchte, das, was sie gesehen hatte, vor ihr geistiges Auge zu holen. Die Männer, die in der Eingangshalle gestanden hatten. Die Wachleute. Leo, der die Treppe herunterkam. Ken, der von hinten an sie herantrat – hatte sie sein Kommen gespürt?

Sie hatte einfach nur dagestanden, alle beobachtet und bemerkt, wie grimmig sie alle dreinschauten …

In diesem Augenblick erschien das letzte Stück des Puzzles an seinem richtigen Platz. Morgan setzte sich auf und hielt den Atem an. Jetzt, jetzt endlich. *Jetzt* ergab es alles Sinn, all diese Details, die sie die ganze Zeit irgendwie beschäftigt hatten. Jetzt begriff sie alles.

Aber noch während Überraschung, Erleichterung und Zorn einander in ihren Gedanken jagten, erhob sich drohend eine weitere und wesentlich beunruhigendere Erkenntnis.

Wenn *sie* darauf gekommen war, dann war es durchaus möglich, dass das auch jemand anderem gelang. Dem falschen anderen. Denn auch er wusste, was sie wusste – wenn nicht sogar mehr, dachte sie. Jeder, den sie im Verdacht hatte, musste lediglich ein paar Dinge zusammenfügen, genau wie sie es getan hatte, und sich dann das Resultat ansehen.

Einmal im richtigen Licht besehen, den richtigen Schluss gezogen, und Nightshade würde zweifelsfrei wissen, dass er in eine Falle gelockt werden sollte.

Noch während Morgan auf den Wecker auf ihrem Nachttischchen blickte, sprang sie aus dem Bett und zog sich eilig an. Es war noch nicht Mitternacht. Konnte sie es schaffen?

Sie hatte keine Handynummer von Alex – ein Versäumnis, für das sie sich am liebsten selbst in den Hintern getreten hätte. Beim Anziehen versuchte sie, sein Hotel anzurufen, doch in seinem Zimmer antwortete niemand, und als sie mit der Rezeption sprach, hieß es, Mr Brandon sei ausgegangen.

Das war natürlich eine völlig nutzlose Information. Dass Alex nach einem Abend außer Haus ins Hotel zurückkam, nur um es gleich darauf als Einbrecher verkleidet wieder zu verlassen, durfte man bezweifeln. Wahrscheinlich hatte er eine Möglichkeit, heimlich aus und ein zu gehen.

Morgan nahm ihr Handy mit, merkte aber erst im Auto, dass der Akku leer war. Großartig, einfach großartig. Das Universum hasste sie wirklich!

Wohin wollte Alex heute Nacht? Wer war Nightshade?

Morgan saß im Wagen und schloss die Augen im Versuch, sich zu entspannen und ihren sechsten Sinn »arbeiten« zu lassen. Sie hoffte, Alex zu erspüren, wie sie es so oft schon gekonnt hatte; zu spüren, wo er war. Wenn er ganz und gar auf das konzentriert war, was er heute Nacht tun musste, und sie nicht bewusst mental blockierte, dann …

Die Gewissheit kam abrupt, beinahe so klar wie ein Bild in ihrem Kopf.

Morgan vergeudete keine Zeit damit, sich zu wundern, wie viel stärker dieser seltsame sechste Sinn geworden war, seit sie und Alex ein Paar geworden waren. Dafür, hoffte sie, würde später noch Zeit sein. Sie startete ihren Wagen und fuhr los, in Richtung Norden.

Sie musste es schaffen. Sie musste.

15

Der einzige Grund, weshalb sie das Risiko einging, erklärte Morgan später, war der, dass sie mit dem Anwesen vertraut war. Sie kannte sogar den Sicherheitscode für die Gartentür, denn sie hatte erst vor Kurzem mitgeholfen, eine Benefizveranstaltung im Freien zu organisieren, und er hatte dafür den besten Garten in der Stadt.

Natürlich dachte sie daran, dass er diesen Code hätte ändern können (was nicht der Fall war) oder dass das Sicherheitssystem für das Haus selbst wesentlich komplizierter sein würde.

Jedenfalls wurde ihr neu erworbenes Können, ein Schloss zu knacken, nicht auf die Probe gestellt. Sie schaffte es durch den nebelverhangenen Garten bis zur Terrasse, doch zwei Schritte vor der Glastür, die, wie sie wusste, ins Arbeitszimmer führte, wurde sie von zwei starken Armen gepackt, ziemlich grob von der Tür weggezerrt und fest an einen harten Körper gedrückt.

Das wird allmählich zur Gewohnheit, dachte sie, doch dann ließ die Erleichterung ihre Beine plötzlich schwach werden. Sie drehte sich um und schlang ihre Arme um seinen Hals.

Quinn hielt sie noch einen Moment fest, dann ließ er die Arme sinken und fragte leise, aber mit gepresster Stimme: »Was zum Teufel machst du denn hier?«

»Das ist ja eine schöne Begrüßung«, flüsterte sie.

Er war unmaskiert, trug aber ansonsten seine Einbrecherkluft und blickte sie finster an. »Morgana, verdammt, du solltest sicher in deinem Bett liegen!«

»Ich musste aber kommen«, beharrte sie, noch immer flüsternd. »Alex, ich bin gerade daraufgekommen …«

»Pst!«

Er war so leise, dass Morgan die Tropfen in dem vom Nebel feuchten Efeu hören konnte, der neben ihm an der Wand hochwuchs. Vom Haus hörte sie nichts, aber er musste etwas gehört haben, denn sie spürte, wie er sich anspannte. Dann legte er plötzlich die behandschuhten Finger um ihr Gesicht und blickte sie mit solcher Intensität an, dass seine grünen Augen hell wie die einer Katze in der Dunkelheit leuchteten.

»Liebes, hör mir zu. Es ist keine Zeit – er wird in einer Minute in seinem Arbeitszimmer sein. Ich will, dass du hier bleibst, genau hier, und dich nicht von der Stelle bewegst. Hast du mich verstanden?«

»Aber …«

»Morgan, *versprich* es mir. Gleichgültig, was du siehst oder hörst, und egal, was deiner Meinung nach in diesem Zimmer passiert, du bleibst hier und machst keinen Mucks, bis du absolut sicher bist, dass er weg ist. Versprich es.«

»Also gut, versprochen. Aber, Alex …«

Er küsste sie, kurz, aber mit solch überwältigendem Hunger, dass ihr die Knie einknickten. »Ich liebe dich«, flüsterte er an ihren Lippen.

Morgan fand sich erschüttert und heftig verwirrt an den nassen Efeu gelehnt und fragte sich, ob sie richtig gehört hatte. Sie bemühte sich, einen klaren Kopf zu bekommen, plötzlich mehr verängstigt als je zuvor, denn sie spürte eisig kalt den Gedanken in ihr Bewusstsein kriechen, dass er das nicht gesagt hätte, wenn er nicht glaubte, womöglich keine zweite Gelegenheit dafür zu bekommen.

Sie verhielt sich wie versprochen still, und bis sie ihre Gedanken wieder sammeln konnte, hatte er bereits geschickt die Glastür geöffnet und war in das Haus eingedrungen. Er hatte die Tür einen Spaltbreit offen gelassen; so würde es ihr möglich sein zu hören, was im Arbeitszimmer vor sich ging. Von ihrem Standort aus konnte sie ihn sehen, wie er Vorhänge nach rechts schob und eine Nummer in einen Zahlenblock eingab.

Das Sicherheitssystem. Er kannte die Codes? Natürlich kannte er sie. Er war schließlich Quinn.

Dann ging er von der Tür weg, und Morgan bewegte sich vorsichtig nur so viel, dass sie gerade eben in den Raum hineinsehen konnte. Aufgrund der Beleuchtung dort und der Dunkelheit auf der nebligen Terrasse wusste sie, dass sie vom Zimmer aus gesehen unsichtbar war. Dennoch blieb sie achtsam in Deckung und spähte nur um die Ecke.

In völliger Ruhe und Gelassenheit, die innere Spannung, die sie bei ihm gespürt hatte, perfekt verborgen, stand Quinn vor einem offenen Kamin mit einem leise knisternden, ersterbenden Feuer. Er trug noch immer seine Handschuhe, die schwarze Skimaske steckte in seinem Gürtel. Sein Blick war in den Raum gerichtet, und als in diesem Moment ein zweiter Mann eintrat, konstatierte er mit etwas Ungeduld: »Sie sind spät daran. Wenn Ihr Mann gute Arbeit geleistet hat, sollten sämtliche Wachen im Museum in einer Stunde bewusstlos sein.«

Seine Stimme überraschte Morgan. Es war nicht die, die sie zu hören gewohnt war. Er sprach schneller, schärfer, mit einem leichten Akzent, und er klang ein wenig bösartig – es war die Stimme eines Mannes, dem man es ohne Weiteres abnahm, ein weltweit gesuchter Krimineller zu sein.

Leo Cassady, ebenso in Schwarz gekleidet, trat an seinen Schreibtisch und beugte sich über einige dort ausgebreitete Pläne. Sein gut aussehendes Gesicht war hart und ausdruckslos. »Wir haben eine Menge Zeit«, erklärte er gelassen. »Die Gaspatronen sind darauf programmiert, um ein Uhr dreißig loszugehen, und wir können schon lange vorher am Museum sein.«

»Ich will kein Risiko eingehen«, beharrte Quinn. »Wir müssen die Stromversorgung unterbrechen für den Fall, dass einer der Wachleute merkt, dass sie mit Gas betäubt werden, und es noch bis zu einem Alarmknopf schafft. Auch wenn wir eine Woche lang überall in der Stadt Alarm ausgelöst und elektrische Systeme kurzgeschlossen haben, ist das keine Garantie, dass Ace automatisch von einem weiteren Defekt in einem ihrer Systeme ausgeht.«

Deshalb also hatten so viele Museen Probleme, dachte Morgan.

»Wir haben eine Menge Zeit«, wiederholte Leo und fuhr, noch immer über die Pläne gebeugt, fort: »Erklären Sie mir eines, Alex.«

»Wenn ich kann.«

»Wieso tragen Sie keine Waffe?«

Quinn lachte kurz auf. »Aus zwei sehr triftigen Gründen. Weil *bewaffneter* Raub wesentlich härter bestraft wird – und weil ich ein lausiger Schütze bin. Reicht das?«

»Das ist eine gefährliche Schwäche.«

»Tatsächlich? Wieso?«

»Weil Sie sich nicht verteidigen können. Nehmen wir einmal an, ich würde beschließen, dass Sie für mich nicht mehr nützlich sind. Schließlich würde ich den Talisman-Smaragd sehr gern für mich behalten – dann müsste die Sammlung nicht aufgeteilt werden. Und jetzt, wo ich die richtigen Personencodes habe, um Ace für eine Stunde oder so hinzuhalten, brauche ich Ihre Hilfe wohl kaum noch.«

»Ich habe Ihnen diese Codes nicht gegeben«, hielt Quinn ziemlich grimmig dagegen.

»Nein, Sie waren klug genug, sie für sich zu behalten.« Leo betrachtete ihn mit einem leeren Lächeln. »Aber Sie vergessen, mein Freund – ich mache das schon ziemlich lange. Länger als Sie, um die Wahrheit zu sagen. Ich war vorsichtig genug, mir eine eigene Quelle innerhalb des Museums zu beschaffen – auch wenn ich nicht mit ihm geschlafen habe.«

»Wen?«

»Ken Dugan. Er ist so ein ehrgeiziger Mensch. Und so leicht zufriedenzustellen. Und ich bin natürlich so eminent vertrauenswürdig, so angesehen. Ich bin sicher, er hat sich absolut nichts dabei gedacht, mich in seinem Büro ein- oder zweimal allein zu lassen, während er sich draußen im Museum um ein kleines Problem kümmerte.«

»Lassen Sie mich raten. Er hat ein mieses Gedächtnis und musste sich die Codes und Passwörter aufschreiben?«

»So vielen Menschen geht es so, das wissen Sie ja. Und dann verstecken sie diese kleinen Zettel immer an so offenkundigen Orten. Die Codes waren nicht schwer zu finden. Das war überhaupt kein Problem.«

Quinn trat einen Schritt auf den Schreibtisch zu, hielt jedoch abrupt inne, als Leo in die offene Schublade griff und eine Automatikpistole herausholte.

Morgan blieb das Herz stehen. Die Waffe, ein glänzendes Ding mit einem langen Lauf – sie erkannte vage einen Schalldämpfer – war enorm groß. Morgan wollte aufschreien, etwas tun. Doch sie dachte an Quinns harsch geflüsterte Warnung. *Egal, was deiner Meinung nach in diesem Zimmer passiert ...* Sie hatte es ihm versprochen.

»Das ist keine gute Idee«, sagte Quinn ruhig, mit ausdrucksloser Miene.

Leo kam um seinen Schreibtisch herum, die Waffe immer auf sein Gegenüber gerichtet. »Darf ich anderer Meinung sein«, erwiderte er in höflichem Ton. »Ich bin nicht unbedingt scharf darauf, Sie in meinem eigenen Haus kaltzumachen, verstehen Sie, aber es scheint mir der beste Weg zu sein. Ich habe heute Nacht nicht die Zeit, Sie woandershin zu schaffen, und ich werde nicht den dummen Fehler begehen zu versuchen, Sie irgendwo so lange am Leben zu lassen, bis ich anderweitige Vorkehrungen treffen kann.«

»Ich klinge ja nicht gern abgedroschen, aber damit kommen Sie niemals durch.«

Er weiß, was er tut ... bitte, lieber Gott, er weiß, was er tut ...

»Alex, Sie enttäuschen mich. Natürlich komme ich damit durch. Das habe ich doch schon oft bewiesen. Und da ich dieses Mal vorhabe, die Behörden glauben zu lassen, der mysteriöse Quinn habe den Raub des Jahrhunderts durchgezogen – und dann das Land verlassen –, werde ich dafür sorgen, dass Ihre Leiche nie gefunden wird.«

»Oh, aber ich kann doch nicht die Lorbeeren für etwas kassieren, das ich gar nicht vollbracht habe.«

»Der einzige Makel in meinem großen Plan. Es wäre mir in der Tat lieber, ich könnte die Lorbeeren selbst einheimsen. Aber so ist es nun mal. Ich lebe hier in San Francisco, und da kann ich doch nicht das Risiko eingehen, dass einer der klugen Köpfe von Interpol mich mit diesem ganz speziellen Raub in Verbindung bringt. Also wird Ihnen die Ehre zuteil, fürchte ich.«

»Leo, wir können über diese Sache reden.«

»Das ist der Fehler, den die Bösen im Film immer machen«, bemerkte Leo nachdenklich. »Sie lassen ihre Opfer zu viel reden. Adieu, Alex.«

Er schoss Quinn dreimal in die Brust.

Es war nicht ihr Versprechen, was Morgan auf der Terrasse erstarren ließ, sondern tiefster Schock und ein Schmerz, der so überwältigend groß war, dass er sie buchstäblich lähmte. Die drei Schüsse – so leise, fast bedauernd kamen sie mit feinen Pfeifgeräuschen und dumpfen *Plopps* aus der schallgedämpften Pistole – schleuderten Quinns kräftigen Körper mit erstaunlicher Gewalt nach hinten. Er ging außerhalb ihres Sichtfelds krachend zu Boden, und sie konnte nur benommen auf die Stelle starren, wo er gestanden hatte.

Leo hatte an seiner Treffsicherheit keine Zweifel. Er kümmerte sich nicht weiter um Quinn, sondern warf einen Blick auf seine Armbanduhr, holte neue Patronen aus der Schreibtischschublade und verließ dann mit raschen Schritten den Raum.

Wieder war es nicht ihr Versprechen, was Morgan stillhalten ließ, bis sie seinen Wagen wegfahren hörte. Sie fühlte sich vielmehr wie gefangen an diesem dunklen, schrecklichen Ort, bis ein Geräusch sie aufschrecken ließ. Mit einem Stöhnen gleich dem eines Tiers im Todeskampf stolperte sie vorwärts, riss die Tür auf und stürzte in das Arbeitszimmer.

»*Verdammt,* das tat weh.«

Sie ließ sich neben ihm auf die Knie fallen und schaute ungläubig zu, wie er sich aufrichtete, die Handschuhe auszog und vorsichtig seine Brust abtastete. Er war nicht einmal bleich im Gesicht.

»Du lebst«, sagte sie.

»Natürlich lebe ich, Morgana. Ich mache nie denselben Fehler zweimal.« Er zog den Ausschnitt seines schwarzen Pullovers ein Stück nach unten, und das feine, aber außerordentlich starke Gewebe einer kugelsicheren Weste wurde sichtbar. »Die trage ich jede Nacht, seit das Schwein das erste Mal auf mich geschossen hat. Es war ganz schön schwierig, sie in dieser ersten Nacht in deiner Wohnung vor dir zu verstecken. Aber Gott sei Dank wolltest du dann ja noch duschen, bevor es zu problematisch wurde.«

»Du lebst«, wiederholte sie.

»Wie wenn man von einem Maultier getreten wird«, grummelte er und rappelte sich etwas steif auf. Dann ergriff er Morgans eisige Hände und zog sie in seine Arme.

Sie presste sich an ihn und weinte.

»Tut mir leid, Liebes«, murmelte er mit belegter Stimme und hielt sie sehr fest. »Ich habe damit gerechnet, dass er das wahrscheinlich tun würde, aber es war nicht genügend Zeit, dich zu warnen. Es tut mir leid …«

Sie spürte, wo die Kugeln ihn getroffen hatten, dort hatte die Weste tiefe Dellen, und es dauerte minutenlang, bis endlich das Zittern ihres ganzen Körpers aufhörte. Er strich ihr zärtlich über den Rücken, murmelte tröstende Worte, und als sie schließlich das tränennasse Gesicht von seiner Schulter nahm, um ihn anzusehen, rieb er ihr sanft mit den Fingerspitzen die Wangen trocken und küsste sie. Wie immer, wenn er das tat, war alles, was sie dabei fühlen oder denken konnte, wie sehr sie ihn liebte und begehrte.

»Ich wiederhole mich ja nur ungern«, sagte er dann mit einem Seufzer, »aber was zum Teufel wolltest du hier heute Nacht?«

Morgan blickte schniefend zu ihm auf. »Ich dachte, wenn *ich* es herausbekomme, dann auch Leo – und dann würde er wissen, dass es eine Falle ist.«

»Wenn du was herausbekommst?«

»Wer du wirklich bist.«

Quinn betrachtete sie, ein Lächeln spielte um seinen Mund, und dann schüttelte er verwundert den Kopf. »Du bist eine bemerkenswerte Frau, Morgana.«

Sie schniefte noch einmal und rieb sich mit dem Handrücken über die Nase. »Wenn du das sagst.«

Er gab ihr sein Taschentuch. »Nimm das.«

»Danke.«

Während sie sich die Nase putzte und die letzten Tränen wegwischte, trat Quinn an den Schreibtisch und wählte auf Leos Telefon eine Nummer. »Er ist unterwegs, Jared«, berichtete er. »Nein, er glaubt, er hätte mich umgelegt. Morgen werde ich grün und blau sein, aber sonst ist alles okay. Ja. Gut, wir werden bald da sein.«

Jared musste gefragt haben, wer mit »wir« gemeint war, denn Quinn zuckte zusammen und murmelte: »Na ja, Morgan ist hier.« Dann hielt er den Hörer vom Kopf weg – und sie hörte heftiges Fluchen.

Ohne das Telefon noch einmal ans Ohr zu halten, legte Quinn einfach auf. »Der wird mich umbringen«, sagte er seufzend.

»Wenn er es bis jetzt nicht getan hat«, erklärte Morgan, »dann tut er es jetzt vermutlich auch nicht mehr. Aber du würdest sogar die Geduld eines Heiligen auf eine harte Probe stellen, Alex.«

»*Ich?* Sollen wir mal aufzählen, wie oft *du* dich in gefährliche Situationen gestürzt hast, Süße?«

Morgan tat die Frage mit einer Geste ab. »Was ich wissen

möchte, ist – was passiert denn jetzt als Nächstes? Leo ist auf dem Weg ins Museum und …«

Quinn setzte sich halb auf eine Ecke von Leos Schreibtisch und antwortete ihr gehorsam. »Und – und er wird vorfinden, was er erwartet. Dass die Gaspatronen, die seine sogenannten Mechaniker in die Klimaanlage eingebaut haben, sämtliche Wachleute außer Gefecht gesetzt haben.«

»Doch nicht wirklich?«

»Nein, Wolfe hat die Patronen sofort wieder ausgebaut, sobald der Typ weg war.«

»Dann tun die Wachen also einfach nur so, als seien sie bewusstlos?«

»Die von der regulären Schicht, ja. Aber es ist noch zusätzliches Sicherheitspersonal da, und auch Polizisten sind im ganzen Museum auf strategisch wichtige Posten verteilt. Anscheinend haben sie einen Hinweis bekommen, dass heute Nacht jemand einbrechen wird, und nachdem sie die Gaspatronen in der Klimaanlage fanden, beschlossen sie, lieber kein Risiko einzugehen.«

Morgan musterte ihn. »Ich verstehe.«

»Ja. Leo – Nightshade – wird also die Stromversorgung des Museums außer Kraft setzen, das ist nicht sonderlich schwierig. Dann ruft er Ace Security an, um ihnen mithilfe aller korrekten Codes und Identifizierungsnummern zu sagen, dass das System für etwa eine Stunde außer Betrieb sein wird. Das gibt ihm genügend Zeit, bis auf die Goldfüllungen in den Zähnen der Wachleute so ziemlich alles mitgehen zu lassen.«

»Glaubt er.«

»Richtig. In Wirklichkeit wird er an nichts Wertvolles herankommen – wegen einiger Wachen, die ganz und gar nicht bewusstlos sind, und wegen eines ganz schön cleveren Willkommensgrußes, den Storm in ein internes Sicherheitssystem eingebaut hat, von dem Leo nichts weiß.«

»Aber wenn er den Strom unterbricht …«

»Das Sekundärsystem hat eine eigene Stromversorgung; sie

ist genial im Kellergeschoss versteckt. Er würde es nicht einmal mit einem Plan des Gebäudes finden.«

Morgan atmete tief durch. »Dann habt ihr ihn. Aber ...«

»Aber?«

»Wenn er nicht an irgendetwas von Wert drankommt, dann können sie ihn doch nur wegen Einbruchs belangen, oder?«

Quinn grinste. »Morgana, alles, was wir wollen, ist ein hinreichender Grund, um sein Haus zu durchsuchen – das konnten wir bisher nicht tun, weil er sich nie einen Fehler geleistet hat. Der Einbruch ins Museum heute Nacht wird die Polizei scharf darauf machen, herauszufinden, ob er hier nicht ein paar Sachen versteckt hat – was mit Sicherheit der Fall ist. Neben einem Safe hinter dem Gemälde dort drüben hat er auch noch ein geheimes Gewölbe direkt unter unseren Füßen, und es ist voll von unschätzbar wertvollen Dingen, die praktisch alle gestohlen sind.«

»Das weißt du, weil du es gesehen hast?«

»Ja. Was er aber nicht weiß, wohlgemerkt. Ich habe das Haus eines Nachts gründlich unter die Lupe genommen, während er ... anderweitig beschäftigt war.«

»Noch etwas, das die Polizei nie erfahren wird?«

»Das hoffe ich doch sehr. Leo benutzt auch noch immer die Pistole, mit der er mindestens zwei seiner früheren Opfer getötet hat, was ein ballistischer Test zweifelsfrei beweisen wird. Und er hat noch ein paar weitere Waffen im Haus, die überprüft werden müssen. Und wenn das alles noch nicht ausreicht, wird die Polizei hier auch die Carstairs-Diamanten finden.«

Morgan lächelte ihm zu. »Du hast dafür gesorgt, dass er auf die eine oder andere Art und Weise dran glauben muss, nicht wahr?«

»Auf die eine oder andere Art und Weise«, stimmte er zu. Dann wurde seine Miene ernst. »Er hat viele Menschen umgebracht, Morgana. Und das, was er heute Nacht tun wollte, wird jemand, der ihn einen Freund nannte, tief verletzen.«

»Max.«

Quinn nickte und stand auf. »Max. Aber jetzt – sollen wir nicht gehen? Wir wollen doch das Ende der Geschichte nicht verpassen.«

Sie verpassten das Ende der Geschichte nicht, doch für den faktischen Schlusspunkt einer berüchtigten Karriere war Nightshades letzte Vorstellung recht unspektakulär – und eigenartig passend. Storms klug eingefädelter »Willkommensgruß« wandelte einen kurzen, unscheinbaren Flur im Erdgeschoss des Museums im wahrsten Sinn des Wortes in einen Käfig um. Solange das primäre Sicherheitssystem in Betrieb war, war dieser Flur völlig normal und unauffällig, doch durch die Aktivierung des sekundären Systems führte der kleinste Druck auf Platten im Boden dazu, dass auf beiden Enden des Korridors Stahlgitter aus der Decke fielen.

Morgan war verblüfft. Sie hatte nicht gewusst, dass Storm mithilfe einer alten Einrichtung, die dazu gedient hatte, verschiedene Korridore abzusperren, und neuester Elektronik einen Käfig konstruiert hatte.

Und in diesem Käfig blieb Leo Cassady nichts anderes übrig, als seine Waffe fallen zu lassen und sich zu ergeben. Er nahm es gelassen hin; offenbar glaubte er, man könne ihm nicht viel vorwerfen. Allerdings nur, bis er, als er durch die Eingangshalle abgeführt wurde, einen Blick auf Quinn erhaschte. In diesem Moment wurde ihm wohl klar, dass an der ganzen Sache weit mehr dran war, als er gedacht hatte, denn er wurde kreidebleich.

Quinn, der Einbrecheroutfit und kugelsichere Weste inzwischen gegen dunkle Hose und Freizeithemd ausgetauscht hatte, blickte auf Leo mit dem souveränen Wohlbehagen eines Mannes, der eine schwierige Aufgabe zu einem zufriedenstellenden Ende geführt hatte.

Leo sagte nichts zu Quinn. Vielleicht überlegte er bereits, wie er seine Verteidigung in der kommenden gerichtlichen Auseinandersetzung am besten strukturieren sollte, und hob sich sein Wissen über Quinns Aktivitäten dafür auf. Doch als die Polizei ihn an Max vorüberführte, hielt er inne und blickte zu ihm auf.

Leos harter Mund verzog sich nur ein wenig, doch seine Stimme war gefasst und nahezu ausdruckslos, als er sagte: »Wenn du die Sammlung bloß im Tresor gelassen hättest, Max, dann wäre alles bestens gewesen. Aber du musstest sie ja unbedingt ausstellen.« Leise fügte er dann noch hinzu: »Nimm es nicht persönlich, Max.«

»Das siehst du falsch, Leo.« In Max' tiefer Stimme schwangen Enttäuschung und Abscheu mit. »Es war – und ist – sehr persönlich.«

Leo blickte in die anderen Gesichter um Max. Quinn war gefasst, Wolfe grimmig erfreut und Jared ausdruckslos. Storm freute sich offenbar, dass ihre Falle so gut funktioniert hatte. Sogar Ken Dugan und seine Assistentin Chloe waren hier, beide schockiert und Chloe mehr als nur ein bisschen konfus.

Und Morgan, die geglaubt hatte, Leo zu kennen, stand vor Quinn. Er hatte beide Arme um sie gelegt, und sie lehnte sich an ihn und begegnete Leos Blick mit aller Festigkeit, die sie aufbieten konnte. Sie glaubte, dass sie wahrscheinlich so unglücklich aussah, wie Max es offensichtlich war. Ihr Verstand sagte ihr, dass dieser Mann kriminell war, doch sie konnte nicht umhin, sich an all die Zeiten zu erinnern, in denen er sie zum Lachen gebracht hatte. Sie konnte nicht begreifen, wie es sein konnte, dass er ein guter Bekannter von ihr war – und gleichzeitig ein skrupelloser Räuber und Mörder.

Dann blickte Leo in einem Augenblick, der die Grausamkeit in seinem Wesen zweifelsfrei erkennen ließ, auf Quinn und sagte dabei zu Morgan: »Du hast keine Ahnung, was er ist.«

Sie spürte, wie sich Quinn versteifte, doch ihr Blick wich nicht eine Sekunde von den Augen des mit Handschellen Gefesselten ab. Und sie erwiderte ebenso leise: »Nein, Leo. *Du* weißt nicht, was er ist.«

Keane Tyler gab den beiden uniformierten Beamten, die Leo abführten, ein Zeichen. »Schafft ihn hier raus.« Während sie ihn aus dem Gebäude brachten, sagte Keane: »Tut mir leid, Max.«

»Mir auch«, erwiderte Max.

»Ich werde heute Nacht niemanden von euch wegen der Zeugenaussagen brauchen. Wir werden wohl bis zum frühen Morgen mit Papierkram beschäftigt sein. Also solltet ihr jetzt zusehen, dass ihr ins Bett kommt.«

»Papierkram«, sagte seine Partnerin Gillian seufzend. »Großartig. Aber immerhin macht es doch Freude, diesen schleimigen Bastard einzubuchten.«

Sie folgten ihren Kollegen aus dem Museum.

Und Chloe, die so konfus klang, wie sie aussah, meinte: »Ich hoffe, niemand verlangt von mir, jetzt wieder ins Bett zu gehen!«

Da Max es geschafft hatte, mitten in der Nacht einen zuverlässigen Elektriker ins Museum zu bestellen, um die Stromversorgung wieder instand zu setzen, mussten sie nicht mehr lange dort bleiben. Dennoch war es nach drei Uhr morgens, als das Gebäude schließlich abgesperrt wurde und die Wachen der Nachtschicht wieder ihren Dienst versahen. Ken und Chloe, die noch immer etwas murmelte wie, es sei ihr nicht möglich, jetzt zu schlafen, gingen nach Hause.

Auch die anderen fühlten sich nicht sonderlich schläfrig, und die meisten hatten Fragen; deshalb lud Max alle in seine und Dinahs Wohnung ein – auf einen Kaffee und eine Menge Erklärungen.

Die erste »Erklärung« erwartete sie schon in der Wohnung. Es war die, auf die Morgan selbst gekommen war, und sie zeigte sich eindeutig und zu Recht erzürnt darüber, dass sie von ihrem ältesten Sohn überredet worden war, brav bis zu ihrer Rückkehr zu Hause zu bleiben.

»Als ob man mir nicht trauen könnte!«, sagte sie verärgert.

»Mutter, das haben wir doch bereits durchgesprochen«, hielt Max geduldig dagegen. »Und ich habe dir sämtliche Gründe dargelegt.«

»Und der Hauptgrund war, dass du nicht wolltest, dass ich gesehen werde!«, bemerkte Elizabeth Sabin verächtlich und nach wie vor nicht überzeugt. Sie war eine zartgebaute Frau, trotz ihrer mehr als sechzig Jahre noch unglaublich schön, mit silbrig blond glänzendem Haar und einer Figur, um die sie so manche wesentlich Jüngere beneidet hätte. Sie sah Quinn frappierend ähnlich – und als er sie herzlich umarmte, war klar, wieso.

»Mutter, seit wann bist du denn hier?«

»Seit gestern«, antwortete sie, erwiderte seine Umarmung und gab ihm einen herzhaften Kuss. »Ich habe Max gestern Abend gesehen, und Wolfe natürlich, aber sie meinten, ich sollte dich und Jared nicht anrufen, bis diese ganze Sache, in die ihr alle verwickelt seid, vorbei ist. Und das ist sie jetzt, ja? Alex, hast du abgenommen?«

»Ziemlich«, bestätigte er fröhlich, ergriff Morgans Hand und zog sie nach vorn. »Das ist der Grund dafür.«

Er ließ seiner unbekümmerten Bemerkung eine annehmbare Vorstellung folgen. Morgan blickte in die freundlichen grünen Augen der Mutter von vier der bemerkenswertesten Männer, die sie je kennengelernt hatte. Dies war es gewesen, was sie früher am Abend erkannt hatte, und so war sie nicht überrascht – allerdings noch immer ein wenig verwirrt.

»Ihr seid alle Halbbrüder«, murmelte sie einige Minuten später Quinn zu, als Jared seine Mutter begrüßte. »Unterschiedliche Väter, unterschiedliche Nachnamen, unterschiedliche Leben. Aber dieselbe Mutter. Dasselbe Blut.«

Quinn führte sie zu einem bequemen Sessel in dem tiefer liegenden Wohnzimmer. »Wie hast du das übrigens herausgefunden?«, fragte er sie. »Max sagte mir, du hast Mutter nicht kennengelernt.«

»Nein, aber ich habe ihr Foto gesehen. Er hat es hier in seinem Arbeitszimmer.« Kopfschüttelnd nahm sie auf der Lehne des Sessels Platz, obwohl er sie woanders haben wollte, und fügte leise hinzu: »Wenn ich mich auf deinen Schoß setze, kann ich nicht denken.«

Er sah sie strahlend an. »Das ist eines der nettesten Dinge, die du je zu mir gesagt hast, meine Süße.«

»Mhm. Jedenfalls, heute – ich meine gestern – im Museum habe ich euch vier angesehen und gemerkt, dass es das erste Mal war, dass ich euch alle zusammen in einem Raum sah. Ich glaube, in dem Augenblick wurde es mir unbewusst klar, aber wirklich realisiert habe ich es erst später.«

»Dass ich Max' Mutter mehr ähnlich sehe als er?«

»So in etwa. Du hast mit Max geredet, und Jared mit Wolfe ... und es war auch irgendwie die Art und Weise, wie ihr alle dastandet, oder wie das Licht auf euch gefallen ist ... Und da hat es bei mir geklingelt. Später, als es mir klar wurde, erinnerte ich mich daran, Elizabeths Bild hier gesehen zu haben, und ich dachte, entweder Leo oder Ken hatten es womöglich auch gesehen. Sie waren beide hier gewesen. Ich wusste, dass Max und Wolfe Halbbrüder waren, und ich wusste, dass ihre Mutter mehrmals verheiratet war, also war es zumindest möglich. Nightshade würde vielleicht daran denken, hatte vielleicht sogar ihr Foto hier gesehen. Das machte mich halb verrückt vor Angst.«

»Wann bist du daraufgekommen, dass Leo Nightshade war?«

»Als ich losfuhr, um dich zu suchen. Ich benutzte ... versuchte ... verließ mich auf diese Sache zwischen uns. Diese Verbindung. Und dieses Mal war sie wirklich stark. Ich konnte Leo beinahe *sehen,* und ich wusste ohne jeden Zweifel, dass du bei ihm warst.«

Quinn sagte nichts dazu, dass sie ihre »Verbindung« benutzt hatte, aber er lächelte etwas gequält. »Und deshalb kamst du durch Leos Garten geschlichen?«, fragte er.

»Na ja, mir wurde klar«, begann sie mit einem Seufzer, »dass, wenn Max nicht wusste, dass du hinter *Leo* her warst, und auch nicht, dass Quinn und Nightshade anscheinend gemeinsame Sache machten, er wahrscheinlich auch nicht wusste, dass Leo tunlichst nicht darauf kommen sollte, dass ihr Brüder seid. Denn wenn Leo das wusste, konnte er davon ausgehen, dass Max niemals von seinem eigenen Bruder bestohlen werden würde. Ich meine, das würdest du einfach nicht tun. Und das hätte er gewusst. Und damit hätte er gewusst, dass es eine Falle war.«

Ehe Quinn auf diese verworrene Erklärung etwas erwidern konnte, sagte Max etwas verbittert: »Offenbar gab es einfach zu viel, das Max nicht wusste.«

Morgan sah sich im Zimmer um. Allmählich nahmen alle Platz. Dinah und Storm, die schon den Abend zuvor zusammen verbracht hatten, um Elizabeth kennenzulernen, verteilten Kaffee. Einige erwartungsvolle Gesichter waren zu sehen, und mehr als ein an Quinn gerichtetes Stirnrunzeln.

Etwas hastig meinte er: »Jared, warum fängst *du* nicht einfach an zu erzählen?«

Mit einem leichten Achselzucken kam Jared dieser Aufforderung nach, gab eine kurze Darstellung der Situation und erklärte in knappen Worten, wie er und Alex zu der Überzeugung gekommen waren, Nightshade mithilfe einer Falle überlisten zu können.

»Das wissen wir«, kommentierte Max mit viel Geduld. »Was wir nicht wissen, ist, an welchem Punkt Alex erkannte, dass Leo Nightshade ist.«

»Frag ihn«, riet Jared ihm trocken.

Quinn warf ihm einen Blick zu und murmelte: »Verräter.«

Max fand dieses Spielchen mitnichten amüsant. »Alex?«

»Das war … erst vor Kurzem.« Quinn erzählte hastig weiter, in der Hoffnung, Max würde nicht zu genau nachfragen. »Ich dachte, vielleicht habe ich Glück, wenn ich direkt auf ihn zugehe und ihm eine Partnerschaft vorschlage. Schließlich war ich hier praktisch ein Fremder ohne professionelle Kontakte. Und Nightshade war bekannt dafür, dass er komplizierte elektronische Sicherheitssysteme gern meidet, während sie meine Spezialität waren. Da erschien es doch offensichtlich, dass von einer Partnerschaft beide profitieren konnten.«

Quinn zuckte die Achseln. »Von seinem Standpunkt aus war dieser Vorschlag natürlich noch einfacher und wesentlich attraktiver, denn er hatte von Anfang an vorgehabt, mir den Schwarzen Peter zuzuschieben. Er stand Max zu nahe, und auch der ganzen Kunstszene hier in San Francisco, um das Risiko einzugehen, den Raub durchzuziehen, wenn er ihn nicht jemand anderem in die Schuhe schieben konnte. Jemandem, bei dem man sich darauf verlassen konnte, dass die Polizei ihn dazu für fähig hielt.«

»Jemand, der sich danach anscheinend in Luft auflösen würde«, fügte Wolfe hinzu. »Quinn.«

»Genau.«

16

Natürlich hat er mir gegenüber als Grund genannt, er sei zu nahe an Max und dem Museum dran, um ein Risiko eingehen zu können. Außerdem sei er in puncto neuester Sicherheitselektronik kein großes Ass. Da ich früher bereitwillig die Lorbeeren … ich meine … kein Problem damit hatte, mich zu den Diebstählen, die ich begangen hatte, zu bekennen, ging er davon aus, dass das auch für den Raub der Sammlung Bannister gelten würde, selbst wenn ich letztlich nur ein Stück davon bekommen sollte.«

»Ich nehme an, er hat nie davon gesprochen, dass er vorhatte, dich zu töten, um sicherzugehen, dass du auch in Zukunft keine Bedrohung für ihn werden kannst«, meinte Wolfe.

»Nein, natürlich nicht«, sagte Quinn. »Aber ich ging davon aus, dass dieses Risiko bestand, und traf entsprechende Vorkehrungen.«

»Und du hast uns alle nie eingeweiht, weil …« Wolfes Stimme war gefährlich leise.

Quinn räusperte sich. »Ich dachte, je weniger von uns Bescheid wissen, desto geringer die Wahrscheinlichkeit, dass etwas schiefgeht. Oder ein Problem auftritt.«

»Oh Gott, Alex! Sich mit einem gefährlichen Killer einzulassen! Ein Fehler von dir, und du hättest mit aufgeschlitzter Kehle geendet.«

»Na ja, ich dachte eben, es sei das Risiko wert. Allein schon, im Museum eine Falle zu stellen und abzuwarten, ob er sich für einen Einbruch entscheidet, erschien mir verdammt riskant, vor allem, weil er um neueste Elektronik ja sozusagen einen Bogen macht. Außerdem hätte er auch wochenlang abwarten können, und ich dachte nicht, dass irgendeiner von uns Lust gehabt hätte, so lange nur untätig herumzusitzen.«

»Also hast du beschlossen, ihm auf die Sprünge zu helfen«, sagte Max.

»Na ja, mehr oder weniger. Nachdem ich Kontakt mit ihm aufgenommen hatte, versicherte ich ihm, ich könne einen Weg ins Museum hinein finden, und er war scharf genug auf die Sammlung, um es mich versuchen zu lassen. Und es hat funktioniert«, fügte er unbeschwert hinzu. »Er wurde dabei erwischt, wie er ins Museum einbrach, und die Polizei wird mit Sicherheit jede Menge belastendes Beweismaterial finden, wenn sie sein Haus durchsucht.«

Morgan runzelte die Stirn. »Aber Leo weiß auch einiges, das dich belasten könnte. Zum Beispiel, dass Alex Brandon Quinn ist.« Sie warf einen raschen Blick auf Elizabeth und war verwundert darüber, dass anscheinend nichts von all dem seine Mutter aus der Fassung brachte. Elizabeth erwiderte Morgans Lächeln mit größter Gelassenheit.

»Meinst du?« Quinn grinste ihr zu. »Er *behauptet,* Alex Brandon sei Quinn. Aber alles, was er wirklich weiß, ist, dass ich ihm sagte, ich sei Quinn. Beweisen kann er das jedoch nicht. Hier in San Francisco kann Quinn nicht ein einziger Raub nachgewiesen werden. Also steht seine Aussage gegen meine. Falls er versucht, mich auf irgendeine Weise mit einer Straftat in Zusammenhang zu bringen, dürfte mein guter Ruf mich schützen. Außerdem wird Interpol angeben, dass die Person, die sie in dem starken Verdacht haben, Quinn zu sein, Europa nie verlassen hat. Und da es, ebenfalls dank Interpol, auf der anderen Seite des Atlantiks in der vergangenen Woche zu einigen Raubdelikten kam, die öffentlich Quinn angelastet werden – während Alex Brandon sich untadelig auf dieser Seite aufhielt –, na ja, wem würdest du da glauben?«

»Du hast Glück, dass die Familie Carstairs beschlossen hat, den Raub ihrer Diamanten nicht öffentlich zu machen«, merkte Max nachsichtig an.

»Nein, es ist einfach Glück, dass die Polizei dieses Collier in Leos Safe finden wird«, hielt Quinn im Ton größter Unschuld dagegen. »Ganz offensichtlich hat Nightshade es gestohlen.«

»Ganz offensichtlich«, knurrte Wolfe.

Storm kicherte plötzlich. »Also eins muss man dir lassen, Alex«, sagte sie zu Quinn, »du hast die Fäden in diesem komplizierten Spiel ja ziemlich souverän in der Hand gehabt.«

»Übung«, kommentierte er lakonisch.

»Und was nun?«, fragte Max, den Blick auf seinen jüngeren Bruder gerichtet.

Quinn zuckte mit den Schultern. »Nun ja, es gibt noch viele Diebe auf dieser Welt, und einige entziehen sich der Polizei mit großem Geschick. Ich stelle mir vor, dass Interpol für jemanden mit meinen … Talenten durchaus Verwendung hat.«

Max blickte zu Jared, und dieser nickte. »Wahrscheinlich. Dieses kleine Abenteuer mit doch sehr erfolgreichem Ausgang wird meine Vorgesetzten natürlich beeindrucken – sie wissen ja nicht, was hinter den Kulissen ablief. Jedenfalls ist er für uns wertvoller außerhalb einer Gefängniszelle, als wenn er einsäße.«

»Auf dem Weg der Errettung«, murmelte Quinn.

»Freu dich nicht zu früh, Alex«, warnte ihn Jared.

»Ich meinte das ernst.« Quinn bemerkte, dass alle Blicke auf ihn gerichtet waren, und räusperte sich. »Na ja, einigermaßen ernst.«

»Für mich klingt das, als würdest du dich zum Sklaven von Interpol machen«, meinte Wolfe sarkastisch. »Und das war noch nie dein Stil, Alex.«

»Menschen ändern sich.«

»Mhm.«

»Weißt du, ich sage ja nicht, dass ich immer Spaß daran haben werde, nach der Pfeife von Interpol zu tanzen, aber ich kann es tun.«

»Du kannst. Aber wie lange?«

»So lange wie … notwendig.«

»Wie lange wird das sein?« Es war Max, der das fragte.

Quinn seufzte. »Falls du wissen willst, ob ich vorhabe, wieder in meinem alten Job zu arbeiten – die Antwort ist Nein. Das habe ich hinter mir.«

»Und den zweifelhaften Ruf eines Meisterdiebes erworben«, murmelte Storm.

»Genau«, bestätigte Quinn. »Ich muss mir nichts mehr beweisen. Und ganz ehrlich gesagt, mir haben diese letzten Monate Spaß gemacht.«

»Auch, angeschossen zu werden?«, fragte Wolfe.

»Alex!«, schimpfte Elizabeth, aber es klang, als sei der kleine Bub mit einem aufgeschlagenen Knie nach Hause gekommen.

Ihr Jüngster, auch wenn er alles andere als klein war, blickte ein wenig schuldbewusst zu ihr und ließ sich zerknirscht dafür tadeln, dass er sich von einer Kugel hatte erwischen lassen. »Tut mir leid, Mutter«, murmelte er.

»Das wäre immer ein Risiko«, erklärte Max. »Eine Schussverletzung abzubekommen. Ein ziemlich gefährliches Leben, Alex.«

»Mag sein. Aber ein Leben, das mir gefällt, Max. Und eines, in dem ich gut bin.«

Morgan hielt sich ganz bewusst aus dieser Diskussion heraus, doch ihr Blick wanderte zwischen den Brüdern hin und her, während sie über die Zukunft von Alex beziehungsweise Quinn sprachen.

»Du hast das Gesetz gebrochen«, konstatierte Wolfe.

»Und jetzt werde ich dafür bestraft.«

»Bestraft, Teufel noch mal. Du hast viel zu viel Spaß daran, um das Bestrafung nennen zu können.«

»Also gut, dann sage ich eben, ich arbeite, um meine Sünden abzubüßen.«

»Und all die Sachen, die du im Lauf der Jahre gestohlen hast?«

»Was ist damit?«

»Verdammt, Alex, du weißt doch, was damit ist.«

»Du erwartest doch sicher nicht, dass ich sie zurückgebe?«

Quinn schüttelte den Kopf und lächelte dünn. »Nicht einmal Interpol hat das erwartet.«

»Na ja, wir haben es versucht«, warf Jared ein.

Max blickte ihn mit hochgezogener Braue an. »Und?«

»Und … es wurde beschlossen, dass seine freiwillige Kooperation mehr wert ist, als all diese Wertsachen zurückzubekommen – falls sie nach all den Jahren überhaupt noch auffindbar gewesen wären.«

»Ich habe nie gehortet«, erklärte Quinn. »Im Gegensatz zu Leo Cassady ging es mir nie darum, einen Keller voller schöner Dinge zu haben, die nur ich ansehen konnte. Mir ging es nie ums Geld.«

»Worum dann?«, wollte Max wissen.

Quinn warf einen raschen Blick auf Morgan, antwortete jedoch bereitwillig. »Den Nervenkitzel, denke ich. Meinen Kopf und mein Können mit den besten Sicherheitssystemen der Welt zu messen.«

»Was er auch jetzt noch tun kann«, murmelte Jared. »Wenn man so sagen darf.«

»Es ist auf jeden Fall ein wesentlich besseres Leben als in einer Gefängniszelle zu sitzen«, meinte Quinn. »Und ich bin dazu bereit.«

Max blickte zu Jared. »Kannst du ihn im Zaum halten?«

»Das weiß nur der Himmel. Aber ich bin auch dazu bereit. Es zu versuchen.«

Wolfe seufzte heftig. »Bin ich denn der Einzige, der immer noch darauf herumreitet, dass Alex das Gesetz gebrochen hat? Und zwar mehrmals?«

»Ja«, antwortete Quinn. »Lass es gut sein.«

»Niemand ist glücklich darüber, Wolfe«, sagte Max. »Aber es war die Entscheidung von Interpol. Ich bin sicher, auch dir ist es letztendlich lieber, wenn Alex ihnen hilft, als dass die Alternative zum Tragen kommt.«

»Wenn ihr glaubt, dass ich ihm diesen Errettungsquatsch abkaufe, dann habt ihr euch getäuscht.« Den Blick auf Quinn gerichtet, fuhr er fort: »Das nächste Mal, wenn *ich* dich mit der Hand in einem Safe erwische, werde ich nicht danach fragen, ob du noch bei Interpol mitspielst oder nicht. Kapiert?«

»Kapiert.« Quinn machte ein Pause, dann grinste er. »Vorausgesetzt, dass du mich jemals wieder erwischst.«

Es dämmerte schon, als sich die Runde in Max' Wohnung auflöste. Da sie nun einmal alle noch wach waren, beschlossen sie, auch gleich aufzubleiben. Sie gingen nach Hause, um zu duschen, frische Sachen anzuziehen und zu frühstücken, und gegen halb neun waren sie wieder im Museum.

Morgan hatte jede Diskussion über die Zukunft – Quinns oder ihrer beider – vermieden, und er hatte nichts angesprochen, was in diese Richtung ging. Sie wusste nicht, ob er bleiben oder gehen würde. Sie glaubte wohl, dass er bleiben wolle, zumindest für eine Weile; auf mehr würde sich jemand wie Quinn jedoch wahrscheinlich nicht einlassen können.

Sie wusste auch nicht, ob *ihr* das reichen würde. Aber sie wusste, dass sie nicht nach einem efeubewachsenen Landhaus mit einem weißen Zaun darum und einem »glücklich bis ans Ende ihrer Tage« schielte, zumindest jetzt noch nicht.

Allerdings hatte sie auch keine kurze Affäre gesucht.

Ihre Beziehung mit Quinn lag irgendwo dazwischen.

Morgan versuchte, darüber nicht allzu viel nachzudenken. Sie hatte alle Brücken hinter sich abgebrochen. Was immer geschehen sollte, würde geschehen, und sie würde sich schon damit zurechtfinden.

»Also auch, nachdem Nightshade nun verlässlich ausgeschaltet ist«, sagte sie, während sie mit Storm, Quinn und Wolfe in der Eingangshalle stand und beobachtete, wie die ersten Besucher in das Museum strömten, »bleibt die Ausstellung weiterhin geöffnet.«

»Ja, in diesem Punkt lässt Max nicht mit sich reden«, erklärte Wolfe und klang dabei eher resigniert. »Was bedeutet, wir müssen auch weiterhin wachsam bleiben.«

»Da draußen sind noch immer jede Menge Diebe unterwegs«, meinte Quinn. »Das könnt ihr mir glauben.«

»Und unbeantwortete Fragen«, erinnerte Morgan sie. »Die Tote, das Messer im Keller – wir wissen noch immer nicht, welchen Sinn das alles machen soll.«

»Vielleicht doch«, schaltete sich Keane Tyler ein, der nun zu ihnen stieß. »Wo ist Max? Und Jared?«

Morgan gefiel seine Miene nicht. »Was willst du damit – ach, vergiss es. Steve?«, rief sie einem der Wachmänner zu. »Piepsen Sie doch bitte Mr Bannister an, privat, und sagen Sie ihm, wir brauchen ihn und Mr Chavalier in der Lobby.«

»Ja, Ma'am.« Er griff sofort zum Telefon, um Max' Pager anzurufen.

Morgan schaute rechtzeitig zu den anderen Männern zurück, um einen Blick zwischen dem Polizeiinspektor und Quinn zu erhaschen, und begriff auf einmal. »Du warst nicht überrascht, Alex letzte Nacht hier zu sehen«, sagte sie langsam. »Du weißt Bescheid, Keane, nicht wahr?«

Wieder tauschten die Männer einen Blick aus, und dann sagte Keane mit gesenkter Stimme: »Max wollte, dass wenigstens ein Bulle genau im Bilde ist. Zwei, eigentlich. Der Polizeichef und ich. Also weiß ich, wer Alex ist, ja. Und wer Quinn ist.«

»Du lieber Himmel, ich bin von Schauspielern umringt«, murmelte sie. »Ich hätte nie gedacht, dass du eine Ahnung hast, wer Quinn ist. Du hast all die Informationen für mich besorgt und ...«

»Informationen?«, unterbrach Quinn neugierig.

»Vergiss es.« Etwas nüchtern fügte sie hinzu: »Eine ganze Menge Leute scheinen deine geheime Identität zu kennen. Ich würde aufpassen, wenn ich an deiner Stelle wäre.«

»Da könntest du recht haben.«

»Wir könnten alle Erkennungsringe tragen«, schlug Wolfe mit trockenem Humor vor. »Oder uns ein heimliches Handzeichen ausdenken, damit jeder jeden erkennt, der Bescheid weiß.«

»Vielen Dank dafür, dass ihr ihm helft, mich noch weniger ernst zu nehmen«, sagte Quinn zu Morgan.

»Gern geschehen.«

»Ich könnte dich nicht weniger ernst nehmen«, erklärte Wolfe seinem Bruder.

»Ich dachte, nur Jared war irrsinnig wütend auf dich«, meinte Keane. »Verdirbst du es dir jetzt mit jedem?«

»Er versucht es«, antwortete Morgan.

»Ich habe ja eine Menge Freunde«, brummte Quinn.

In diesem Augenblick trafen Jared und Max ein. »Du siehst aus wie einer, der einen sehr schlechten Tag hat«, wandte sich Max unverzüglich an Keane.

»Den schlechtesten.« Keane hatte über das kleine Geplänkel zwischen Morgan, Wolfe und Quinn wenigstens ein bisschen geschmunzelt, doch nun war er wieder ernst und seine Miene angespannt. »Die Forensik konnte endlich einen verwertbaren Fingerabdruck von unserer Toten erstellen. Wir haben ihn in unseren Datenbanken mit Fingerabdrücken von Angestellten der Polizei und Kriminellen verglichen und eine Übereinstimmung gefunden. Es ist – war – Gillian Newman.«

Morgan fand als Erste die Sprache wieder. »Wie bitte – du meinst *Inspektorin* Gillian Newman?«

»Ja.«

»Wer war dann die Frau, die die ganze Zeit über bei dir war?«

Er schüttelte den Kopf. »Wer immer sie war, sie verließ heute Morgen gegen vier ihren Schreibtisch, um Kaffee zu holen, und kam nicht mehr wieder. Sobald der Erkennungsdienst hier war, nahmen wir uns ihre Wohnung vor. Leer. Überall Kartons, was bedeutet, die echte Gillian hatte zumindest Zeit gehabt, ihre Sachen reinzustellen. Aber zum Auspacken kam sie schon nicht mehr. Und es gab keinen Hinweis darauf, dass dort jemand gewohnt hätte.«

Quinn trat einen Schritt auf ihn zu. »Eine Polizistin. Sie gab sich als Polizistin aus.«

»Sieht so aus«, stimmte Keane mürrisch zu. »Und hat das

auch noch verdammt gut hingekriegt. Vermutlich, um sich in unsere Abteilung einzuschleichen. Und um in dieses Museum zu kommen mit dem Vorwand, genau in dem Mord zu ermitteln, den sie selbst begangen hat. Sie tötete die echte Gillian und hinterließ uns dann all die hübschen Hinweise, die hierher deuteten. Seit wir die Leiche gefunden hatten, konnte sie nach Belieben hier ein und aus gehen. Wir haben ihr praktisch einen verdammten roten Teppich ausgerollt.«

»Lieber Gott«, sagte Quinn. »Die Sammlung.«

Zehn Minuten später, die Ausstellung *Geheimnisse der Vergangenheit* war geschlossen und an den Türen waren Wachen postiert, schauten Keane und die anderen Max und Quinn zu, wie sie von einem Schaukasten zum nächsten gingen und die einzelnen Stücke studierten.

Es überraschte nicht, dass Quinn als Erster darauf kam.

»Hier«, sagte er. »Mist.«

Die anderen traten sofort zu ihm. »Der Talisman-Smaragd?«, fragte Morgan. »Aber er ist doch hier. Er sieht aus …«

»Er sieht echt aus. Aber er ist es nicht. Storm, die Alarmanlage für die Schaukästen?«

»Ist gleich ausgeschaltet. Eine Sekunde.« Sie öffnete ein verstecktes Paneel im Fuß der Vitrine und gab einen Zahlencode ein. Ein leises Klicken war zu hören, und der Glaskasten öffnete sich. »Okay, dadurch werden sämtliche inneren Alarmmelder abgeschaltet. Ihr könnt ihn herausnehmen.«

In Ermangelung von Handschuhen benutzte Quinn sein Taschentuch. »Ich garantiere, dass keine Fingerabdrücke darauf sind«, sagte er. »Trotzdem …« Vorsichtig hob er den breiten Goldreif mit dem ovalen Smaragd hoch, sodass alle ihn begutachten konnten.

»Bist du sicher?«, fragte Morgan. »Er sieht absolut echt aus.«

»Es ist eine gute Kopie. Eine verdammt gute Kopie.« Er drehte den Reif etwas, um die Unterseite der Fassung betrachten zu können. »Der Reif ist etwas zu sauber gearbeitet, beim Original waren schwache Hammerspuren im Gold zu sehen.«

Er drehte ihn wieder, sodass der falsche Smaragd grünes Feuer aufblitzen ließ. »Und der Stein ist eine Spur zu blass.«

»Wie ist sie in die Vitrine gekommen?«, fragte Storm. »Keines der Alarmsysteme wurde ausgelöst.«

»Ich weiß es nicht. Oh Gott, Max, das tut mir leid.«

»Ist nicht dein Fehler, Alex.«

»Nein? Ich habe dich gebeten, die Sammlung zu riskieren. Ich sagte dir, ich würde für ihre Sicherheit sorgen.«

»Sie war ja auch sicher – vor der Bedrohung, von der wir wussten. *Das* hat ja keiner von uns kommen sehen.«

»Ich hätte es sehen müssen«, sagte Quinn. »Ich hätte es sehen müssen.«

Es war nach Mitternacht, als Morgan aufwachte und Quinn am Fenster stehen sah, wie er auf eine kühle, neblige Nacht in San Francisco hinausblickte. »Alex?«

Langsam kam er zum Bett zurück, glitt neben ihr unter die Decke und zog Morgan in seine Arme. »Schlaf weiter, Liebes.«

»Alex, hör auf, dir Vorwürfe zu machen. Du hast getan, was du konntest, um die Sammlung zu schützen.«

»Alles, außer sie tatsächlich zu schützen.«

»Das einzige Stück, das fehlt, ist der Talisman-Smaragd. Er ist kostbar, sicher, aber sieh doch auch mal, was *nicht* weggekommen ist.«

»Ich wusste, dass jemand hinter den Kulissen arbeitete, als die Polizei die Leiche fand. Ich wusste es, Morgana. Aber alles, woran ich denken konnte, war, Nightshade zu stellen.«

»Und das hast du erreicht.«

»Und es hat Max den Smaragd gekostet.«

»Und es hat Leben gerettet, Alex. Wir werden nie wissen, wie viele Leben du gerettet hast. Wenn der Preis dafür der Smaragd war, dann ist es eben so. Du hast gehört, was Max sagte. Es macht ihm nichts aus.«

»Mag sein, aber …«

»Es macht ihm nichts aus.«

Nach einer Weile schien Quinns Anspannung nachzulassen, und er zog sie noch näher an sich. »Ja. Ich weiß.«

Morgan spürte die Wirkung der vergangenen schlaflosen Nacht und schmiegte sich an ihn. »Außerdem wirst du diesen anderen Dieb und den Smaragd finden. Einen Dieb mithilfe eines anderen Diebs fangen, erinnerst du dich?«

»Ich erinnere mich. Schlaf jetzt wieder, Liebling.«

Morgan gluckste verschlafen. »Das ist das erste Mal, dass du mich so genannt hast. Das gefällt mir.«

»Mir auch.« Er küsste sie auf die Stirn. »Gute Nacht, Liebling.«

Als Morgan spät am nächsten Vormittag aufwachte, war Quinn verschwunden. Sie wusste es, sobald sie die Augen geöffnet hatte. Sie wusste, dass er nicht in der Wohnung war. Und sie zweifelte, ob er überhaupt noch in der Stadt war.

»Einen Dieb mithilfe eines anderen Diebs fangen«, murmelte sie. »Ich und mein großes Mundwerk.«

Er hatte sich auf die Suche nach dem Smaragd gemacht.

Deutsche Erstausgabe 2009
Weltbild Buchverlag – Originalausgaben –

This translation is published by arrangement with
The Bantam Dell Publishing Group, a division of Random House, Inc.

Projektleitung: Almut Seikel
Übersetzung: Heinz Tophinke
Redaktion: Christine Schlitt
Umschlaggestaltung: zeichenpool, München
Umschlagabbildung: © Shutterstock (TEA)
Satz: avak Publikationsdesign, München
Gesetzt aus der Adobe Garamond 11/12,5 pt
Druck und Bindung: CPI Moravia Books s.r.o., Pohorelice

Gedruckt auf chlorfrei gebleichtem Papier

Printed in the EU

ISBN 978-3-86800-121-1